胸の奥から衝動がこみ上げてきて、リーファは伸び上がってキスをした。

触れ合った瞬間、そこから新たな熱が生まれ、それを昇華させるために口づけを深くしていく。

砂《さ》漠《ばく》の王《おう》は精《せい》霊《れい》使《つか》いに悠《ゆう》久《きゅう》の愛《あい》を誓《ちか》う

月《つき》森《もり》あき
ILLUSTRATION：小《こ》禄《ろく》

砂漠の王は精霊使いに悠久の愛を誓う

LYNX ROMANCE

CONTENTS

007　砂漠の王は精霊使いに悠久の愛を誓う
256　あとがき

砂漠の王は精霊使いに
悠久の愛を誓う

重力から解放された水の中、呼吸のために水面から顔を出し、仰向《あおむ》けになって空を仰ぐ。

「……いい気持ち」

木の葉の隙間《すきま》からこぼれる太陽の光が、リーファの顔についた水滴に反射してキラキラと光る。

人里離れた場所のため、耳を澄ましても人の声はしない。聞こえるのは風に揺られた木の葉がそよぐ音と、小鳥のさえずり、そしてリーファが身じろぎする時に立てる水音だけだ。

今は一年で最も太陽が近づく夏季。

ただ座っているだけでじんわり汗が滲《にじ》む季節を厭《いと》う者もいるが、陽光に照らされ木々の緑が深くなり、生命の息吹が色濃く感じられる夏季の訪れを、リーファは心待ちにしていた。

熱された身体《からだ》に水の冷たさが心地よく、リーファはまるで寝台で横たわっているかのように全身から力を抜き水面《みなも》を漂う。

すると突然、顔の横で魚が飛び跳ねるような水音がして、小鳥くらいの大きさの影が陽光を遮った。

「リーファ、馬車の音がする」

「馬車……？」

生まれた時から一緒にいるシャディが背中の羽根を羽ばたかせ、空高く舞い上がる。

見慣れた光景だが、軽やかに上っていく姿を見ていると、時折、自由に空を飛び回れる精霊のシャディを羨《うらや》ましく思う。

リーファが生まれ育ったこのプレアデス王国は、太古の昔より、時・地・火・風・水を司《つかさど》る五大精霊に守られた聖なる国と他国から称されていた。

精霊はそれぞれ波長の合う人間を一人選び宿主とし、必要に応じて神秘の力を用いて共にこの国を守る。そしてその五大精霊の中の、水の精霊であるシャディの加護を受けているのが、リーファだった。

シャディは館の敷地をぐるりと囲む塀のさらに上へと飛び、近づいてくる馬車に目を凝らしている。

「青地に白銀で紋章が書いてある。王家の馬車のようね」

「王家？　使者が来るのは明後日《あさって》のはずだけど……」

リーファは小さな泉から上がり、枝にかけておいた衣服を身につけていく。

白色の下衣と長袖のボタンシャツ、その上にフードつきの丈が踝《くるぶし》まであるローブを羽織った。

正直に言うと夏季にこの格好は少々暑い。けれどこの館に住まう者は皆同じ形状の衣服を着る決まりになっている。それは季節が移り変わり、夏季が終わり雪が積もる冬季になっても同じだ。

木の下に揃《そろ》えて置いたブーツに足を通すと、リーファは急いで門へ向かった。

水浴びをしていた泉があるのは館の裏手で、唯一の出入り口である門は正面側にある。

軽やかに空中を飛んでいくシャディの後を追いかけるようにして、リーファは館の正面に回り、手入れの行き届いた色とりどりの花々が咲き乱れる小さな庭園を小走りで抜け、木製の分厚い門の前にたどり着いた。

ちょうどその時、馬車も門前に着いたようで、馬をなだめる御者の声が聞こえてきた。その数秒後、カンカンと小槌《こづち》で門柱を叩《たた》く音が響く。来訪を知らせる合図だ。

リーファは弾んだ呼吸を整え、静かに問いかける。

「ご用件は？」

「国王様の使いの者です。書簡をお預かりしております」

リーファは門を開くべきか否か迷う。

ここ、水晶の館は、精霊使いを育てる館だ。

周囲を高い壁に囲まれ、敷地内には二階建ての小さな館と礼拝堂が建っている。そして井戸が一つと、地下水がわき出て出来た泉が一つ、あとは季節の移ろいを教えてくれる木々と草花が植えられている程度で、娯楽らしい娯楽はなく、楽しみと言えば、仕事を終えて帰ってきた他の精霊使いから土産《みやげ》の菓子を貰《もら》うことくらいだった。

精霊使いの証《あかし》を持って生まれた赤子は、この館で外の世界と隔絶して育てられる決まりになっている。外に出られるのは正式に精霊使いとなってからで、精霊の加護を受けていない者は、たとえ国王であっても館の敷地内に立ち入ることは禁じられていた。

今日、国王から使者が来ることは聞いていないが、何か火急の事態が起こったということもあり得る。けれど、この使者が本物である確証がなかった。

「リーファ、どうしました？」

「わぁっ」

突然肩を叩かれて飛び上がるほど驚いてしまった。反射的に振り返ると、そこにはリーファと同じローブを身に纏《まと》った細身の男性が立っている。フードで顔は見えないが、ずっと共に生活しているから背格好や声だけで誰だかすぐにわかった。

「ミ、ミスカ……。どうしてここに？」

「花壇の手入れをしていたら木槌の音が聞こえたんです。門の外にいらっしゃるのはどなたです？」

「それが、国王様の使者だと名乗っているのですが、本当かどうかわからないので門を開けるべきか迷っていて……」

ミスカは事情を聞き終わると、門の脇に生えている木に向かって呼びかけた。

「コリー、力を貸してください」

ミスカの声に呼応し、葉の間から小さな少年の姿をした精霊のコリーが顔を出す。勝ち気な性格を表したつり目が印象的な彼は、透き通った四枚の羽根を羽ばたかせ、ミスカの肩に舞い降りた。

「門の外に風を」

コリーは頷《うなず》くと、背筋を伸ばし門を指さす。その指を上へ持ち上げると、門の向こう側から訪問者の上擦った声が聞こえ、風に煽《あお》られた一通の封書が空に舞い上がった。

「あれか？」

「そうです。こちらへ」

コリーが風向きを操り、ミスカの差し出した手のひらに封書がふわりと落ちた。巻き上がった風に吹かれ、ミスカのかぶっていたフードが後ろに落ち、白銀の長い髪がサラサラと揺れる。

明るい太陽の陽射《ひざ》しに照らされ、露《あら》わになったミスカの右頬《ほお》がキラリと光った。

右目の下にある乳白色の石——月長石《げっちょうせき》は、精霊の加護を受けた証だ。

精霊は宿主となる精霊使いの命がついえると、母親の体内にいる赤子の中から波長の合う者を選び、月長石を授けていく。月長石の場所は一定ではなく、ミスカは右目の下、リーファは左耳に持っていた。

同じ月長石でも、持つ者によって微妙に色合いが異なって見えるのは肌質の違いだろうか。リーファの左耳にあるものよりもミスカのそれは透き通って見える。幼い頃は本物の涙と間違って拭おうとしたこともあったほどだ。

「この封蝋《ふうろう》と印は、王家のもので間違いないですね」

ミスカが封印を確かめ、次に表書きに視線を走らせる。やや間を置いた後、綺麗《きれい》な弧を描いた細い眉を寄せ、封書をリーファに差し出してきた。

「あなた宛てです」

「僕に？」

「明後日の式についてのことかもしれませんね。開けてみてください」

ミスカに促され、恐々《こわごわ》封を切る。

上質な紙に深い藍色のインクで綴《つづ》られた文章を、リーファは何度も読み返した。

文字が読めないわけではない。ただ、そこに書かれていた内容が予想外のもので、理解するまでに時間がかかった。

書面に一心に視線を走らせるリーファを不審に思ったようで、ミスカが訝《いぶか》しそうに声をかけてきた。

「どうしました？　なんと書いてあるんです？」

「……明日、精霊使いの任命式を行うそうです」

「え!?」

滅多《めった》に慌てることのないミスカが、驚いた声を上げた。リーファから手紙を受け取り、ミスカも文面を何度も読み返している。その顔は時間を追うごとに険しいものへと変化していった。

「確かに、任命式を一日早めると書いてありますね。これはいったい、どういうことでしょう。国王も精霊使いの掟《おきて》はご存知のはず。任命式は十八歳になって最初の満月の夜と決まっているのに……」

眉間に皺《しわ》を寄せるミスカを見て、彼の困惑が伝わってきた。それはリーファも同じだ。

「国王様のご命令ですけど、掟を破るわけには……」

「そうですね。アザリー様に相談して、判断していただきましょう」

ミスカの提案にリーファは頷き、門の外にいる使者に城へ戻るように伝え、二人は礼拝堂にいるアザリーの元へ向かった。

アザリーは精霊使いの中で最年長の八十歳。精霊使いのまとめ役をしている。しかし、それは彼女が年長者だからではない。彼女を加護している時の精霊が、五大精霊の中でも特殊な力を有し、プレアデス王国を導いてきたからだった。

「アザリー様、ミスカとリーファです。入室してもよろしいでしょうか？」

小さな礼拝堂の扉の前でミスカが中へ向かって声をかけると、「入りなさい」としゃがれた女性の声が応えた。

扉を押し開くと、狭い礼拝堂の中央で、こちらに背を向ける形で小柄な老婆が背中を丸め座っている。

「失礼します」

一歩入ると、床板がぎしりと不穏な音を立てた。木造の建物は長い歳月、雨風に晒《さら》され、今にも朽ちてしまいそうなほど古めかしい。

しかし、この礼拝堂を訪れると不思議と心が澄み渡り、静かに凪《な》いでいく。室内に満ちている目に見えぬ神聖な空気。これも時の精霊の力によるものなのだろうか。

アザリーの近くまで来ると、二人は並んで床板の上に直接膝《ひざ》を折って座った。

アザリーがゆっくりと身体をこちらに向ける。

白いローブをかぶっていてもわかる、深い皺を刻んだ顔。

十八年間も共に生活しているが、彼女が声を荒らげたところを一度も見たことがない。出会った時から物静かな老婆だったが、こうして対峙《たいじ》すると自然と背筋が伸び、気持ちが引き締まる。それは精霊たちも同じようで、リーファの肩に留まったシャディも居住まいを正し、普段のおしゃべりもなりを潜めていた。

「届きましたか」

アザリーがミスカの手にしている書簡に視線を落とし、静かに呟《つぶや》いた。

そしてこちらが書簡に記されていた内容を伝える前に、彼女は言った。

「全て、国王様のお達しの通りにはからいなさい」

その言葉で、彼女は任命式を早めることを事前に聞いていたのかと思った。ミスカもそう感じたようで、リーファに代わり質問を口にした。

「アザリー様は何かお聞きになっていたのですか？」

「いいえ」

アザリーは緩く頭を左右に振る。その時にフードがわずかにずれ、彼女の乳白色に濁った右目が露わになった。

「サーアが見せてくれたのですよ。私はそれを国王様にお伝えしただけ」

瞳の中で、小さな光が動いている。

月長石の中の光——それがアザリーを加護している時の精霊・サーアだ。

時の精霊は他の精霊とはあらゆる意味で別格だった。サーアはシャディたちのような姿を持たず、声も発さず、月長石の中に存在している。

サーアを宿した月長石を右目に持って生まれてきたため、アザリーは未来を見通すことが出来た。

知りたい未来を意識して見られるわけではなく、

けれど未来の光景が右目に映った時、それはとても重大な事象が起こる前触れであり、その予言によって危機を回避するべく他の精霊使いたちは力を用いて国を守ってきた。

国王もアザリーの能力を高く評価し、プレアデス王国の行く末を案じ、時折彼女に助言を求めに使者を送ってくることもある。

時の精霊の加護を受けた彼女は、プレアデス王国の予言者として扱われていた。

そのアザリーが見えない右目で見たという光景――未来はどのようなものだったのか……。

「あの、アザリー様。一日とはいえ、掟を破ってしまってもいいんでしょうか？」

任命式が満月の夜というのには理由がある。

精霊の力は月の満ち欠けに影響されるため、一番力が強まる満月の夜に執り行うようにと定められているのだ。

リーファは任命時から掟を破らなくてはならない事態に、不安を滲ませる。

するとアザリーはおもむろにフードを下ろし、ローブの中から何かを取り出した。

「リーファ、これをお持ちなさい」

差し出されたのは、手のひらに乗る大きさの白銀の懐中時計で、同じ色の鎖がついていた。

「これは？」

「私からのお祝いの品です。それを持って任命式に行きなさい。その時計があなたを導いてくれます。明日、あなたにしか務まらないお役目を賜るでしょう。己を信じ、精霊の力を信じなさい」

そこでアザリーは目元の皺を深くし、微笑《ほほえ》みを浮かべた。

「皆を救うこと、それがあなた自身の幸せに繋《つな》がります。幸せになりなさい、リーファ」

「僕の幸せ……」

リーファの幸せは、精霊使いになってプレアデス王国を守ること。そのために、水晶の館で十八年間、精霊の力を正しく操るための修練を積んできた。

自分を育んでくれた国のため、そこで暮らす人々の幸せのために、精霊使いとして生涯を捧げる。

それが精霊使いの使命であり、リーファの幸せだった。

一日早まるけれど、ようやくその願いが明日叶《かな》えられる。

リーファは居住まいを正し、アザリーを見据えて決意の滲む声で告げた。

「はい。しっかりとお役目を果たします」

そう答えたリーファに、アザリーは孫を慈しむ祖母のような温かい眼差《まなざ》しを送ってくれた。

＊＊＊＊＊

精霊使いの正装である正絹で作られた純白の衣装を身に纏い、リーファは馬車の座席で身を縮こまらせる。

肩の下まで伸びていた淡い金色の髪はミスカの手によって襟足を短く切り揃えられ、前髪は青い瞳がはっきり見えるように左右に軽く流されていた。

格好だけは精霊使いらしく繕えたが、今日これから行われる任命式で、何か失敗をしでかさないかと緊張がこみ上げてくる。

しかし、リーファにとって初めてのことでも、シャディにしたら何度も経験したことで、彼女は全く動じていないようだ。水晶の館を出てからずっと、窓に張りついて久しぶりの外の景色を堪能していた。

「あ！　見て、リーファ。海よ！」

その声につられて窓の外に視線を向けると、遠くに陽光を反射して光る青い海が見えた。

キラキラと輝く水面は、きっとどんな宝石よりも綺麗だろう。そう思わせるほど、美しい景色だった。

「綺麗……」

無意識にそう呟くと、シャディがホッとした顔になる。

「やっと笑った。ずっと固い顔してるんだもの。私まで緊張しちゃうとこだったわ」

シャディが羽根を羽ばたかせ、リーファの肩にフワリと腰掛けた。

「大丈夫よ。任命式なんてちょっと国王様と会ってお話しするだけだもの。今は景色を楽しんで」

「ありがとう、シャディ。そうだね、せっかく外に出たんだから、もっと楽しまないとね」

彼女なりに気遣ってくれたようで、おかげで少し緊張が柔らいだ。シャディが傍《そば》にいてくれて心強い。

リーファは気持ちを切り替えて、これから自分が守っていく故郷の景色を見つめる。

プレアデス王国は、四方を海に囲まれた小さな島国だ。

国民の性格は穏やかで、国王も思慮深く人徳のある人物だと聞いている。

五大精霊に守られていることもあり、大きな天災に見舞われることはなく、天候にも恵まれ植物がよく育ち、国民が食べる物にも困らない。

さらに、この国のいたるところから宝石の元となる鉱物が豊富に発掘され、かつては小国ながらも海の向こうにある大国と対等に外交を行っていた。

――これからこの国を僕が守るんだ。

リーファは両手を膝の上でギュッと握る。

水の精霊であるシャディには、水を操る力がある。他にも、泉を見つけたり、地中に眠る水脈を探したりといったことも可能だ。

水にまつわることならなんでも出来そうだが、不可能なこともある。

たとえば、天気が関係する事柄だ。雨雲を呼ぶ力はないから雨を降らせることは出来ない。けれど空から降ってきた雨粒なら動かすことは出来る。

こうした人知を超えた精霊の力を使うためには、強い精神力が要求される。口頭で精霊に指示を出すだけではなく、頭の中に幻影を描き、それによって精霊が力を発揮する仕組みになっていた。

——精霊の力を使って、一人でも多くの人を幸せにしたい。

車窓の景色を見つめながら、リーファが決意を新たにしていると、馬車が大きな橋に差し掛かった。この橋の向こうがプレアデス王国の中心部である王都だ。

「ここが、王都……」

水晶の館で慎《つつ》ましく暮らしていたリーファにとって、初めて訪れたプレアデス王国の中心都市は喧噪《けんそう》と活気に満ちた街だった。

馬車が行き交う幅の広い道は石を敷き詰めて舗装され、両脇の歩道も人で溢《あふ》れかえっている。

建物は基本的には石を積み上げて造られているが、木製の扉には色とりどりの鉱石が埋め込まれ、取っ手には金箔《きんぱく》が貼られていた。窓硝子《ガラス》も無色透明のものばかりでなく、通りに面した箇所は薄い空色や橙《だいだい》色に色づけされたものが多く見受けられ、街の人が纏う衣服の色彩も相まって、色の洪水に飲まれたリーファは目を瞬《しばた》かせた。

鮮やかな景色に酔いそうになりながらも、物珍しさから食い入るように街並みに見入っていると、シャディが窓枠に腰掛け外を指さす。

「あれがお城よ。棟のてっぺんが光り輝いているでしょう？　白銀で出来た大きな鐘がついてるの。銀は魔除《よ》けになるから。白銀の他にも、お城を守るために様々な宝石が壁に埋め込まれてるわよ」

小高い山の上にある城は、確かに城壁が陽光を受けて輝いている。

リーファたちが暮らす館にも、水晶が四方の壁に埋め込まれていた。精霊たちが淀《よど》みを嫌うので、空気を清浄するための処置だという。それが『水晶の館』と呼ばれるようになった由縁《ゆえん》だった。

やがて城へ入るための門に着いたようで、馬車が停車した。御者が門番とやり取りし、馬車は開いた門をくぐって城へ続く一本道を上り始める。

頂上へたどり着くまでにさらに三つ門をくぐり、

最後の五つ目の門が開かれると、ようやく城の全貌が見えた。

外壁には滑らかな白色の大理石が用いられ、窓枠は白銀、そして様々な宝石で描かれた魔除けの印が壁に規則的に埋め込まれ、目映《まばゆ》い光を放っている。

馬車は花が咲き乱れる庭園の中の小道を進み、城の前で停車した。

リーファはシャディを肩に乗せて馬車を降り、城の扉の前に立つ。左右には槍《やり》を手にし鎧《よろい》を着た門番が立っており、扉が開かれると中から小柄な老人が出てきた。

「ようこそおいでくださいました。こちらへどうぞ」

その老人の案内で迷子になりそうなほど広い城内を歩き、大きな扉の前にたどり着いた。

「この中で国王様がお待ちです」

老人はそう言うと門番に目配せして扉を開かせる。

開け放たれた扉から真《ま》っ直《す》ぐに延びる真紅の絨毯《じゅうたん》。

その両脇には、貴族や重臣だろう身なりのいい男性たちがずらりと並んでいた。

絨毯の先には五段ほどの短い階段があり、その上に置かれた重厚な椅子《いす》に、一人の男性がゆったりと腰掛けている。

歳《とし》は六十代くらいだろうか。後ろに撫《な》でつけられた黒髪には、白髪が混じっていた。

光沢のある白色の生地に銀糸で刺繍《ししゅう》が施された長い上着を纏い、頭に宝石が散りばめられた白銀の冠を乗せたその男性は、このプレアデス王国の現国王であるナーフルに違いない。

ナーフルはリーファの姿を認めると椅子から立ち上がり、階段を下りてきた。

「よくぞ参った」

リーファは周囲の視線が集中する中、ぎこちない動きで国王の前に膝をつき、両手を組み合わせる。

「リーファよ、今この時をもってそなたを水の精霊使いとして正式に任命する」

「わ、我が生涯をかけて、プレアデス王国をお守りいたします」

　緊張を高めつつなんとか文言を口にしたリーファを見下ろし、ナーフルはわずかに頬を緩めた。

「皆の者、新たな水の精霊使い、リーファに祝福を」

　ナーフルがその場にいる家臣たちに向けて言葉を発した後、室内の者が一斉に「おめでとうございます」と祝辞を述べてくる。

　ナーフルが差し出してきた手を取り、立ち上がって室内を見回すと、誰しも笑顔で精霊使いの誕生を喜んでいた。

　面映ゆい気持ちで皆からの祝福を受けていると、ナーフルが片手を挙げ場を静まらせる。

「前任の水の精霊使いが去って十八年、新たな水の精霊使いの誕生を、皆待ちわびていた。これから我が国のためにその力を尽くしてほしい。……だが、その前に一つ、そなたに頼みたいことがある」

「は、はい。なんなりと」

　任命式を早めたのには理由があるはずだ。掟を破ってまで水の精霊使いの力を早急に必要とする事態が、この国に起こったのかもしれない。

　リーファは表情を引き締め、国王からの初の指令を待つ。

「……そなたは海の向こうにあるアガスティア王国を知っているか？」

「アガスティア王国……」

　精霊使いになるための修行を積むと同時に、一般教養もミスカから習っていた。プレアデス王国についての歴史や暮らしが主だったが、その中に時々アガスティア王国の名が出てきていた。

「プレアデス王国と友好関係にある国ですよね？」

「左様。大陸から最短距離で海を渡って我が国に向かうためには、アガスティア王国にある港を経由する必要がある。私が王位についたばかりの時に、大国であるミラドラ王国が攻め込んでこようとしたことがあった。その時にアガスティア王国は港を閉ざし、ミラドラ王国の侵攻を防いでくれたのだ。それ以来、海を隔てながらもアガスティア王国と親交を深めてきた。しかしそれも十八年前までのこと。今は交流が絶たれている」

　ミラドラ王国は、海の向こうにある大陸の大部分を国土とする大国。かつては小国だったが、三十年ほど前から周りの国へ侵略を繰り返し、一つの大きな国となっていた。

　やがて大陸のほとんどを支配下に置いたミラドラ王国は、海に浮かぶ島国でありながら精霊の加護を受け、鉱石などの資源を豊富に有するプレアデス王国に目をつけた。

　アガスティア王国の協力により、一度は侵略を未然に防げたが、ミラドラ王国は大陸一の大国。その後、再び別の国にある港から侵略してこようとしたことがあった。そこで一代前の水の精霊使いは、ナーフルの命を受け、自国を取り囲むように近海に大きな渦を複数発生させ、容易にプレアデス王国に近づけないよう結界を張り防衛に努めた。

　しかし、その精霊使いが亡くなった時に、大渦の結界も消え去ってしまっている。

　水の精霊使いが不在の今、再びミラドラ王国が海を渡って攻め入ってきたらどうなるか……。そう危機を感じたナーフルは、大渦の結界の消失を気取られぬよう、全ての国との国交を絶つ旨を宣言した。

　もし許可なくプレアデス王国に足を踏み入れようとする者がいた場合には、五大精霊の力を用いて抗戦も辞さないともつけ加えたという。

　平和を好むナーフルらしからぬ声明だが、自国を守るための苦肉の策だったのだろう。これが功を奏し、現在に至るまでプレアデス王国に侵入を試みた者は現れていない。

「交流は絶たれたが、アガスティア王国には並々ならぬ恩がある。いつかその恩を返したいと思っていたのだが、先日、アザリーがある予言をした。『アガスティア王国を救うため、水の精霊使いを遣わせるように』と」

——予言……！

昨日、アザリーが言っていた。予言を国王に伝えた、と。

予言の内容は精霊使いの掟で国王にしか告げてはならないことになっているため、リーファもミスカも彼女に詳細を尋ねることはしなかった。

リーファは今初めて知った予言の内容を聞き漏《も》らさぬよう息を潜め、続けて発せられたナーフルの説明に耳を傾ける。

「アガスティア王国は砂漠の国。人々は水がわずかにわき出る地で生活しているそうだ。国交を絶つ前、アガスティア王国の国王が危惧していた。遠くない未来、今ある水場も枯れ、全て砂に埋もれてしまうのではないか、とな。私はその時に約束したのだ。そうなった場合には、必ず助けると。……そして先日のアザリーの予言を聞き、憂いていた事態がアガスティア王国に起こっているのだと私は思った」

プレアデス王国には砂漠地帯は存在しない。知識として砂漠がどのようなものか知ってはいたが、その過酷な環境を理解しきることは不可能だった。だが、水がなくなり砂に飲み込まれた土地で、人々が暮らしていけるわけがないことはわかる。

リーファがなんとか事情を飲み込むと、ナーフルは改めて命令を下してきた。

「水の精霊使い、リーファよ。アガスティア王国の乾いた大地に潤いをもたらすのだ。我が盟友の国を救ってやってくれ」

「は、はい……」

老いたとはいえ、長年この国を守ってきた国王からの命令に、リーファは咄嗟《とっさ》に頷いてしまったが、そうなればこの国を出てアガスティア王国に行くことになる。

精霊はプレアデス王国にとってとても貴重で重要な存在だ。

それ故、プレアデス王国内でも精霊と精霊使いは手厚く保護され、必要時以外は人々の前にも姿を見せない。

精霊使いにはその他にも数多くの掟が定められており、それには特殊な力を悪用しようとする者たちから自身を守るという意味も含まれていた。

国王の下命に従い、リーファがアガスティア王国に赴いた場合、他国に精霊の力を知られてしまい、他の精霊使いに危険が及ぶことにはならないだろうか……。

すると、それまで静かに話を聞いていたシャディが耳元で囁《ささや》いた。

「私たち、プレアデス王国を離れるの？」

「うん……。アザリー様がそう予言したらしい」

「そう……。今までプレアデス王国から精霊が出たことはないの。少し不安だわ」

やはりシャディも心配なようだ。

アザリーの予言とはいえ、出発まで少し時間がほしい。

リーファがそう伝えようとしたところ、ナーフルから先に質問を投げかけられた。

「水の精霊と話しているのか？」

精霊の姿が見えるのは精霊使いだけ。

ナーフルや控えている家臣たちには、リーファが独り言を呟いているように見えただろう。

リーファはシャディも不安になっているし、少し時間を貰えないか頼んでみた。しかしナーフルは難しい顔で考え込んだ後、アザリーの予言の全てを話してきた。

「予言では明日、アガスティア王国に向かわせるようにと出たのだ。予言には意味がある。違《たが》えることは得策とは言えない。明日出発してほしい」

「明日!?」

この時、任命式を一日早めた理由がようやくわかった。

けれどまさか明日アガスティア王国に向かうことになるとは思っていなかったので、戸惑いは隠しきれない。

そこで、ふとアザリーの言葉が頭に思い浮かんだ。

『己を信じ、精霊の力を信じなさい』

リーファはもう精霊使いだ。精霊の力を誰よりも身近に感じ、その奇跡とも思える能力を信じている。

精霊使いとして、他国に苦しんでいる人がいて、自分の力を必要としているのなら、見て見ぬ振りは出来ない。

リーファは時の精霊のもたらした予言に従うことに決めた。

「シャディ、いいかな？」

「……いいわよ。あなたが決めたことなら、私はついていくわ」

「ありがとう」

リーファは改めてナーフルの前で頭を垂れた。

「国王様のご命令通り、シャディと共に明日、アガスティア王国に向かいます。アガスティア王国の民を、救ってまいります」

「そうか。無理を言ってすまない。頼んだぞ」

「はい」

リーファは決意を胸に、しっかりと頷き返した。

＊＊＊＊

翌日、城を出て馬車で港を目指した。

「あの船に乗るのかしら？」

馬車が港街に差し掛かった時、港に停泊している船舶のうち、王家の紋が船体に刻まれた大型船をシャディが指さす。

馬車はシャディの予想通り、大型船の近くで停車した。御者に扉を開けてもらい外に出ると、湿った潮風が頬を撫でていく。耳にザザッという音が届き、それが港に打ち寄せる波の音だということを、シャディが教えてくれた。

船の前で二人の男性が出迎えてくれた。一人は船長で、もう一人の若い男性はリーファの身の回りの世話をする船員だと紹介される。

海を渡ったところにあるアガスティア王国に到着するのは二日後とのことで、リーファが乗り込んだらすぐに出航する予定だと伝えられた。

船に乗り込み、船員の案内で二日過ごすことになる船室に向かう。船員はリーファを部屋に案内し終えると、出航の準備があると言って退室した。

ややしてから船の汽笛の音が聞こえ、窓の外の景色がゆっくりと動き出す。アガスティア王国に向けて出航したようだ。

シャディと一緒に窓の外を眺め、港に立つ人々の顔が判別出来ないくらい小さくなってからようやく窓辺から離れる。

寝台に腰掛け、首から下げている懐中時計を取り出し時刻を確かめた。正午を過ぎたところだった。

「それ、アザリーから貰った時計？」

「そう。鎖がついていたから、なくさないように首から下げておくことにしたんだ」

使い込まれあちこちに小さな傷がついていたが、針はしっかり動いているし、大切に使われていたものだということが窺《うかが》える。

アザリーは先を見通す時の精霊の力を持っているから、もしかしたらこの時計を渡してくれたのにも意味があるのかもしれない。この懐中時計が異国の地での支えになるような気がして、時計を貰ってすぐに首から下げて持ち歩くようにしていた。

リーファが時を刻む文字盤に視線を落としていると、シャディが横からのぞき込み、小首を傾《かし》げた。

「それ、サーアの気配がする」

「アザリー様の持ち物だったから、気配が残っているのかな？」

「うーん……。そういうのともちょっと違う気がするのよね……」

シャディはしばらく考え込んでいたようだが、結局明確な答えには行き着かなかったようだ。

リーファは時計をまた服の中にしまうと、寝台にゴロリと横たわる。

「寝るの？」

「緊張して昨夜あまり寝てないんだ。少し休むよ」

「えーっ、つまんない」

　不満そうな声が飛んできたが、睡眠を必要としない精霊のシャディと違い、人間のリーファには休息が必要だった。

　瞳をつぶるとシャディに頬をペチペチと叩かれたが、薄い布をかぶって防御した。すると今度は身体の上で飛び跳ねられたが、リーファが顔を出さないでいると諦めたようで、微《かす》かな羽音と共にシャディの気配が遠ざかった。また窓の外を眺めにいったのだろう。

　リーファは一眠りしたら彼女のご機嫌取りをしないと、と考えつつ、眠りに落ちた。


「リーファ、リーファァっ」

「んー、シャディ、もうちょっと休ませて……」

「駄目よ、早く起きて！」

「いたっ、痛いよ、シャディ」

　髪を容赦なく引っ張られ、その痛みで無理矢理目覚めさせられた。

「窓を見て！　外が大変なの！」

「外？　……っと、うわ、何!?」

　寝台から降りようとした瞬間、部屋全体が大きく傾いた。咄嗟に寝台の足にしがみつき、そのままの体勢で硬直する。

「どうして部屋が動いてるの!?」

「もう、しっかりしてよ！　ここは船の中なの！」

　そんなやり取りをしている間にも、船体は上下左右に激しく揺れ続けている。

「いったい何があったの？　外が大変って？」

「嵐が来たのよ」

　シャディに言われて窓を見やると、真っ暗闇の中、空に稲妻が走っている。吹きつける風と大粒の雨の音で、会話も困難なほどだった。

　天候が安定しているプレアデス王国でも、年に一、二度は嵐に見舞われる。けれど、陸と海上では全く様子が違っていた。

海は荒れ、リーファたちの船も高波に翻弄され、今にも転覆せんばかりになりながら、かろうじて海に浮かんでいる状態だ。

「すごく揺れてるけど、大丈夫なのかな？」

「王家の船だから頑丈に作られているでしょうけど、このまま嵐が続けば沈んでしまうかもしれないわ」

「そんな……」

ただでさえ広い海。ましてや外は強い風と雨が吹き荒れ、さらに暗闇に包まれている。こんな場所で放り出されたら、無事にプレアデス王国に帰り着くのは絶望的だ。そしてそれは船の乗組員も同じ。船乗りであっても、この嵐の中、海を泳いで戻ることは不可能に思えた。

――このままじゃあ、皆嵐に飲み込まれてしまう。

なんとかしないと、皆の命が危険だ。

しかし、リーファには嵐を去らせる力はない。

出来るのは、水を操ることだけだ。

――そうだ……！

リーファは床に四つん這《ば》いになって扉へ向かう。

「リーファ!?　どこへ行くの？」

「シャディもついてきて。甲板に出るんだ」

「外に出るって言うの!?　無茶よ。危ないわ」

「でも、僕にしか出来ないことだから。お願い、シャディ。君の力を貸して」

シャディはわずかな間悩んでいたが、リーファが引かないと悟ると宙を飛んで傍に来てくれた。

「もうっ、仕方ないわね」

「ありがとう。風に飛ばされるといけないから、服の中に入ってて」

服の胸元を引き、シャディをその中に入れて廊下に出る。すると船員がこちらに向かってくるのが見えた。

「精霊使い様！　ご無事ですか!?」

「なんとか。皆は？」

「それぞれの持ち場についてます。俺はあなたの傍にいるように言われて来ました。部屋に戻ってください」

　両側の壁に手をつき身体を支えながら傍まで来た船員は、リーファを船室に戻らせようとする。それを押しとどめ、リーファは船員に尋ねた。

「甲板にはどうやったら出られますか？」

「甲板？　この廊下の先の階段を上ると扉がありますけど、でも外は……」

「この廊下を行けばいいんですね？　わかりました」

　リーファは船員の制止を振り切り、廊下の先を目指して歩き出した。

「精霊使い様！　外は駄目です！　波にさらわれるか、揺れで転落してしまいます！」

　すぐに追いついた船員に肩を摑《つか》まれる。海を仕事場としている船乗りが言うのだから、外は危険な状態なのだろう。

　でも、リーファは行かなければいけない。

「僕にも手伝わせてください。皆が危険な場所で働いているのに、僕だけ部屋にこもっているわけにはいきません。僕は水の精霊使いです。僕なら船を守れます」

　精霊使いの力を伝え聞いているだろう船員は、リーファの言葉に息を飲み、意を決したように先に立って歩き出した。

「案内します。ついてきてください」

　船員に支えられながら壁に手をついて慎重に進むが、船体が揺れるたびに身体が投げ出され、あちこちにぶつかってしまう。一人では廊下を真っ直ぐ行くことも不可能だっただろう。船員のおかげでリーファは甲板へと続く扉までたどり着くことが出来た。

「この向こうが甲板です。外は雨と風が強い。気をつけてください」

「わかりました」

　リーファがしっかり頷くと、船員が全体重をかけて扉を押し開けた。

「うわぁっ！」

「リーファ、飛ばされないように気をつけて！」

ゴウッという音と同時に、身体中に雨粒が勢いよく降り注ぐ。水滴のはずなのに、まるで雹《ひょう》のように固い雨粒を浴びてあっという間に全身ずぶ濡《ぬ》れになってしまった。

リーファは船員に扉のところで待機しているよう伝え、甲板に一歩踏み出す。

「く……っ」

打ちつけられる雨粒で頬が痛い。

目も開けられないほどの豪雨と、何かに摑まらなければ立っていることすら困難な強風。加えて高波のせいで船が傾き気を抜くと甲板を滑ってそのまま海に落ちてしまいそうだ。

「リーファ、これからどうするの!?」

「海水を使って、船の周りに結界を張るんだ！」

「わかったわ！」

襟元から顔を出したシャディが海に向かって指をさす。

こんなに大量の水を操るのは初めてだ。ましてやこの嵐の中では、頭の中に幻影を思い浮かべる余裕すらあまりない。

それでも、今この状況を好転させられるのは自分たちしかいないのだ。

リーファは両脚を踏ん張り、目を閉じて船を水の膜で包み込む幻影を思い浮かべる。

――皆を守りたい。

そう念じながら意識を集中させる。

しばらくすると唐突に雨と風が止《や》み、船の揺れも収まった。

「リーファ、やったわよ！」

シャディの声に目を開ける。

船は、リーファが思い描いたままに薄い水の膜で覆われていた。

「出来た……」

これまでこんなに大きな力を使ったことがなかっ

たから不安だった。

しかし、無事に結界を張ることに成功した。まだ嵐は続いていたが、船が沈む心配はなくなった。

気を張っていた分、ホッとしたら膝から力が抜け、崩れるように甲板の濡れた床に座り込んだ。

「大丈夫ですか!?」

船員が駆け寄ってくる。

リーファは彼に微笑み返し「大丈夫です」と言ったのだが、船員は船医を呼んでくると言って急いで船の中へ戻っていってしまった。

「リーファ、本当に大丈夫？」

シャディも服の中から身を乗り出し、そのまま外へ飛び立とうと羽根を軽く羽ばたかせる。しかしすぐに顔をしかめ、自身の背中を振り返った。

「痛っ。何か引っかかってる」

リーファも視線を落とすと、透明な羽根のつけ根に懐中時計の鎖が絡まっているのが見えた。

羽根を傷つけないようにそっと鎖を外してやると、羽根をブルブルと震わせた後、シャディが外に飛び出した。

「羽根は無事？」

「ええ。もう痛くないわ」

シャディに怪我《けが》がないことを確かめ、懐中時計の蓋《ふた》を開け壊れていないか確認する。

文字盤に付着した水滴を服の袖で拭っていると、時を刻む二本の白銀の針がキラリと光った。

反射的に夜空を仰ぐと、分厚い雨雲の隙間から満月が顔を出していた。

まだ結界の外は嵐が吹き荒れている。

偶然、雲が途切れたようだ。そこから月の光が差し込み、リーファの手の中にある白銀の懐中時計を照らした。

「う……っ」

その直後、心臓がドクリと大きく拍動し、リーファは息を詰めた。

――胸が、苦しい……っ。

しばらく待っても胸の動悸《どうき》は治まらず、むしろひどくなっていく。

続いて全身が燃えるように熱くなり、リーファは胸を押さえてうずくまった。

「どうしたの、リーファ!?」

動揺したシャディがリーファの周りを忙《せわ》しなく飛び回る。

誰か人を呼んできてもらいたかったが、精霊の声や姿は普通の人には認識出来ない。

激しい動悸と、身体を内側から焼かれるような熱さに、自力で動くことも出来ず、船員が船医を連れて戻ってくるのを待つしかなかった。

――なんで、急に……。

精霊の力を操作した影響だろうか。

だが、こんなこと今まで一度もなかった。

いったい自分の身体はどうしてしまったのだろう。

唐突に死という言葉が頭をよぎり、リーファは恐怖にかられた。

――嫌だ。まだ、何もしていないのに……。

ようやく精霊使いになれたというのに、何も成し得ないうちに倒れるだなんて嫌だった。

まだやらなくてはならないことがある。

海の向こうの国で、自分の力を必要としている人がいる。

ここで最期を迎えるのは、絶対に嫌だと思った。

「く……っ」

リーファは力を振り絞り立ち上がる。

扉までの数歩を進むことすら困難だった。

それでも助けを求めるため、扉へ向かう。

そしてあと少しで扉に手が届くというところで、ふいに頭上に影が落ちた。

「あ……」

嵐によって発生した高波。

その巨大な姿を目にした直後、大型船はその波に飲み込まれた。

結界を張っていたから船への直撃は免れたが、それでも船体は大きく揺れ、リーファは船外に投げ出されてしまう。

「リーファ！」

シャディが血相を変えて飛んでくる。

咄嗟に腕を伸ばしたが、身体の小さいシャディにリーファを支えることは不可能だと判断し、手を引っ込めた。

「リーファー！」

シャディの叫びを聞きながら、為《な》すすべもなく落下していく。

しかしそのまま荒れ狂う海に落ちることはなく、船体の周りを囲う水の膜に当たり身体が跳ねた。

シャディがホッとした顔をするのが見えたが、二人の上にまたも大きな影が落ち、サッと顔色を変える。

揺さぶられた船体が、リーファたちめがけて倒れてきたのだ。

このままでは、結界と船体の間に挟まれてしまう。

リーファはもう、どうしたらいいのかわからなくなり、こちらに向かってくる船体をただじっと見つめていた。

けれどシャディは違った。

リーファの眼前に立ちふさがると「息を止めて！」と叫び、水の結界を解いた。

フッと投げ出される感覚の後、水面に身体が叩きつけられる。

真っ暗な海の中に落ち、どちらが上かもわからぬまま、必死で水をかきもがいた。

――息が……っ。

ただでさえ不調を来《きた》した身体で、荒れ狂う海を泳ぐだなんて無理だった。

波に翻弄され、どんどん流されていく。

暗い暗い海の底に沈んでいき、意識が薄らぐ。

リーファはいよいよ最期の時を覚悟し、だが無意識に生にしがみつこうと上へ手を伸ばす。

小さな小さな手が指先に触れ、一人ではないのだという安堵《あんど》感に包まれながら、リーファは完全に意識を手放した。

＊＊＊＊＊

——熱い。

身体がジリジリと焼かれる感覚にリーファはふっと目を開けた。

指先を動かすと、ジャリジャリした物が触れる。

——砂……？

リーファは焦点の定まらない瞳を瞬かせ、周囲を見渡し、シャディの姿を探す。

「シャディ……？」

掠《かす》れた声で名を呼んでみたが、返事はない。

耳を澄ますと、穏やかな波の音と、遠くから砂を踏む足音が聞こえてきた。

一瞬シャディかと思ったが、精霊にしてはずいぶんとしっかりした足音だ。それに、足音は一つではない。大きな足音と、もう一つは小さな動物のような足音だった。

——誰……？

リーファはうつ伏せた身体を起こそうと試みるが、ひどく体力を消耗しているようで、指先を動かすくらいしか出来ない。

その間にも、足音はどんどん近づき、やがて早足になった。

小さな足音がリーファめがけて真っ直ぐ駆け寄ってきて頭側で止まり、湿った舌で頬をペロペロと舐《な》めてきた。

視線だけ動かし頬を舐めている者の正体を確かめると、それは薄い茶色の毛並みに、黒々とした瞳、頭部には大きな耳を持つ、リーファが知らない小動物だった。人間に慣れているようで、リーファにぴったりと寄り添い鼻先を擦《こす》りつけてくる。

こんな動物、プレアデス王国にいただろうか。

ぼんやりした頭で考えていると、もう一つの足音が傍で止み、顔の上に影が落ちた。

「大丈夫か？」

聞き覚えのない、落ち着いた男性の声。

この人は誰なのか、ここがどこなのか、聞きたいことはたくさんあったが、喉が渇いてなかなか声が出てこない。

リーファが口をパクパク動かしていると、身体を反転させられた。

その時ようやく男性の顔が見えた。

いや、見えたと言っていいのかわからない。

男性は、頭と顔に白い布を巻きつけており、目元しか露出していなかったのだ。

深い新月の夜空の色をした黒い瞳。布からわずかに見える肌は、船乗りよりも浅黒く陽に焼けている。

顔の判別はつかなかったが、声や身体つきから、おそらくリーファより年嵩《としかさ》であることが窺えた。

男性は羽織っていたマントをめくり、腰に下げている筒を外し、それをリーファの口元に押しつけてきた。

「水だ。飲めるか？」

「み……ず……」

細長い容器を傾けられ、温《ぬる》い水が口内に流し込まれる。リーファは反射的にそれを飲み下そうとしたが、上手《うま》く飲めずに咳《せ》き込んだ。

「うっ、げほっ」

「ゆっくり飲むんだ」

「んっ、んくっ」

今度はむせないように、慎重に飲み下していく。

身体が欲するまま容器の中の水を全て飲み干し、ようやく口を離す。

「っ、はぁ……」

わき水のように冷たくはないが、渇いた身体を潤すには十分だった。おかげでぼんやりしていた頭もはっきりしてきた。

「起きられるか？」

男性の腕が背中にかかり、上体を起こされる。クラリと目眩《めまい》がして、目元を押さえた。

「まだ動けないか？」

「そうみたいです……」

リーファが俯《うつむ》いたまま答えると、男性がもう片方の腕を膝裏に差し込んだ。そのまま立ち上がり、リーファを抱き上げる。

いくら動けないからといっても、抱えられるのは恥ずかしい。

降ろしてもらおうと身じろぎすると、男性に窘《たしな》められた。

「じっとしていろ。ここは日陰もなく暑い。身体を休ませられる場所まで連れていくだけだ」

「で、でも、そこまで抱えていくのは大変でしょう？」

「子供一人抱えるくらい、平気だ」

「子供って……」

小柄かもしれないが、子供というほど幼くはない。

そう反論しようとして、リーファはあることに気づいた。

着ていた衣服がずいぶんと大きくなっていたのだ。服の袖や裾が長すぎて、手足が埋もれてしまっている。

この衣装に袖を通した時はぴったりだったはずなのに、それが今や身体が埋もれんばかりに巨大化していた。

リーファは混乱しつつ袖を手繰る。そして現れた自分の手のひらを見て愕然《がくぜん》とした。

――小さい……。

小さな手、ふくふくとした指、細い腕。

これではまるで子供の手だ。

信じられない気持ちで反対側の袖もまくるが、やはりそこには子供の手が生えていた。

――まさか……。

リーファは震える両手で顔を触る。

ペタペタと顔中撫で回しわかったのは、顔も小さくなっているということ。

つまり、服が大きくなったのではなく、リーファが小さくなっていたのだ。

「うそ……」

リーファは呆然《ぼうぜん》と呟いた。

わけがわからない。

いったい、どうしてこんな身体になってしまったのだろう。

最後に覚えているのは、船から投げ出されたこと。

いや、その前に身体に変調を来した。

原因はわからないが、身体が焼かれるような熱さと息苦しさを感じ、海に落ちて気を失った。

なぜこんなことになってしまったのか。

やはり、船を嵐から守る際に力を使いすぎたからだろうか。

だが、精霊の力を使いすぎると身体が小さくなるなんて聞いたことがない。

けれど事実として、リーファの身体は子供の大きさになってしまっている。

――そうだ、シャディなら理由を知っているかも……。

「シャディ、シャディどこ!?」

周囲を見回してもシャディの姿はない。

まさか、船から落ちた時に別々に流されてしまったのだろうか。

「シャディっ」

「どうした？　誰か探しているのか？」

顔色を変えてシャディを探すリーファに、男性が声をかけてきた。

「あの、僕の傍に……」

藁《わら》にもすがる思いでシャディの行方を知らないか聞こうとしたが、寸前で思いとどまる。

――精霊のことは、無闇に人に言ってはいけないんだった……。

それに、そもそも精霊使い以外に精霊の姿は見えないのだから、彼に聞いてもシャディの行方を知っているはずがなかった。

――どうしよう……。シャディ、どこに行っちゃったんだろ……。

生まれた時から一緒にいたシャディ。彼女が傍にいないというだけで、かつて感じたことがないほどの心細さがこみ上げてくる。

「シャディ……」

もう一度彼女の名を呟くと、下の方から甲高い動物の鳴き声が聞こえてきた。

男性が歩みを止め、先ほどリーファの頬を舐めた小動物を目線で示す。

「シャディとは、このスナギツネのことか？」

この小動物は、スナギツネという名前らしい。

てっきり男性が飼っているのかと思っていたが、彼の口振りからして違うようだった。

「この子は、シャディじゃ……」

ありません、と続けようとして、先を遮るようにスナギツネがまた鳴いた。

男性の足に前脚をかけ後ろ脚で立ち上がって、リーファをじっと見つめている。

そんなはずはない、と思いつつも、黒々とした瞳から目が離せず、彼女の名前を口にする。

「シャディ、君なの？」

「キャンッ」

するとまたもスナギツネが鳴き声を上げ、リーファはこの小動物がシャディなのだと悟った。

「シャディ……っ」

リーファは男性の腕の中から抜け出し、スナギツネを抱きしめる。

なぜシャディまでこんな姿に変わってしまったのか。

全く状況が把握出来なかったが、このフワフワの被毛に包まれた小動物からは、確かにシャディと同じ気配を感じる。

姿形など、問題ではない。

子供の姿になってもリーファだとシャディが気づいたように、リーファにもシャディがわかる。自分の半身とも言える存在を、間違えるはずがなかった。

リーファはしっかりとその身体を抱きしめる。豊かな尻尾が喜びを表すかのように、ゆったりと揺れた。

「よかった、シャディが一緒で」

ギュウッと抱きしめると、苦しかったのか腕の中でシャディが抗議するように低く唸《うな》る。慌てて拘束を緩めたら、頬をペロリと舐められた。くすぐったさに首を竦《すく》めると、その光景を見ていた男性が教えてくれた。

「そのスナギツネが、砂浜で倒れているお前のところまで案内してくれたんだ。主人想いだな」

――そうだったんだ……。

シャディが助けを呼びにいってくれたんだ。

周囲に他に人は見あたらないし、あのままだったら自力で動くことも出来ず、通りかかった人に発見されるのももっと遅くなっていたかもしれない。

シャディのおかげで助かったのだ。

「シャディ、本当にありがとう……！」

心からの感謝を込めて、柔らかな被毛に顔を埋《うず》め頬ずりする。

「そこまで歩けるか？」

男性が示した先の朽ちた流木には、一頭の動物が繋がれていた。

目覚めた時よりは身体に力が戻ってきている。少しなら歩けそうだ。

リーファは立ち上がり、裾をたくし上げて男性の後ろを歩く。

こうして後ろをついて歩くと、男性がずいぶん長身だということがわかった。リーファの身体が子供程度に縮んだからそう感じるのだろうか。今のリーファは男性の腹の辺りくらいの身長しかない。

それだけ差があるので、体格に比例して足が短いリーファは、男性の後をついていくのも一苦労だった。

歩幅が狭いせいもあるが、砂の上を歩くことに慣れていないせいで思うように進めない。加えて、革のブーツからたびたび足が抜けそうになる。

　ブカブカになってしまったブーツがない方が歩きやすいのではと思い、リーファは屈《かが》んでブーツを脱ぐと素足で砂を踏む。途端、太陽で熱された砂の熱さに飛び上がった。

「あつっ」

「何をしてる？」

「靴が大きくて歩きにくいから、脱いだんですけど……」

「この時間は特に陽射しが強い。素足で歩いたら火傷《やけど》するぞ」

　砂で火傷なんてしないだろうと思ったが、男性は大げさに言っているわけではないようだった。

　リーファの足下に屈み、足の裏を確かめる。一瞬だったから火傷はしていないようだが、赤くなり、ヒリヒリしていた。

　男性は確認が終わると、明らかに大きさが合っていないブーツを見て訝しそうに尋ねてきた。

「あまり見ない靴だな。それに、ずいぶんと大きい」

「えっと……、他に靴を持ってなくて……」

　実は子供になってしまったのだ、と言っても到底信じてもらえないだろう。怪しいことを言う子供だと思われて、ここに一人残されたら大変だ。

　だからリーファはそう誤魔化《ごまか》した。

　苦し紛れに出た言葉だったが、男性は納得してくれたようで、「これでは歩けないな」と呟き、シャディをリーファに抱かせ、再び身体を抱き上げてきた。

　恥ずかしかったが、確かにこうしないとあの流木に行き着くまで時間がかかってしまう。リーファは大人しく男性の腕の中に収まった。

「着いたぞ。乗れるか？」

　男性は流木まで行くと、繋いである茶色い動物の背にリーファを乗せようとした。

　しかし、どこにどう乗ったらいいのかわからず、リーファは身を固くする。

「どうした？」

「馬には乗ったことがないから……」

「馬ではない。これはラクダだ」

「ラクダ？」

初めて聞く名前だ。

言われてみれば、確かに馬とは身体つきが異なっている。馬の背はこんなに大きく盛り上がっていない。首や脚もこんなに細くなかった。

リーファがしげしげとラクダを観察していると、男性が質問してきた。

「ラクダを見たことがないのか？」

「え？　はい」

答えた途端、男性がわずかに目を見開く。

プレアデス王国の主な移動手段は馬車だ。馬に直接乗って移動することもある。王都でも馬の姿はよく目にしたが、このラクダという動物は街中にもいなかった。

――ラクダなんて、本にも出てこなかった。

そこでようやくリーファは、ここがプレアデス王国ではない可能性に気づいた。

てっきりプレアデス王国のどこかの海岸に流れ着いたのだと思っていたが、全く別の国に流されてしまったのかもしれない。

だとしたら、男性が変わった服装をしていることや、見知らぬ動物、灼熱《しゃくねつ》の大地にも納得出来る。

プレアデス王国であってほしい……。

そう願いながら、リーファは男性に尋ねた。

「……ここは、どこ？」

「カトル地方の浜辺だ」

「カトル地方？」

男性は一瞬怪訝《けげん》そうな顔をしたが、すぐに子供だから地名を知らないだけだと思ったらしい。

「アガスティア王国の王都から見て、東に位置する海岸だ。東はわかるか？」

――アガスティア王国……！

　波に流され、偶然にも目的地に到着していたようだ。

「船は？　船はなかった？」

「船？」

「僕が乗ってきた船。海で嵐に遭ったんです。僕だけ落ちちゃって……。船を見てないですか？」

「見ていないな。近くに船の残骸も見あたらなかった。他の海岸でも船が座礁したという報告は上がってきていないから、おそらくお前の乗っていた船は、無事にどこかの港に着いているだろう」

　リーファはそれを聞き、胸をなで下ろす。

海に落ちる直前、シャディは倒れてきた船体に押しつぶされるのを防ぐため、やむを得ず結界を解除した。その後、また結界を張ってくれたのだろう。だとしたら、船は嵐から守られたはずだ。

　願わくばリーファが海に落ちたことに気づき、それを伝えるためにプレアデス王国に戻っていてほしい。

　ひとまず船の残骸が見つかっていないことに、リーファはホッと安堵する。

　その様子を見て、男性はいったんリーファを地面に降ろすと、身を屈めて顔をのぞき込んできた。

「最初に見た時から思っていたが、お前はアガスティア王国の者ではないようだな。肌の色が薄く、金色の髪に青い瞳……。この国では珍しい色をしている。船に乗ってきたと言っていたが、どこから来たんだ？」

「……っ」

　リーファは返答に詰まってしまった。

　プレアデス王国から来たことを、正直に打ち明けていいものか迷う。

　プレアデス王国が精霊の加護を受けた国であることは、他国にも知れ渡っている。

　しかし、長年国を閉ざしているプレアデス王国の者が自国から出ることは稀《まれ》で、なぜアガスティア王国に来たのか尋ねられたら、嘘《うそ》が下手なリーファは精霊使いであることまでずるずると聞き出されてしまう気がした。

この男性には命を救われたが、だからといって会ったばかりの他国の人間を信用し、全てを話すわけにはいかない。掟でも決められている。

それに、たとえ本当のことを告げたとしても、精霊使いがこんな子供で、水の精霊もスナギツネでは、信じてもらえない気がする。

何より、子供の姿では、ナーフルから与えられた役目も果たせないかもしれない。シャディも、スナギツネの姿をしていて精霊の力が発揮出来るのだろうか。

リーファが子供の姿になってしまった原因もはっきりしていないし、どうやったら元に戻るのかもわからない。シャディにしても同じだ。

——せめてシャディが本来の姿だったら……。

リーファの言葉は理解しているようだが、シャディが発するのは動物の鳴き声にしか聞こえないので、彼女に相談しても明確な答えが得られない。

船員と離れ、頼みの綱であるシャディとも意志疎通が十分にはかれない今、リーファもこれから先どうしたらいいのかわからず、真っ暗闇に一人で放り出されたかのような心細さに襲われた。

「わからない……」

不安がそのまま口からこぼれていた。

その時、腕の中で静かにしていたシャディが急に鼻先を胸元に押しつけ匂いを嗅《か》ぎ出した。何かを発見したのか、前脚でその辺りを引っかく。

不審に思いながらも胸元を探ると、一通の封書が出てきた。

プレアデス王国の封印が押された封書。

表書きは海水でインクが滲んで読めないが、封蠟に押された印はプレアデス王国の紋章だ。

これをアガスティア王国の国王に渡すように、城を出る前にナーフルから持たされていた。

この中には、リーファが水の精霊使いであることを証明する国王直筆の手紙が入っている。これをアガスティア王国の国王に見せれば、たとえ子供の姿とスナギツネの姿をしていても、リーファとシャディの身元は保証されるのではないだろうか。

無事認められたら、アガスティア王国からプレアデス王国に使者を送ってもらい、アザリーや他の精霊使いにリーファたちの身に起きたことを伝えることが出来る。

——元の姿に戻れる方法を、見つけられるかもしれない。

そうすれば予言通り、この国での役目を果たすことも出来る。

目映い光が暗闇しかない世界に差し込んだ。

——まずは、王都を目指そう。

そのためには、この男性に頼るしかない。

幸い男性はまだリーファのことを見た目通りの子供だと思って疑っていないようだったので、それを利用させてもらうことにした。

嘘をつくのは少々心苦しいが、王都まで連れていってもらうためだと罪悪感を押し込める。

リーファは軽く咳払《せきばら》いし、意識して子供らしい声色を作って男性の服をそっと引っ張った。

「おじさん、王都ってどこ？」

「この丘を登って、砂漠を越えたところにある。王都に行きたいのか？」

「うん。王都に行くために船に乗ったんだ。連れてってくれる？」

異国の人間であろうリーファがなぜ王都を目指しているのか、男性は疑問に思っただろう。

けれど子供ということで問うても無駄だと思ったのか、「いいだろう」と返され、連れていってもらえることになった。

「ありがとう、おじさん！」

リーファがにこりと微笑むと、男性が苦笑混じりに言った。

「連れていく代わりに、頼みがある。そのおじさんと呼ぶのは止めてもらえないか？　お前から見ればおじさんだろうが、私はまだ二十歳《はたち》なんだ」

　男性はリーファより二つ年上らしい。確かにおじさんと呼ぶには早い年齢だ。

「じゃあ、なんて呼べばいいの？　お兄さん？」

「いや、名前で呼んでくれ。私の名はサラム。お前の名は？」

「僕はリーファ。この子はシャディ」

　シャディがリーファの腕の中で、挨拶《あいさつ》するように鳴いた。

「では、ラクダに乗ろう。シャディもそのまま抱いておくといい」

　サラムがリーファの脇の下に手を入れ、持ち上げてきた。外見は子供でも中身は十八歳の男性のため、やはりこの歳で抱き上げられるのは少々気恥ずかしい。けれど、穏便に王都まで行くためには、子供のふりをするのが得策だ。

　リーファはサラムの助けを借りて、ラクダの背にまたがる。

　盛り上がった背中の上には鞍《くら》が置かれ、突起が一つついており、それに摑まるよう言われた。下をのぞくと思ったより高さがあり、リーファは鞍を摑む手にギュッと力を込める。

　リーファがしっかり腰を落ち着けたことを確認してから、サラムもラクダにまたがる。リーファを後ろから抱き抱えるようにして、手綱を握った。

「あちらのなだらかな斜面から丘を登る。しっかり摑まっていろ」

　サラムが腹を軽く蹴ると、ラクダがゆっくりと歩き出した。

　動物の背に乗って移動するのは初めてだ。馬車を引く馬に比べるととてもゆっくりした足取りで進んでいく。

　それでもラクダの歩調に合わせ身体が左右に振られ、最初はそのたびにずり落ちそうになっていたが、丘を登りきる頃には慣れてきて動きに身を任せ楽に乗っていられるようになった。

「筋がいいな」

「そう？」

「これなら、丘を登りきったら少し走らせてみても大丈夫そうだな」

「ラクダって走るの？」

「ああ。ただし、今よりももっと揺れる。落とされないように身を低くしていろ」

　落ちる可能性があることを示唆され、リーファは慌てて首を左右に振る。

「い、いいっ。走らなくていい」

「走らせないと、日暮れまでに王都に着かない。その格好では寒い夜を越せないだろう」

「でも、今すごく暑いよ？」

「砂漠は日中と夜の気温の差が激しいんだ。とても寒く、凍えてしまう」

　プレアデス王国には四季があるが、昼夜で気温差はそれほど大きくなかった。

　だから彼の言う凍えるほど寒い夜というのがどの程度なのかわからず、本当に一日でそれほど気温が変化するのか、半信半疑になってしまう。

「丘の上に着いたぞ」

　顔を上げ、そこに広がる光景に息を飲む。

　――砂だ……。

　一面、金色の世界。

　砂で出来た地面は平らではなく、大小の山が出来ており、他には枯れた倒木がわずかに存在しているだけだった。

　時折吹きつける風に舞って、サラサラと細かい砂粒が巻き上がる。海の近くにあっても、風は乾いていた。

　生き物の気配のない枯れた大地。

　灼熱の太陽に照らされているというのに、心が寒々しくなる光景だった。

「これが砂漠……」

　リーファは腕の中のシャディを無意識に抱きしめ

る。

　アガスティア王国を悩ませている砂漠は、実際にこの目で見ると、想像以上に過酷な環境であることをリーファに伝えてきた。

「砂ばかり……。草木や水はないの？」

「王都までの道中に、いくつか集落がある。オアシスに出来た集落だから、植物や水もある」

「オアシスって？」

「砂漠の中でも水がわき出て植物が育つ場所が稀にあるんだ。そこをオアシスと呼ぶ」

　砂漠にも水場があると聞き、胸をなで下ろす。

　水がわき出ているということは、地中には水源が生きている。全く水気のないところに他から水を呼び込むより、水源を見つける方が容易だ。

　リーファの与えられた役目は、この砂漠に水を呼び込み緑豊かな国にすること。

　早く元の姿に戻り、役目を果たしたい。

　そこでふとある可能性に思い至り、シャディにそっと耳打ちした。

「シャディ、その姿でも水脈の在処《ありか》がわかったりする？」

「キャンッ」

「本当？　なら、もしこの砂漠に水脈を見つけたら教えてもらえる？」

　シャディは大きな三角の耳をピコピコと動かし、また一声鳴いた。

　プレアデス王国に現状を知らせる使者を送ったとしても、二国間を海が隔てているため、リーファとシャディが直面している問題が解決されるまでには時間を要する。その間にも、水不足で悩む民に出会うだろう。

　それなら、この姿でも出来ることがあるのなら動きたいと思った。

　その思いでシャディに水脈の場所がわかるか聞いてみたのだが、幸いにも彼女の持つ精霊の力はなくなってはいないようだった。

以前と同じ程度の力があるのかはまだわからないが、少なくとも水脈は探せる。ただ待つだけでなく、出来ることがある。

　耳の間にある額の被毛を優しく撫で、リーファは背後のサラムに言った。

「初めてラクダに乗ったから、やっぱり走るのはちょっと怖い。僕が慣れるまで、ゆっくり歩いてもらえない？」

　サラムはしばし考え込んでいたが、リーファが眉を下げると嘆息しながらも頷いてくれた。

「仕方ない。日が暮れたら途中の集落に泊まろう」

「ありがとう、おじ……サラムさん」

　リーファが言い直すと、サラムの瞳がフッと優しく緩む。

「サラムでいい。『さん』をつけて呼ばれることに慣れてないんだ」

「わかった。僕のことも、リーファって呼んでいいよ」

「そうしよう」

　短い会話が終わると、ラクダが砂を蹴る音だけが辺りに響く。

　虫や鳥の声もしない。

　それがどうにも落ち着かなくて、リーファは頭に浮かんだ疑問をサラムに投げかけた。

「サラムはなんの仕事をしてるの？」

　それは、深い意味のない問いかけ。

　しかし、サラムは即答せず、慎重に言葉を選ぶようにして答えた。

「……国の仕事をしている」

「お役人なの？」

「そのようなものだ」

　失礼ながら驚いてしまう。サラムの身なりは、裕福な暮らしをしているように見えなかったからだ。

　頭と顔に汚れた布を巻き、身体にも同じく薄汚れたマントを羽織っている。プレアデス王国では平民でも宝石を身につけているのに、手綱を握るサラムの手には指輪などの装飾品は見あたらない。

ただ、左の手首にくすんだ金色の糸を編み込んで作った紐《ひも》を巻きつけていたが、それもあまり高価なものには見えなかった。

さらに先ほど、『さん』づけで呼ばれ慣れていないとも言っていたから、人に使われる立場にある労働階級の者だと思っていたのだ。

「今日はお仕事はお休みなの？」

「いや、今日の仕事はもう終わった。時間が空いたから、海を見に遠出をしたんだ。そうしたら砂浜で倒れているお前を見つけた」

役人の仕事は、そんなに早く終わるものなのだろうか？

抱き上げられた時に触れたサラムの身体は、意外と筋肉質だった。身体つきから推測するに、護衛などの身体を使う仕事をしているのかもしれない。護衛なら、警護など夜通しの仕事があるはずだから、交代制の勤務という可能性もある。

リーファがサラムの仕事について考えを巡らせていると、控えめに尋ねられた。

「……私も質問していいか？」

「うん。何？」

「船に乗っていたと言っていたが、親も一緒だったのか？」

「ううん。一緒じゃないよ」

「なら兄弟と一緒だったのか？」

「船の乗組員と一緒だった。兄弟がいるのかは知らない。僕、生まれてすぐ親とは離されたから」

サラムに精霊使いであることは知られていない。だからこの程度のことなら話してもいいだろうと、リーファは淡々と告げた。

ところがサラムは何か考え始め、沈黙が落ちる。

静けさを嫌ってリーファが話題を変えようと口を開いた時、サラムが「もう一ついいか」と言ってきた。

「お前は、なぜ船に乗っていたんだ？」

「船に乗るように言われたから」

「誰に？」

「えっと……。偉い人」

「偉い人とは？　王都に向かう途中だったと言っていたが、王都で何をするつもりなんだ？」

　嘘をつき慣れていないリーファは早々にボロを出しそうになって、つい子供のふりをしてしまう。

「……難しいことはわかんないよ。僕子供だから」

「そうだ、子供だ。おそらくまだ七つか八つくらいだろう？　そんな子供がなぜ同伴者もなく船に乗っていたのか、疑問なんだ」

　サラムの指摘にドキリとする。

　しかし、彼は別のことに目を留めたようだった。

「その服……何かの儀式の服ではないのか？　子供が着るにしては大きすぎる上に、生地も上等だ。親のいないお前を何かの儀式に使おうとしていたのではないか？」

「儀式……？」

　言われた意味がわからず首を傾げると、サラムがわずかに言い淀んだ後、苦々しい口調で言った。

「昔、雨を降らせる儀式があったと聞いたことがある。その儀式の時に、天への供物として子供を捧げたと……」

　そこまで言われてもまだわからず、しばし時間を置いてようやくサラムの言いたいことが理解出来た。

　つまり彼は、リーファが雨乞いの儀式の生《い》け贄《にえ》にされようとしていたのでは、と思っているのだ。

「違うよ、そういうのじゃないから」

「本当か？　大人に言いくるめられて、船に乗せられたから知らないだけではないのか？」

「違うってば。偉い人に言われたからだけど、最終的には、僕が自分の意志で船に乗るって決めたんだよ」

　誤解を解こうと必死で言い募るが、サラムはなかなか納得してくれない。

「なら目的はなんだ？　なんのために王都へ？」

リーファをここに送り込んだのは、プレアデス王国の国王。アガスティア王国を助けようと、プレアデス王国にとっても重要な精霊使いであるリーファと、水の精霊のシャディをこの国に向かわせた。

きちんと説明したいのに、掟があるからサラムに真実を話せない。とても歯がゆかった。

リーファがもどかしさにむっつり黙り込むと、

「悪かった」と謝罪の言葉が頭上から降ってきた。

「お前を傷つけるつもりはなかった。ただ、心配だったんだ。もしお前が悪い大人に騙《だま》されているのなら、このまま王都に連れていっていいのかと」

——僕が、心配？

リーファは心の中で呟き、そしてハッとした。

サラムはもしリーファが生け贄の身であった場合、このまま王都に連れていき船の乗組員と再会させたら危険だと思ったのだ。

リーファの身を案じてくれた。つい先ほど会ったばかりの自分のことを、そこまで考えてくれた。

サラムの想いを知り、リーファは表情を改める。

「どうして、僕のことを心配してくれるの？」

「……弟を思い出したからだ。もし私の弟がお前と同じような目に遭っていたら、と考えたら黙っていられなかった」

「サラムには弟さんがいるの？」

「ああ。リーファより少し年嵩だ。今年十二歳になった」

弟のことを話す時、サラムの声色が変わった気がした。少ない言葉の中に、弟のことを大切に思っている空気が感じられる。

「そっか。サラムは弟さんのことが好きなんだね」

「……そう見えるか？」

「え？　うん。違うの？」

なぜかサラムは口を閉ざし、ややあってから「いや、合っている」と答えた。

その間の取り方に、リーファは違和感を覚える。

——弟の話はしない方がいいのかな？

そう思い、別の話題を探していると、腕の中で丸まっていたシャディが頭を持ち上げピンと耳を立ち上げた。

じっと見つめる先には変わりない砂漠が続いているように見えるが、シャディはリーファを振り仰ぎ小さな声で鳴いた。

「何？　シャディ？」

問いかけるが、動物の身体なので会話が成立しない。それでも表情や仕草から、何かを伝えようとしているのがわかった。

サラムに聞こえないよう声を潜めてシャディに囁く。

「水があるの？」

「キャンッ」

シャディは短く鳴き、頭を上下に振る。

目を凝らし砂の大地を確認すると、遠くでキラリと光が走った。

「あっ！」

リーファが思わず声を上げそちらを指さすと、サラムも光に気づいたようだ。

訝しそうな声音で「あの光はなんだ？」と呟き、光の正体を確かめるために方向を変える。

近づいていくと、丘の影になって見えなかった草花の緑が目に入った。そしてその中心には、小さな泉が存在していた。

ラクダを止めて砂漠に降り立ち、泉に歩み寄る。

サラムが手を泉に浸し水をすくうと、指の間を流れていく水が太陽の光に反射して、宝石のように輝いた。

「どう？　飲めそう？」

「ああ。周りに草花が生えているから、毒性はないだろう」

サラムは口元を覆う布を片手でずらし、水に口をつける。飲み水として口に出来そうなことを確認し、こちらを振り向いた。

「水を貰っていこう。お前も飲むといい」

サラムはそう言いながら、顔と頭の布を外していく。どうやら水を飲む際に乱れた布を巻き直そうとしているようだったが、リーファは初めて見た彼の素顔から目が離せなくなった。

――サラムって、こんなに格好よかったんだ……。

軽くウェーブがかかった黒髪。秀でた額から真っ直ぐ伸びる高い鼻梁《びりょう》。きりりと上がった眉と、薄いけれど大きめの唇は理想的な形を有し、同性から見てもため息がこぼれそうなほど、端正な顔立ちをしていた。

つい見惚《みと》れていると、その視線に気づいたサラムが怪訝そうな顔をしたので、慌てて頭に浮かんだことを口にした。

「サラムって、黒髪だったんだね。布を巻いてた部分の肌も焼けてる」

「この国の者はほとんど黒髪と黒い肌をしている。お前の国は違うのか？」

「うん。僕の国は色々。肌は白い人が多いけど、髪や瞳の色は人によって違うんだ」

そう答えつつ泉に視線を落とすと、水面に金色の髪と青い瞳の少年が映り込んだ。

――これが今の僕……？

透明な水面に映るあどけない少年は、昔、鏡でよく見た顔だった。

子供になった自分を見たリーファは、動揺から息を飲む。

――本当に、子供になっちゃっている……。

プレアデス王国に使者を送ったら、ちゃんと元の姿に戻れるのだろうか。自分だけでなくシャディも、元の精霊の姿になれるのだろうか。誰もその方法を知らなかったらどうしたらいいのか……。

いずれにしても、まずは王都を目指す他はないとわかっているが、現実を目の当《ま》たりにし、リーファは不安から表情を曇らせてしまう。

「どうした？」

水面を一心に見つめていると、サラムに声をかけられた。

まさか泉に映った自分の姿を見て落ち込んでいるとは言えず、リーファは「なんでもないよ」と言って両手で水をすくい、口をつける。

水は澄んでいるが、魚などの生き物の姿はない。底も浅く、注意してすくわないと砂が立って水を濁してしまいそうだ。

太陽に熱されているわりにそこまで温くはなく、おそらく、地下の水脈から水が少しずつわき出して出来た泉なのだろう。

リーファはもう一度水をすくうと、シャディに差し出した。

「はい。シャディも飲んで」

精霊の姿の時は飲食を必要としなかったが、動物の身体になった今はきちんと水分を摂《と》らないといけない気がする。この熱さではすぐに参ってしまうだろう。

シャディはリーファの手のひらに溜《た》まる水の匂いを嗅ぎ、そろそろと舌で舐めとる。

水を初めて口にしたシャディは首を傾げたが、身体の方が水分を欲していたらしく、すぐにペロペロと一心に飲み始めた。

手の中の水が空になるとまたすくってやり、それを二度繰り返した時、サラムに「そのくらいでやめておけ」と止められた。

「このオアシスの水はとても少ない。飲みすぎると枯らしてしまう恐れがある」

「枯れる？」

「ああ。小さな泉だが、灼熱の太陽の下、この量の水が溜まるまでにはずいぶん長い時間を要したはずだ。飲み尽くしてしまうとそのまま枯れてしまうかもしれない」

それは水で苦労をしたことがないリーファには、衝撃的な内容だった。

けれど、浜辺からここまで、この小さな泉以外の水場を見つけられなかったことから、砂漠に自然に出来た泉の貴重さは少し考えれば理解出来た。

「少しだが、水を汲《く》んでおいた。飲みたくなったら言うといい」

「うん」

「我慢させて悪いな」

「平気。砂漠では水がとても大切なんでしょ？　もしかしたら、この後、他の人がここを通るかもしれない。その時に水がなかったらとってもがっかりすると思うから、僕は我慢するよ」

　リーファがそう言うと、サラムが目を瞠《みは》る。

「お前は頭がいいんだな。幼いのに他者を思いやることも出来る。それに、よくこの小さなオアシスを見つけられたな。ここを何度も通っている私でも気づかなかった場所を」

　それは、水の精霊であるシャディが教えてくれたからだ。でも、それを言うことは出来ない。

　どう誤魔化そうかと考えていると、サラムがリーファの頭を撫でてきた。

「いい目を持っているな。もしまた水場を見つけたら教えてくれ」

　サラムはリーファの脇に手を差し込みラクダに乗せた。自分も続いて背に乗り、元の道に戻る。

　――なんか、変な感じ。

　小さい頃はミスカやアザリーに頭を撫でてもらった。けれど、歳を重ねるごとにその機会は少なくなっていき、大人と変わらない体格になってからは、言葉で褒められるだけになっていた。リーファ自身もそれで十分満たされたから特に意識したことはなかったが、こうして子供の身体になった今、久しぶりに頭を撫でられ、不快に思うどころか嬉《うれ》しいと感じている。

　――もう、子供じゃないのに。

　精霊使いと認められ、大人の仲間入りを果たした気持ちでいただけに、自分の中の甘えた部分を見つけてしまい、やや決まりが悪い。

　――でも、喜んでくれた。

今にも枯れてしまいそうな水溜まりほどの泉だったが、サラムは新たな水場を発見出来たことを喜んでいた。

とても小さな成果だが、水場を探せたことに心が弾んだ。

リーファは顔を上げ周囲を見渡す。

——この砂漠を、緑にしたい。

無謀とも思えることだが、シャディがいればそれも可能な気がする。

砂漠に水を呼び、緑が増えれば、ずっと過ごしやすい国になるだろう。

リーファはナーフルに命じられたからだけではなく、水の精霊使いとして、この国を水がわき出る緑に覆われた国にしたいと思った。

＊＊＊＊＊

強い太陽の陽射しに照らされながら、熱砂の上をラクダで移動する。

熱さのため、ゆらゆらと揺れる砂漠の景色。

その向こうに砂ではない建物を発見し、リーファは目を輝かせる。

「あれは？　あそこが王都？」

「ああ、そうだ」

昨日は太陽が水平線に沈みかけた頃に、砂漠のオアシスにある集落に到着し、そこの宿屋で一泊した。

水晶の館でずっと暮らしていたリーファは宿屋という存在を知り、宿代としてサラムが金貨を支払った時に、硬貨を初めて目にした。

精霊使いは仕事をしても、対価として硬貨を貰うことはない。その代わり、不自由のない生活が送れるように、食料や物資という形で対価を得ていた。

だから金貨一枚がどれほどの価値に当たるのかは不明だったが、ミスカは、対価を得るには大変な労働が必要だと言っていた。

その大切な硬貨を、リーファのせいでサラムにたくさん使わせてしまった。

宿代の他に、「大きさの合っていない服だと不便だろうから」と、子供用の服や、日除け用の顔に巻く布まで調達してくれたのだ。

こんなによくしてもらって、サラムの生活が困窮するほどの金貨を払わせてしまったかもしれないと青くなったが、サラムは「気にしなくていい」と返してくれた。

しかし、王都の姿を遠くにとらえた今、サラムへの感謝と申し訳なさが改めてこみ上げてくる。

「……サラム、ここまで連れてきてくれて、ありがとう。昨日もたくさん金貨を使わせちゃったし、何かお礼をしなくちゃと思うんだけど、僕、何もお返し出来るものを持ってなくて……」

リーファがそう言うと、サラムがフッと息を吐き出す気配がした。

「子供が気を使わなくていいと昨日も言っただろう？　私がしたくてしているだけだ。砂浜で助けたのがお前でなくとも、私は同じことをしただろう」

だから何も気にすることはない、とサラムは続け、俯くリーファの頭に手を置いた。

――サラムって、不思議な人。

金貨がたくさんあれば、それだけ贅沢《ぜいたく》な暮らしが出来るだろうに、会ったばかりのリーファとシャディのために惜しげもなく払ってくれた。

そもそも、リーファを助けず、彼一人ならラクダを走らせてその日のうちに王都まで帰れたはずだ。だが、彼は一言も文句を言わず、言葉数は少ないながらもリーファを気にかけながら、王都までつれてきてくれた。

サラムにとったら迷惑な存在でしかないはずなのに、何も見返りを求めずに親切心でしただけだと言う。

欲が薄く、金貨への執着がなく、対価を求めずに他者のために動くその姿は、プレアデス王国で共に生活していた精霊使いたちを思い出させた。

――最初に出会ったのが、サラムでよかった。

砂漠を横断してきて、どれほどこの国が乾いた大地での生活に困窮しているか実感した。

サラムに助けてもらった礼に、この国を水と緑の豊かな地にしよう。

そう心の中で誓いながら、王都へ足を踏み入れた。

王都は昨夜訪れた集落とは違い、人々の声が飛び交う活気ある大きな街だった。

この近辺は砂漠化が進んでいないようで、それほど多くはないが街中に木々や草花の緑が目につく。気温は高いが湿度は低く、からりと乾いているため蒸し暑さは感じない。

煉瓦《れんが》造りの家屋が密集して建ち並び、道も人々の往来が激しく、土埃《つちぼこり》が立ち上っている。リーファは首に巻きつけた布を引き上げ、口元を覆った。

人通りの多い道の端をラクダに乗って移動していると、サラムが今後の行き先を質問してきた。

「王都に着いたが、リーファはこれからどうするんだ？」

「僕、王宮へ行くんだ」

「王宮へ？」

リーファがこくりと頷くと、サラムが目的を尋ねてきた。

全てを告げることは出来ないが、彼は国の仕事をしていると言っていた。それなら、王宮へも一緒に入れるかもしれないと思い、リーファは胸元からナーフルに持たされた書簡を取り出す。

「実は、これを……、あっ！」

突然砂混じりの突風が吹きつけ、リーファの手の中にあった書簡が空へと舞い上がる。

そのまま風に乗って、人通りの多い道へと飛んでいってしまった。

「サラム、降ろして！」

リーファが焦って訴えると、サラムが抱えてラクダから降ろしてくれた。

人混みにもまれながら、ヒラヒラと飛んでいく書簡を追っていく。

雑踏の中を行き交う人々は目の前に飛んできた紙を煩わしそうに手で払いのけ、そうこうしているうちにリーファの視界から消えてしまった。

身を屈め、人と人の間を縫うようにして歩き、地面に落ちたであろう書簡を探す。

「あ、あった！」

何度も人とぶつかりながら、踏みつけられ砂だらけになった書簡を手に取る。

「見つかってよかった。……サラム？」

周囲を見回し、サラムの姿を探すが見あたらない。

道の真ん中で立ち止まってキョロキョロしていると、通行の邪魔になったらしく、道行く人に迷惑そうな顔で睨《にら》まれてしまった。リーファは慌てて道の端に移動する。

そこには布の上に果物や野菜を並べている人が何人もおり、時折人がやってきて硬貨と引き替えに食べ物を受け取っていた。その様子から、ここは話に聞いたことがある市場というものらしいと推測する。

これだけの人混みでも、サラムほど背が高ければすぐに見つけられると思ったが、それにはそもそもリーファの身長が足らず、目の前を歩く人々が壁になり遠くまで見通せない。

「どうしよう……。サラムとはぐれちゃった」

「クゥ……」

胸元に入れていたシャディが頭だけ出し、心配そうにこちらを見上げている。

リーファは知り合いが一人もいない異国の地でたった一人きりになった心細さから、シャディの額に顎《あご》を乗せ、ため息をつく。

しばらくその場から動かずにサラムを探してみたが、日が傾き始めても見つけられなかった。道端で品物を売っていた人々もしまい支度を始めている。

「……いつまでもここにいられないか」

リーファはサラムを探すことは諦め、当初の目的地である王宮へ行ってみることにした。

王宮がどこにあるかもわからないので、とりあえず人の流れに乗って通りを歩いていくと、遠目にどの家よりも高く大きく立派な建物が建っているのを発見する。

「あれが王宮かな？　日暮れまでに着けるかな？」

シャディに意見を求めるが、彼女も「わからないわ」というふうに首を左右に振るばかりだ。

他に当てはないのだし、今は向かう他ない。リーファは王宮であろう建物に向かって歩き出す。

もうじき太陽が沈むという時間帯だったが、まだ通りには人の姿が多く見られた。リーファは人混みの中を苦労して進んでいく。

――こんなに街を歩くのって大変なんだ……。

皆颯爽《さっそう》と歩いているからわからなかったが、縦横無尽に人が行き交う道を真っ直ぐ歩くことは困難で、右に左にと避《よ》けながら人の間をすり抜けなければならず、思った以上に神経を使う。

大通りをやっとの思いで抜けると、左右に分かれた道に出た。リーファは悩んだ末に、右の道を行くことに決めた。

その道はあまり人通りがなく、市場に比べるとずいぶん静かだ。

リーファは沈みゆく太陽を確認しながら、早足で歩き続けた。

ところが、太陽のことばかり気にしすぎたせいか、ふと位置を確認した時に、先ほどよりも王宮らしき建物が遠くに見えていることに気づいた。

「あれ？　もしかして、離れちゃってる？」

道は密集した民家の裏手を縫って続き、ここまで横道もなかった。どうやら王宮から離れる形で緩くカーブしていたようだ。このまま進めば、もっと離れてしまう。

一度引き返そうか考えたが、太陽はすでに半分ほど地平線に隠れてしまっている。今から戻っても、土地勘のない夜道を歩いて目的地にたどり着ける気がしなかった。

リーファは今日中に王宮を訪れることは諦め、夜を明かせそうな場所を探して道を進んだ。

転ばないように足下に気をつけながら歩き続け、ようやく道が途切れたと思ったら、そこは王都に入る時にくぐった門の付近だった。

散々歩き回ってふりだしに戻ってきてしまったことに落胆を隠せず肩を落とすと、シャディが励ますように甲高い鳴き声を上げ、頬を舐めてくれた。

リーファは気を取り直し、とりあえず今夜はどこかで身体を休めて翌朝再び王宮を目指すことにする。

横になれそうな場所を求めて歩き、ある一軒の民家を見つけた。長い間人が住んでいないのか、壁のひび割れが目立つ家屋の裏手に回り、リーファは精霊使いの衣装を入れた袋を背中から下ろし、壁にもたれて座り込む。

「シャディ、今日はここで寝よう。朝になったらまた王宮を目指してみるよ。いいかな？」

「キャンッ」

同意を示してくれたシャディを服の中から出し、膝の上に乗せて毛並みをそろそろと撫でる。

ずいぶん暗いな、と思いつつ空を見上げて、リーファは夜空の異変に気づいた。

――あれ？

空には新月の前夜に見られる細い月が浮かんでいた。

確か、嵐に遭った夜は満月だった。しかし今見上げている夜空にあるのは、とても頼りないやせ細った月。

――どうしてあんなに月が欠けてるんだろ？

「ねぇ、シャディ。月が変……」

そう呟いた時、心臓が強く脈打った。

「う……っ」

連続的に激しく叩くような動悸に、反射的に胸を押さえ落ち着くのを待つが、今度は身体の奥からジワジワと熱がこみ上げてきて、次第に全身へと伝播《でんぱ》していく。

——何!?

いきなりの体調の変化に戸惑いつつも思い出した。

——知ってる……。

この息も出来ないほどの熱は、前にも経験している。

あれは、この国に向かう途中の船の上でのこと。

あの時も、同じ熱を身体に感じた。

そしてその後、海に落ちて、目覚めた時には子供の姿になっていた。

——もしかして、元に戻る!?

リーファはそう直感し、元の姿に戻れるのならと、うずくまって発熱に耐える。

薄れそうになる意識を保つため、無意識に首にかけている白銀の鎖を引っ張り、アザリーに渡された懐中時計を握り締めた。

そこでプツリと糸が途切れるかのように、リーファは意識を失った。

「キャン、キャンッ」

「ん……」

耳元で小動物が鳴く声が聞こえ、リーファはそろそろと目を開けた。

「シャディ……？」

「キャンッ」

スナギツネの姿をしたシャディが、リーファの目覚めを喜ぶように興奮を露わに身体の周りをグルグルと走り回る。

「僕、どうしたんだっけ……？」

はっきりとしない頭を片手で押さえながら起き上がる。

——急に身体が熱くなって、気を失って……。

そこまで考えて、思い出した。

「身体は!?」

自身の身体を確かめる。子供とは違い、骨ばった手、長い足、凹《へこ》んだ腹が目に入った。

子供になった時と同じ変調を覚えたので、もしかしたら今度は元に戻るのでは、と考えたが、その予想は現実になったようだ。

　けれど自分の目で身体の一部を見てもまだ確信が持てず、半信半疑でシャディに問いかける。

「シャディ、僕、元の身体に戻ってる？」

「キャンッ」

　豊かな尻尾を振り元気よくシャディが鳴いた。

　その声で元の十八歳の身体に戻ったのだとわかり、長く息を吐き出す。

「よかった……。戻ったんだ……」

　喜びよりも安堵の方が大きく、脱力したように膝を抱えて座り込み、はたと気がついた。

「……服、破れてる」

　おそらく身体が子供から大人に変化する際、大きさが合わずに破けてしまったのだろう。身につけていた衣服はその役割をほとんど果たせない状態になってしまっていた。

　辺りに人気《ひとけ》がないとはいえ、ほぼ全裸の状態でいるわけにはいかない。

　リーファは袋の中から精霊使いの衣服を取り出し、それを身につける。洗濯していないので砂だらけだったが、裸よりもましだ。

　服を着終わると、シャディが体当たりするように身体を擦り寄せてきた。抱き上げてリーファもシャディに頬ずりし、首を傾げる。

「それにしても、どうして子供の姿になったんだろ？　それに、僕は元に戻ったけど、シャディはそのままなのはどうして？」

　リーファの疑問に答えるように、シャディが一生懸命鳴き出したが、やはり言葉は通じない。けれどどうやらシャディは原因がわかっているようだった。

「言葉が通じないのは困ったな……。どうにかして、シャディの言っていることがわかればいいんだけど……、クシュンッ」

　寒さを感じ、盛大なくしゃみが出た。ブルリと身震いしてシャディを抱きしめ背中を丸める。

「王都でも砂漠と同じで夜は冷えるね。このまま外で夜を明かすのは厳しいか」

王都にも宿屋はあると思うが、リーファは金目の物を懐中時計以外持っていない。支払う対価がないので、部屋を借りることは出来ないだろう。かといって、屋外で夜を越すのは厳しい。

リーファは背後の家屋を振り返る。

いけないことだとわかっているが、背に腹は変えられない。

シャディを抱えたまま家屋の周りを歩き、硝子が割れた窓を見つけ、そこから中に侵入した。

やはり空き家のようで、室内は家具もなく、吹き込んだ砂だらけの状態だった。

リーファは部屋の隅の砂を掃《は》き、そこにうずくまる。寒いけれど風がこない分、外よりいい。

シャディをしっかり抱き抱え、凍えるような寒さに耐えながら空き家で一夜を明かした。

*****

朝日が窓から差し込み始めた頃、リーファは入った時と同じ窓からそっと外へ出て通りに向かう。

早朝のためまだ人通りは少ないが、市場の準備を始める人の姿がちらほら見える。

リーファはシャディを服の中に入れ、王宮を目指して歩き始めた。

昨日の朝、宿屋で朝食を食べたきり何も口にしていない。幸い水はサラムから貰った筒に入れて持っていたが、多くはない量だ。大切に少しずつ飲んでいこう。

王宮に向かって歩くうちに、次第に人通りも多くなっていった。王都の民が活動を始める時間になったようだ。

王都の道は入り組んでおり、王宮へ続く道だと思って進むといつの間にか逆方向に来ている、ということが何度もあった。ただでさえ街は広いのに、迷路のような道に翻弄され、なかなか王宮にたどり着くことが出来ない。

　焦りを覚えつつ混み合う道を歩いていると、人々の流れの中に見覚えのある顔を見つけ、リーファは目を瞬かせた。

　日除けの布で顔の大部分は隠れていたが、背格好からその男性が昨日離ればなれになってしまったサラムだとすぐにわかった。

「サラ……」

　リーファは知った人物を見つけ、喜んで駆け寄ろうとした。だがすぐに口を閉ざす。

　——今の僕を見ても、一緒に砂漠を越えた子供のリーファだって、わかってもらえない。

　サラムはリーファのことを七、八歳の少年だと思っている。今が本来の姿であり、元々は十八歳なのだが、どうしてか子供になってしまっていた。でもまた昨夜子供から元の青年の姿に戻ったのだと説明しても、信じてもらえるはずがない。

　けれど、この国で知り合いと呼べるのはサラムだけ。

　もし今も子供の姿だったのなら、迷わずサラムに声をかけ、王宮まで案内してもらえたかもしれないのに……。

　——そうだ！

　サラムは役人のようなものだと言っていたし、王宮内で働いている可能性がある。

　声をかけなくても、後を追っていけば王宮にたどり着けるのではないだろうか。

　リーファは逡巡《しゅんじゅん》し、サラムを尾行することに決めた。

　大通りから小道に入ったサラムの後を、距離を取ってつけていく。

　幸い小道にも人通りがあり、リーファとサラムの間にも三人、人が歩いている。サラムを見失わないよう、けれど尾行していると気づかれないようについて歩く。

朝ということもあり、てっきりこれから仕事に行くのだと思っていたが、小道を抜けた先は市場だった。

サラムは路上で店を広げている店主に何か話しかけ、何も買わずにその場を離れる。それを何度も繰り返しながら、移動していった。

――何をしてるんだろ？

疑問に思ったが、本人に問うことは出来ない。

リーファはサラムの行き先が王宮であることを願いながら、尾行を続ける。

しばらくして、店に立ち寄りながら時間をかけて市場の中ほどまで進んだサラムが、突然姿を消した。

何が起きたのかわからず、小走りで彼を見失った場所へ行くと、民家の間に人が一人通れるほどの路地があるのを見つけた。ここを通って別の場所へ移動したのだと思い、リーファも路地に足を踏み入れる。

二階建ての建物の間にある道は、陽射しが遮られ昼前だというのに薄暗い。上を見上げると向かい合う建物同士に屋根のように布が張られていた。これが陽光を遮っているようだ。

リーファが視線を戻した時、急に目の前に手のひらが現れ、肩を掴まれて横へと引っ張られた。

「わっ！」

何が何やらわからぬまま、背中に衝撃を感じる。痛くはないけれど、驚きで反射的に目をつぶっていた。次に顔の横でドンッという音がして、リーファはビクリと身体を竦める。

「何者だ？」

間近で聞こえた声にそろそろと目を開けると、鋭い眼差しと視線が合った。

「私をつけていただろう？　お前は何者だ？」

目の前に立つ人物は確かにサラムなのに、全く別人のように感じた。

彼の纏う空気が、共に砂漠を渡った時とまるで異なっている。咎《とが》める眼差しと詰問口調は、子供のリーファには一度も向けられたことのないものだった。

リーファが萎縮して言葉を失っていると、サラムは急《せ》かすように「答えるんだ」と言って威圧するかのごとく距離を詰めてくる。

路地は一本道ではなく、横道が通っていたようだ。そこで尾行に勘づいたサラムに待ち伏せされていた。

逃さぬようリーファの顔の横に手をつき、サラムは至近距離で問いかけてくる。

「その瞳の色……お前はアガスティア王国の者ではないな？　どこから来た？　なぜ私をつける？」

「あ、怪しい者ではありませんっ。道に迷ってしまって、あなたの後をついて歩いていただけです」

「どうして私なんだ？　特別な理由があるのでは？」

それは、この国で唯一の知り合いだからだ。サラムが国の仕事をしていることも、本人から聞いて知っている。

けれど、ここで自身がそれを教えてもらった子供と同一人物なのだと明かすと、余計に話がこじれる気がする。

不自然に視線をさまよわせたリーファを、サラムは見逃さなかった。

「何か隠しているな。全て話せ」

「…………っ」

サラムに不審に思われている。

――もう、全部言っちゃうしか……。

驚かれるかもしれないが、サラムなら理解しようとしてくれる気がする。

もし信じてもらえなかったとしても、砂浜で倒れている子供に親切にしてくれた彼なら、困っていることを伝えれば王宮まで案内してくれるかもしれない。

でも、サラムは役人だ。おかしな言動をする異国人だと見なされて、捕らえられてしまう可能性もないとは言い切れない。

本当のことを言おうかどうしようか迷っていると、急に市場の方が騒がしくなった。

何事かと思って視線を流すと、今し方リーファがたどってきた路地を男性が急いで走り抜けていった。その少し後ろを、子供が泣きながら駆けていく。サラムはリーファと走り去った子供を見比べ、身を翻して子供の背に声をかけた。

「どうしたんだ？　何かあったのか？」

サラムは横道から出て子供の肩を軽く掴んで引き留め、膝をついて目線を合わせ事情を尋ねる。

子供は横道からいきなり人が出てきて驚いたようだったが、泣きじゃくりながら「水を盗《と》られた」と訴えた。

サラムはそれだけで状況を悟ったらしく、子供にここで待つよう告げて、水を盗んだという男性の後を追った。

リーファは逃げるなら今だと思ったが、泣いている子供を一人残して立ち去ることも出来ず、サラムがしていたのを真似《まね》てその場にしゃがみ声をかけた。

「大丈夫？　怪我はしてない？」

そう質問すると、子供がしゃくり上げながら手のひらを見せてきた。

「水を離さなかったら、突き飛ばされて、転んで、擦りむいた」

血の滲む手のひらを見て、胸が痛んだ。

この国が水に困っていることは知っていた。けれど、それは砂漠だけでの話かと思っていたのだ。だが現状は、こんな小さな子供から大人が水を奪うほど、困窮している。

リーファは袋の中から水の入った筒を取り出し、蓋を開ける。

リーファ自身、水はこれしか持っていなかったが、躊躇《ためら》うことなく子供の傷口を洗い流した。

少し残っていた水も子供に飲ませてやり、顔に巻いている布を取って綺麗な部分を選び子供の傷口に押し当て、簡易的な手当てをする。

「このまま押さえておいて。じきに血は止まるから」

顔を上げると、子供が硬直していた。リーファの金色の髪を見て驚いたようだ。

「僕みたいな髪をした人を見るのは初めて？」

「うん……」

「僕は海の向こうの国から来たんだ。この国の人と見た目は違うけど、悪いことはしないから安心して」

子供が頷き返した時、足音が聞こえてきた。

薄暗い小道の先に長身の男性の姿が見える。サラムが戻ってきたようだ。

リーファは子供に短く別れの言葉を告げ、そのまま市場の大通りに向かい、人混みに紛れ込んだ。

背後でサラムが自分を呼び止める声がしたが、振り返らずにその場からなるべく遠ざかろうと歩調を速める。

――やっぱりこんな話、サラムには出来ない……。

自分でさえ何がなんだかわかっていないのだ。

この国では目立つ髪色を隠すため、ローブのフードをかぶり、サラムに見つからないよう身を低くしながら移動する。

路地からだいぶ遠ざかったところで後ろを振り返り、サラムの姿がないことを確認して、リーファは足を止めた。

サラムが追ってこないことに安堵したが、同時に王宮への案内人も失ってしまった。

一瞬途方に暮れそうになったが、懐に入れたシャディがナーフルからの書簡を口にくわえて顔を出したのを見て、表情を引き締める。

「そうだね、とにかく、なんとかして王宮に行かないと」

リーファは辺りを見回し、通りかかった女性に王宮までの行き方を尋ねた。

女性はリーファの出《い》で立《た》ちを見て訝しそうな顔をしながらも、簡単に道順を説明してくれた。礼を言って教えてもらった方向へと歩き始める。

途中でも道行く人に行き方を聞きながら進んでいくと、日暮れ近くになってようやく王宮への入り口である鉄柵の門の前にたどり着くことが出来た。

「やっと着いた……！」

リーファは逸《はや》る気持ちのまま急ぎ足で門へと近づき、両脇に立っている兵士の一人に声をかけた。

「あの……、これを国王様にお渡しください」

兵士は無言のまま鋭い眼差しをリーファに送ってくる。その迫力に圧《お》されそうになりながらも、書簡を兵士の前に差し出した。

「お願いします。これを……」

そこまで言いかけた時、兵士が手にしていた槍の柄《つか》を握り直し、尋ねてきた。

「貴様、何者だ？　名を名乗れ」

「あ、あの……、すみません、それは出来ません」

「名前すら言えぬと言うのか？　そのような者が持ってきた物を国王にお渡しすることは出来ん。立ち去れ」

「えっと、それには事情があって……」

リーファがなおも食い下がろうとすると、兵士の目つきが剣呑《けんのん》な気配を帯び、威嚇《いかく》するように槍先を向けられた。

「聞こえなかったか？　立ち去れと言ったんだ。警告に従わぬ場合は、どうなっても知らんぞ」

兵士が槍を構えたまま一歩前へ踏み出す。

リーファはそれでも書簡だけは国王に渡してもらおうと再度頼んでみたが、兵士はこちらの話にいっさい耳を貸さず、槍を突きつけてきた。

「去れ！」

「ひっ」

一喝され、引かざるを得なかった。踵《きびす》を返し、その場から駆け出す。

兵士が追ってくる様子はなかったが、門が見えなくなる場所まで走って逃げながら、リーファは泣きそうになってしまう。

――なんで……？

書簡を見てすらもらえず、追い返されてしまった。

これでは国王にリーファとシャディがこの国に使わされたことすら伝わらない。

——この国を救うために来たのに……。

リーファは涙を滲ませながら、重い足取りで行くあてもなく王都をさまよい歩く。

いつしか太陽は地平線の向こうへと沈んでしまい、気がつくと広場のような開けた場所に来ていた。夜になったからか、周囲に人の姿はなく、ここがどこなのか尋ねることも出来ない。

「疲れた……」

リーファはぽつりと呟き、広場に面して建っている家屋の外壁に背を預け、そのまま座り込む。

「これから、どうしよう……」

膝を抱えてうなだれると、胸元がモコモコと動き、襟《えり》刳《ぐ》りからシャディが顔を出した。舌で顔を舐められ、くすぐったくて小さな笑みが自然と浮かんできた。

「僕にはシャディがいる。二人で力を合わせれば、なんとかなる。……そうだよね、シャディ？」

「キャンッ」

シャディが一声鳴き、身を擦り寄せてくる。

毛並みが温かく、夜の訪れと共にやってくる寒さを和らげるため胸に抱きしめる。こうしていると力がわいてくる気がする。

「明日、もう一度王宮へ行ってみよう。僕が精霊使いだって名乗れば、書簡を国王様に渡してもらえると思うから」

精霊使いの掟のことが頭をよぎったが、この場合は致し方ないだろう。

「明日になれば、きっと全部上手くいく」

シャディに告げながら、弱気になっていた自身に言い聞かせる。

リーファはアザリーから譲り受けた白銀の懐中時計を握り締め、自分を励ました。

＊＊＊＊＊

翌朝、広場を行き交う人々の声で目が覚めた。

頭上からは今日も変わらず痛いほどの陽光が降り注いでおり、リーファはフードを深くかぶり直して王宮へ向かうため立ち上がろうとした。

ところが、足に力が入らず、その場から動けない。

自分でも驚いてしまい、体勢を変えて背後の壁に手をつき身体を支えながら足を踏ん張ってみたが、結果は同じだった。

「どうしちゃったんだろ……」

そこではたと気がついた。

昨日はほとんど水を口にしていない。この暑い中、飲まず食わずで動き回ったから、体調を崩してしまったようだ。

人間のリーファでさえ過酷な状態なのだから、身体の小さいシャディのことが気にかかった。

服の中をのぞくと、シャディも心持ち元気がないように見える。

――このままじゃあ、シャディが……。

せめて水だけでも飲ませないと危ない。

しかし、手持ちの水は昨日、子供に与えてしまった。今、リーファは一滴の水も持っていない。

「ど、どうしよう……」

どうにかして水を手に入れないと、と気持ちは焦るが、リーファ自身、この場から立ち上がることすら出来なくなっている。

身体中の水分を失ってしまったかのように、もはや汗すら出ず、喉の渇きに苦しんだ。

――こんなことになるなら、昨日、サラムに全部話せばよかった。

時間はかかったかもしれないが、サラムならリーファの話に耳を傾け手助けしてくれたかもしれない。それなのに、自分は彼から逃げ出してしまった。

リーファは眉を下げ、胸元に入れたシャディを見下ろす。

「ごめん、シャディ。僕は水の精霊使いとして失格だ。この国を水で潤すどころか、僕自身が渇きに苦しむだなんて……」

もう王宮まで行く体力も残っていない。たとえ今、シャディが水の在処を探しあてたとしても、そこまで移動することも出来ないだろう。

リーファはやりきれない思いで唇を噛《か》みしめ、顔を伏せる。

その時、ふっと陽光が遮られ影が落ちた。

「具合が悪いのか？」

「あ……」

聞き覚えのある声に顔を上げ、リーファは泣きそうになってしまう。

――サラム……。

思わずすがりつきそうになったが、前日のことが頭をよぎり、動きが止まる。

サラムはどこまでわかって声をかけてきたのだろうか。

昨日は顔を布で覆っていたから、素顔は見られていない。けれど瞳の色は見られている。

――もしかして、捕まえられちゃう……？

内心怯《おび》えながら彼の出方を窺っていると、目の前に手のひらを差し出された。

「喉が渇いているんだろう？　一緒に来い」

「え……？」

「宿屋に連れていく。そこで身体を休めるといい」

「でも、僕、金貨を持ってなくて……」

「支払いのことは気にしなくていい。私が代わりに支払う」

そう告げたサラムからは、昨日向けられたような敵意は感じない。

――どうして、優しくしてくれるの？

サラムのことだからついて行っても悪いようにはされないとわかっているが、どういう理由でこんなに親切にしてくれるのか、疑問に思った。

「……なぜ僕を助けてくれるんですか？」

サラムは唯一布からのぞいている瞳を柔らかく細め、返してきた。

「昨日、怪我した子供の手当てをしてくれただろう？　貴重な水で傷口を洗い流して、日除けの布を巻いてやったそうだな。見ず知らずの子供を助けなければ、今お前はこんなに苦しまずにすんだだろう。……私はお前のその優しさに心を打たれたんだ」

やはりサラムは、リーファが誰だかわかった上で、声をかけてきたようだ。だからこそ困惑してしまう。

「それだけで？　僕は昨日、あなたに失礼な態度を取ったのに、子供を助けたからというだけで、僕を救ってくれるんですか？」

「躊躇いなくそう出来る者は少ない」

サラムはリーファの手を取ると、軽く引き寄せ立ち上がらせた。脱水のためか足元がふらついてしまい、そのままサラムに肩を抱かれ支えられながら歩いていく。

広場から一本道を入ったところにある宿屋に着くと、サラムが店主に水と食事を部屋に運ぶよう伝えた。それらが運ばれてくるまでリーファに寝台で休むよう言い、サラムは窓辺に置いてあった椅子に腰掛け窓の外に視線を向ける。

サラムには世話をかけてばかりで申し訳なく思いつつも身体が辛《つら》く、リーファはそっと身を横たえた。

「あの……、ありがとうございます」

「気にしなくていい。子供を助けてくれた礼だ」

その言い方が気になり、リーファは横になったまま質問した。

「もしかして、昨日の子供はあなたの知り合いだったんですか？」

「いや、昨日初めて会った。だが、私にとってこの国で暮らす者は、自分の家族と同じように大切な存在だ」

どういう意味だろう。

尋ねようとしたが、先にサラムが口を開いた。

「ところで、聞きたいことがある。昨日、なぜ私をつけていたんだ？」

「そ、それは……」

今言うしかない。きっと彼なら助けてくれる。

意を決して自分が子供のリーファであることを告げようとした時、サラムがこちらを見て驚いたように目を瞠り、歩み寄ってきた。

寝台の端に軽く腰掛け、リーファがかぶったままだったフードに手をかける。フードは簡単にずれ落ち、サラムに至近距離で顔を確かめられ、突然のことに続けようとした言葉が途切れてしまう。

するとサラムが身を離し、口を開いた。

「私はお前とよく似た少年を知っている。もしや同じ船に乗っていたのか？」

「え……」

「実はその少年と一昨日《おととい》はぐれてしまったんだ。それからずっと探しているが、一向に見つからない。何か知っていたら教えてくれないか？」

――サラム、僕を探してくれてたんだ。

昨日、市場で商人に話しかけていた姿が脳裏に浮かぶ。あれも離ればなれになってしまったリーファを心配し、探してくれていたのかもしれない。

サラムの優しさが胸に染み渡り、リーファは改めて自分が探している子供なのだと告げようとした。

ところがその時、慌てた様子でサラムが立ち上がり、窓の外を行きすぎる人々の群に目を凝らす。

「あの、どうかしましたか？」

「話の途中ですまないが、探している少年と似た背格好の子供が通りを歩いていた。ここの支払いはすませておくから、今晩はこの宿で休んでいくといい」

「えっ、ま、待って……っ」

自分がその子供なのだと言う間もなく、サラムは部屋を出ていってしまった。

「行っちゃった……」

後を追いかけ事情を説明したかったが、脱水状態の身体では彼に追いつくことは出来ないだろう。

そこで部屋の扉がノックされ、反射的に返事をすると店主が水と食事を持って入ってきた。

もしかしたら、見かけた子供がリーファではないとわかったら、また事情を聞きに戻ってくるかもしれない。そう思い、今はありがたく食事をいただくことにした。

　寝台から出て席につくと、まず水の入ったグラスを手に取った。一気に飲み干したい衝動に駆られたがグッと我慢し、服の中からシャディを出して、手のひらに注いだ水を与える。シャディもとても喉が渇いていたようで、すごい勢いで水を飲んでいった。

　シャディが満足してから、自分も水に口をつける。渇ききった身体に水が通っていく感覚がはっきりとわかった。

　リーファとシャディは水差しに注がれていた水を全て飲み干し、食事も綺麗に平らげて再び寝台に寝ころんだ。

　こうしてきちんとした場所で眠るのは久しぶりだ。寝台で眠れるということが、とても嬉しかった。シャディも枕元で丸くなる。

　柔らかい被毛に包まれた身体を抱き寄せ、リーファはそのまま眠りにつき、次に目が覚めた時、部屋の中は真っ暗だった。

　少しだけ休むつもりだったのに、夜まで眠ってしまっていたようで、窓の外には星空が見える。

　食事と水を十分に摂り、ぐっすり眠ったおかげで身体が軽くなったように感じる。

　リーファが身を起こすとその振動でシャディも目を覚ましたようで、大きなあくびが聞こえてきた。

「……サラムは戻ってこなかったのかな？」

　暗がりに目が慣れてきた頃、部屋の中を探ってみたが他に人の気配は感じず、落胆してしまう。

　すると突然シャディが寝台を下り、窓に向かってけたたましく鳴きだした。

「キャンキャンッ」

「どうしたの、シャディ」

「クゥ、キャンッ、キャンッ」

　何かリーファに訴えているようだが、動物の鳴き声にしか聞こえずわからない。

　困っていると、心臓がバクバクと脈打ち始め、リーファは覚えのある体調の変化に青ざめた。

「まさか、また……!?」

「キャン、キャンッ」

「シャディ、僕、また身体が……っ!」

その時、強く心臓が拍動し、その衝撃で固く目をつぶり、そのまま気を失ってしまった。


窓から差し込む朝日の眩《まぶ》しさで目を覚ますと、縮んだ手足が視界に入った。

「どうして……」

元に戻ったと喜んでいたのに、なぜまた子供の姿になってしまったのだろう。

呆然と小さな手のひらを見つめていると、扉を叩く音がした。

リーファが返事をする前に扉が開かれ、この宿屋の店主が食事と水を運んでくる。食事を机に置き、寝台にいるリーファの方を振り返って、店主は動きを止めた。

「……子供? お前、どこから入った? この部屋の客はどうしたんだ?」

店主は昨日の青年と目の前の子供が同一人物だとはみじんも思わないようで、怪訝な顔をして部屋の中をキョロキョロ見回す。

そして何を思ったのかいきなりリーファの腕を掴み、廊下を引きずるように歩かせて、宿屋の外の道へ乱暴に突き飛ばした。後ろから追いかけてきたシャディがリーファに駆け寄ってくる。

「いた……っ」

「まったく、勝手に忍び込んで部屋で寝るだなんて、とんでもない子供だ。役人に突き出されたくなければ、さっさとどこかへ消えろ」

店主は冷たく言い放ち、「客はどこに消えた? まあ、代金は貰ってるからいいが……」と独り言を呟きながら扉を閉めた。

「追い出されちゃった……?」

「クゥ……」

シャディが耳を伏せ、心配そうな視線を送ってくる。

リーファが「大丈夫」と笑みを返したところで、恰幅《かっぷく》のいい中年男性がこちらへ向かって歩いてきた。

「大丈夫かい？」

リーファに向かって声をかけているというのに、男性は隣に座っているシャディを舐めるように見ていた。リーファはなんとなく違和感を覚え、シャディを抱いて立ち上がる。

大丈夫です、と言って去ろうとしたが、男性に強く肩を摑まれ引き留められた。

「子供が一人で歩いていると危ない。近くに荷車を停《と》めてある。家まで送ってやろう」

「いえ、一人で平気です」

「駄目だよ、見たところ異国の子のようだし、そんな目立つ容姿でこの辺りをウロウロしていたら、悪い人に連れていかれてしまう」

男性は心配する口振りで忠告しながら、リーファの腕を引っ張り有無を言わせず歩き出した。

あまりの強引さにどうにも信用出来なくて、リーファは地面に足を突っ張って抵抗したり、身体を捩《よじ》って男性の手から逃れようとしたりしたが、子供の力では大人に敵《かな》わない。

今日も朝から街は賑《にぎ》わっている。それなのにリーファたちに注意を向ける者はおらず、結局荷車まで連れていかれてしまった。

荷車にはラクダが二頭繋がれ、牽引《けんいん》する長方形の荷台には布がかけられた荷物があった。

男性は荷台の前の席にリーファを無理矢理乗せると、自分もその隣に乗り込んできた。

「やだっ、降ろしてっ」

すぐに降りようとしたが、男性は素早くラクダに鞭《むち》をふるい荷車を発進させる。

飛び降りようと一瞬考えたが、この高さから飛び降りたら、自分はともかくシャディに怪我をさせてしまうかもしれない。

「停めて、おじさん。降ろしてっ」

「心配しなくとも、ちゃんと家に帰してやる。ああ、だがその前に一カ所、立ち寄りたい場所があるんだ。用事がすんだら帰してやろう」

相変わらず穏やかな口調で諭されても、それが余計に薄気味悪く感じる。

リーファが固い表情でシャディを胸に抱き込んでいると、男性が今更ながら自身の身元を明かしてきた。

「そう怖がるな。私は商人だ。色々なものを扱っているが、さすがに人間は売らない。これから頼まれていた品物を渡しに王宮へ行くところだったんだ」

「王宮!?」

思いもよらない行き先に、リーファは大きな声で聞き返していた。

「おじさん、これから王宮に行くの？」

「そうだよ。この国の第一王子様に、届け物をするんだ」

——第一王子……！

どうやって王宮に立ち入ろうか悩んでいたところに、降ってわいた偶然。この商人の男性についていけば、王宮にもなんなく入れ、第一王子にも会える。

この男性はいまいち信用出来ないが、この機会を生かさない手はない。

「僕も王宮の中まで入れてもらえるの？　王子様に会ってみたいな」

「おお、元々そのつもりだった。子供を一人で広い王宮の控えの間に置いていってはいけないと思ってたんだよ。王宮に着いたら、私から頼んであげよう」

「わあ、ありがとう！」

第一王子になら、自分が水の精霊使いであることを打ち明けても問題ないだろう。国王に取り次ぎを頼み、事情を話せば、精霊の力をこの国のために使える。

一気に希望がわいてきて、リーファはもう逃げだそうと考えなくなっていた。

喜ぶリーファとは対照的に、シャディはずいぶん大人しく、男性から隠れるように服の中に潜り込み、何か言いたそうな眼差しを送ってくる。

「何？　シャディ」

「キャン、キャンッ」

問いかけてもシャディは動物の言葉でしか話せない。話が通じないことに苛立《いらだ》ったのか、軽く胸元に爪を立てられた。シャディはそのまま服の中にすっぽり入ってしまい、リーファが呼んでも顔を出してくれなかった。

やがて荷車は王宮の門までたどり着き、商人が門兵に通行証を見せ、すんなり敷地内へと通してもらえた。

王宮の中庭には色鮮やかな花が咲き乱れ、甘い芳香を漂わせる果実の成った木が植えられている。この庭だけ見ると、ここが本当に砂漠の国なのかと疑ってしまいそうだ。

砂漠はもちろん、王都でも飲み水の確保が難しい様子だったのに、王宮では植物を育てるだけの余裕があるように感じた。

中庭を進み、荷車は王宮の裏手に位置する使用人が使う出入り口に到着した。

商人は荷車から降りると、荷台にかけてあった布を外し、様子を見にやってきた王宮の使用人たちに手伝わせて、いくつもの木箱を建物の中へと運び入れる。

荷台が空になると商人に手招きされ、リーファも続いて王宮内へ足を踏み入れた。

プレアデス王国の城は宝石の輝きで満ちていたが、アガスティア王国の王宮は、壁や柱に金箔が貼られ、眩しいくらいの光を放っていた。

「こちらでお待ちください」

荷物を乗せた台車を押しながら、案内してくれた使用人が扉を開ける。最初にまず荷物を運び入れ、それから入室を許可された。

「サイード様をお呼びしてまいります」

使用人はそう言うと退室し、リーファと商人の男性二人きりで部屋に残された。

部屋の広さはそれほどでもないが、家具を最低限しか置いていないため、広く感じる。

奥には薄い布が垂れ下がり、こちらからはうっすらと向こうの様子が見えるだけだ。

目を凝らすと、一脚の高い背もたれつきの椅子が置かれており、おそらくそこに王子が座るのだろう。

少しして垂れ幕の向こうで人影が動き、椅子に腰掛けた。あの人が第一王子だろうか。

商人は急いでひざまずき頭を下げる。リーファが立ったままでいたら、商人に袖を引かれ座るよう促された。

リーファが床に膝をつくと、王子はたっぷり間を置いてから口を開いた。

「……楽にしていい」

低く張りのある声。

——この声……。サラム……？

聞き覚えのある声に、まさかと思い顔を上げる。しかし垂れ幕が邪魔をして、向こうにいる人物の顔がわからない。

それに名前が違う。王子はサイードというらしい。

それでも、あまりにも声が似ているため、リーファがじっと垂れ幕の向こうを凝視していると、商人が王子に話しかけた。

「サイード様、お久しぶりでございます。以前、注文のあった品を持ってまいりました。どうぞお確かめください」

商人はそう言い、箱の蓋を開ける。

中には本がぎっしり詰まっていた。本の他にも書き物に使うペンやインク、綺麗な紙が入っている。

——すごい、本がたくさんだ……。

これを全てあの王子が読むのだろうか？　ずいぶん勉強家らしい。

リーファが興味を引かれ箱の中をのぞき込んでいると、商人に腕を取られ、垂れ幕の近くまで連れていかれた。

「それと、今日はもう一つお持ちしております。希少な動物が手に入りました。どうぞお納めください」

　商人は言うなりリーファの服の胸倉を引っ張ってきた。

　驚いてその手を振り払うと、これまでの笑みがかき消えギロリと睨まれる。

「スナギツネを王子にお見せするんだ」

「嫌っ。どうして？」

「いいから、早くスナギツネを服から出せっ」

　商人が隙間から手を差し込んで、シャディを無理矢理服の中から引きずり出した。

「やめてっ」

　リーファは取り戻そうと手を伸ばすが、商人は頭上高くシャディを持ち上げてしまい届かない。

「スナギツネでございます。ご存知かと思いますが、スナギツネは警戒心が強い動物です。そのため人の気配を感じると身を隠すので、砂漠でも滅多にお目にかかれません。ですがこの個体はよく人に慣れているので、サイード様の愛玩動物にいかがかと思い、連れてまいりました」

「シャディを返して！」

「駄目だ、これはサイード様への献上品だ！」

　商人はシャディを掴んだ手をさらに高く持ち上げ、怒鳴りつけてくる。

　けれどリーファは、怯《ひる》むことなく商人に向かっていった。

「返して！　シャディを離して！」

　跳ねてみても尻尾にすら触れない。

　このままではシャディを奪われてしまうと、商人にまとわりつき何度も飛び跳ねる。

　その時、シャディが牙を剝《む》き、商人の手に噛みついた。

「痛っ」

　商人に振り落とされたシャディが一目散にこちらへ駆けてきて、リーファの広げた両腕に飛び込んだ。

リーファはフワフワの身体をしっかりと抱きしめ、商人と距離を取る。

「そのスナギツネをこっちへ渡せ」

「嫌だっ」

「この……！」

逆上した商人が手を振り上げた。

――殴られる！

リーファは咄嗟にしゃがみ、シャディを守るように丸くなる。

しかし、いつまで経《た》っても想像していた痛みは訪れず、リーファはそろそろと薄目を開けた。

「あ……っ」

波のように緩くウェーブした黒髪と、きりりとした眼差しを持つ背の高い男性が、商人の振り上げた腕を背後から掴み身動きを封じていた。

共に砂漠を渡った時のような質素な衣服ではなく、王族が身につけるにふさわしい、上質の滑らかな生地の服を着て、金色の耳飾りや指輪といった高価な装飾品をつけていても、彼を見間違えるはずがない。

「サラム！」

「リーファ、まさかここで会うとはな」

サラムが穏やかに目を細め、微笑みを浮かべる。

二人の様子から、リーファとサラムに面識があると知った商人は血相を変えた。

「この子供とお知り合いでございましたか⁉」

「ああ。私の友人だ」

「ゆ、友人⁉」

商人は驚愕し、限界まで見開いた瞳でリーファを見つめる。サラムが拘束を解くと、商人は青ざめながらひれ伏した。

「も、申し訳ございませんでした！　サイード様のご友人とは知らず、ご無礼を！」

「謝らなければならないのは、私にではないだろう」

サラムが低い声で諭すと、商人は身を震わせ、リーファの方に身体の向きを変え頭を下げる。

「数々の非礼、お許しください……！」

「えっと……」

手のひらを返した態度を取る商人に、リーファは戸惑いを隠せない。

確かにこの商人には騙され、シャディを奪われそうになった。

しかし、怖い思いはしたけれど、シャディにも自分にも大きな怪我はなかったし、こうして謝罪してくれた。何より、とても反省しているようで、ひれ伏す商人の身体はブルブルと震えている。

恰幅のいい中年の男性が許しを請うている姿に憐《れん》憫《びん》を誘われ、リーファは謝罪を受け入れることにした。

「うん、大丈夫だよ」

「ありがとうございます……！」

涙せんばかりに喜ぶ商人は、リーファの手を握ろうとしてきた。和解のためだったのだろうが、伸ばしてきた手を再びサラムが摑んで止める。

「もう用はすんだだろう。下がれ」

「は、はいっ。またご用の際には、お申しつけくださいっ」

商人は一礼すると、慌ただしく部屋を出ていった。

「どうしてここにいるの？」

「なぜここにいる？」

二人共、考えていることは同じだったようで、声がかぶさる。

サラムから先に事情を話すよう促され、リーファは彼と別れてからのことをかいつまんで話した。説明がややこしいので、元の姿に戻った時に二度会っていることは伏せて……。

全てを聞き終わると、サラムは長いため息をついた。

「昨日も一昨日も市場に行ってみたのだが見つけられず、ずっと気がかりだったんだ。まさか、見ず知らずの人間についていくだなんて……」

「だって、王宮へ行くって言ってたから……。僕は第一王子様に会いたかったんだ」

「私に？」

――やっぱりサラムは第一王子様なんだ……。

怪訝そうな顔をしているサラムに、リーファは自身に科せられた使命を伝えるため、居住まいを正す。

「僕は、プレアデス王国の国王より、アガスティア王国を救うために遣わされた、精霊使いです」

「精霊使い……？」

「そうです。僕が精霊使いで、この子が水の精霊のシャディです」

「このスナギツネが？」

真実を告げているというのに、サラムは訝しそうな顔でシャディを見やる。

――信じてくれない？

リーファは愕然とする。

彼なら自分の言うことを無条件に信じてくれるとどこかで思っていた。

けれど、よく考えればこれは当然の反応だ。

プレアデス王国は国を閉ざして久しい。

それ以前もプレアデス王国に他国の者が立ち入ることは滅多に許されなかった。

そのため、他国はプレアデス王国の内情を詳しくは知らず、精霊使いが存在することを噂《うわさ》で知っている程度だろう。

実際に精霊の力を目の当たりにしたことがなければ、本物の精霊使いだと告げても疑われてしまうかもしれない。

リーファは服の中にしまっていたナーフルからの書簡を取り出し、サラムに渡した。

「ナーフル国王からお預かりした書簡です。僕をこの国に遣わす旨が書かれていると思います。これをアガスティア王国の国王様にお渡しください」

サラムは封筒を裏返し封印を確認する。

「……インクが滲んで判読出来ないが、この印はプレアデス王国の王族が使用するものとよく似ているな。国王に渡す前に私が中を確かめてもかまわないか？」

　リーファが頷き返すと、サラムは先ほど商人が携えてきた木箱の中を探り、小さなナイフを取り出す。それを封筒に滑らせて封を切り、中の書面を読み始めた。

　けれどすぐに顔を上げ、リーファに気の毒そうな視線を送ってきた。

「……リーファ、残念だがこれでは読めない」

　サラムが見せてきた書面は、封筒と同様、インクが滲んで判読不能の状態だった。

「そんな……。でも、これは確かにナーフル国王からお預かりしたものです。僕は本当に精霊使いなんです。この国が水不足で困っているから助けるようにって言われて、ここに……」

「水……？」

「水が足りないんでしょう？　水の精霊の加護を受けている僕なら、この国を潤すことが出来ると言われて、遣わされたんです。どうか信じてくださいっ」

「落ち着け。お前が嘘をつくような人間ではないとわかっている。しかし、身元の不確かな者を国王に目通しさせるわけにはいかない」

「…………っ」

　アガスティア王国の国王の安全を考えて言っていることだと、十分理解している。

　しかし、この国で唯一自分に親切にしてくれた彼に信用されないことが、思った以上に堪《こた》えた。

　リーファが俯いた時、扉がノックされた。

　許可を得て入室してきた使用人がサラムに歩み寄り、「リゲル様がお呼びです」と耳打ちする。サラムは一瞬眉を顰《ひそ》め、けれど「すぐに行く」と返して使用人を下がらせた。

「リーファ、私が戻るまでこの部屋で待っていてくれ。戻ってからまた話そう」

　サラムは踵を返し扉へと向かってしまう。

　自分から離れていくサラムの後ろ姿に心がくじけそうになっていると、シャディがリーファの手の甲をペロリと一舐めした。

丸い瞳で見つめられ、リーファは表情を引き締める。

——そうだ、僕にはシャディがついてる。

国王からの書簡がなくとも、精霊使いだと証明することは出来る。

リーファは視線を走らせ、部屋の隅に生花が活《い》けられた花瓶を見つけた。

「待ってください！　今から、僕が精霊使いだという証拠をお見せします」

サラムが驚いた顔でこちらを振り向く。

リーファは瞳を閉じ、頭の中に幻影を描いた。

「シャディ、力を貸して」

腕の中で微かに身じろぎしたシャディの被毛が、ブワッと逆立つのを感じた。

目を開くと、花瓶の口から水が真っ直ぐ噴き出し、活けられていた花を散らしながら床にザバッとこぼれ落ちる。

「あっ……」

——失敗した!?

水柱を立たせた後、再び花瓶に水を戻す予定だったが、噴き出した水を上手く誘導出来ず床を汚してしまった。

小動物の姿では精霊の姿の時のように、精密に力を操作出来ないのかもしれない。

シャディも気落ちしているらしく、大きな耳を伏せ、「クゥ」と力なく鳴いた。

「いいんだよ、シャディ。ありがとう」

シャディの頭を慰めるように撫でてから、リーファはその場に膝をつき頭を下げた。

「申し訳ございません。手違いで床を汚してしまいました」

唖然《あぜん》としていたサラムは、その声で我に返ったようだ。

「……今のはなんだ？」

「僕は水の精霊使いなので、精霊であるシャディの力を借りて、水を操ることが出来るんです。実際に能力を見せれば、信用していただけるかと思ったのですが……すみません、まだ正式に精霊使いになったばかりで、上手く操れませんでした」

　リーファが己の未熟さを恥じていると、サラムが小さく「そういえば……」と呟く声が聞こえてきた。

「砂漠で何度か水場を見つけていたな。あれも精霊の力で見つけ出したのか？」

「はい、そうです」

　サラムは口を閉ざし、何事か考え始める。

　淡い期待を抱きつつサラムの言葉を待っていると、彼は無言でこちらに近づいてきて、床についていたリーファの手をすくい取った。

「立つんだ」

「え……？」

「プレアデス王国は精霊に守られた国だと伝え聞いている。そして精霊の力を操ることの出来る者は精霊使いと呼ばれ、人々から敬われているそうだな。そのような者を、いつまでも床にひれ伏させているわけにはいかない」

「それって……」

　手を引かれ、立ち上がらせられる。

　今度はサラムが片膝をついてひざまずいた。

「その力をアガスティア王国のために使ってもらいたい。国王代理として、頼む」

　サラムがそう言って頭を垂れた直後、リーファは力なく座り込んでしまった。

「よかった……。信じてもらえた……」

　リーファが心からの安堵を口にすると、サラムが真面目《まじめ》な顔で「すまなかった」と謝ってきた。

「お前は真実を告げていたのに、すぐに信用してやらずに、悪かった」

　リーファはフルフルと頭を左右に振り、彼に微笑みかける。

「ううん、状況を考えれば、当然だもの」

　つい気が抜けて砕けた口調で話しかけてしまい、リーファは慌てて「失礼しました」と頭を下げる。

サラムがフッと小さく笑った後、頭を軽く撫でてきた。

「改まった口調で話しかけられると落ち着かない。これまで通り、気楽に話してくれていい。私のことも王子ではなく、サラムと呼んでくれ」

「そういえば、どうして名前が違うんですか？」

「正式な名前はサイードだ。リーファに名乗ったのは……母から貰った私のもう一つの名だ。王宮外で王子だと知られると支障が出ることもあるから、通称で使っている」

「なら、僕も王宮ではサイード様って呼んだ方がいいような……」

そう言うと、サラムが眼差しを緩め、「いいんだ」と言った。

「精霊使いとはいえ、お前はまだ子供だ。そのまま自然にしていればいい」

「僕、子供じゃないです。本当は……」

十八歳なのだと説明しようとした時、またもノックの音が響き渡った。先ほどの使用人が困り顔で再度サラムを呼びにきた。

サラムは観念したようにため息を一つつき、立ち上がる。

「リーファ、すまないがこれから人に会わなければならない。部屋に案内させるから、そこで待っていてもらえるか？」

「うん、……じゃなくて、はい」

「無理をしなくていい。話しやすい言葉で話してくれ」

「わかった。ありがとう、サラム。……あっ、そうだ」

リーファは大切なことを思い出し、サラムに伺いを立ててみた。

「サラム、この国の国王様にご挨拶に行ってもいい？　あと、僕が無事にアガスティア王国に着いたってことを、プレアデス王国に伝えてもらえる？」

第一王子であるサラムには認めてもらえたが、この国の統治者は国王だ。

　国王にも精霊使いであることを話し、そしてリーファが元の姿に戻るためにプレアデス王国に使者を送ってもらう必要がある。その話も含めて、国王に直接会ってお願いしたかった。

　しかしサラムは「どちらも許可出来ない」と言ってきたのだ。

「プレアデス王国は港を閉ざしている。何人たりとも使者を送らないようにと、ナーフル国王より伝令が来ている。禁を犯すことは出来ない。それに……我が国の国王は病気で伏せっているんだ。病床にある国王への面会は、ごく一部の者のみにしか許されていない」

「え!?」

　――じゃあ、プレアデス王国と連絡は取れないの？　それに、国王様が病気だなんて……。

「どうしても無理なの？」

「わかってくれ、リーファ。禁を破り使者を送ることで、国同士の諍《いさか》いの種をまきたくない。お前自身がプレアデス王国に向かうのであれば話は別だが、ナーフル国王からの命を完遂せずに戻ることは出来ないのではないか？　それに我が国の国王への面会に関しても、病床にある姿を見せることで、余計な不安を国民に与えたくないという、国王自身の想いがあってのことなんだ」

　そう言われては、リーファも引かざるを得ない。

　そこでふと、先ほどサラムが言っていた言葉が脳裏をよぎった。

「さっき、サラムは国王代理って言ってたけど、ご病気の国王様の代わりをサラムが務めてるってこと？」

「……表向きはそうなっている」

　サラムの言い回しに引っかかりを覚え首を傾げつつ、もう一度確認する。

「じゃあ、サラムが僕を精霊使いって認めてくれたから、それで大丈夫ってこと？」

「いや、たとえ国王であっても、重要な案件は重臣たちと会議を開き、相談して決めることになっている。だが、リーファの指摘した通り、我が国は十分な水を自国だけで確保出来ずに悩んでいる。新たな水源を探すことの出来る精霊使いのことは、皆も歓迎するだろう。明日の会議でリーファとシャディのことを報告しようと考えている」

「あ、それは駄目っ」

リーファは思わずサラムの服を引っ張った。

「精霊の力のことは、あまり人に言ってはいけないっていう掟があるんだ。だから、皆には僕とシャディの力のことは内緒にして」

「……わかった。掟なら従おう」

わずかに顔を曇らせたものの、サラムはリーファたちの力を秘密にすると約束し、部屋を出ていった。

アガスティア王国の国王が病に伏していたことや、プレアデス王国に使者を送ることが出来ないのは想定外だったが、第一王子のサラムには精霊使いだと認めてもらえた。

――ようやく、この国のために動くことが出来る。

これが精霊使いとしての初仕事。

――アガスティア王国を、豊かな国にしよう。

水不足のために、苦しむ人のいない国に。

砂浜で倒れている自分を救ってくれたのが、まさかこの国の王子だったなんて、なんという巡り合わせだろう。

リーファは奇跡のような偶然を喜ぶあまり、サラムが表情をかげらせたことを、気に留めることが出来なかった。

＊＊＊＊

翌日。

リーファはサラムに連れられ、会議に出ることになった。もちろんシャディも服の中に入れて一緒に連れてきている。

「どうした？　ずいぶん静かだな」

表情を強《こわ》ばらせてついていくリーファに、サラムが声をかけてきた。

実は、とても緊張していた。

これから赴くのは、アガスティア王国の重臣たちが一同に会する重要な会議。そういった場所に、いきなりこんな子供が参加して、皆に不審がられないだろうか。

——追い出されたらどうしよう。

そんなことを考えてしまい、リーファは緊張から身を固くする。

「朝食もあまり食べなかったと聞いた。口に合わなかったか？」

「ううん、美味《おい》しかった」

昨日、サラムと再会した後、王宮内の客間に案内された。

リーファのために用意してくれたという部屋はとても豪華で、水晶の館の質素な生活に慣れていたリーファは、どんなに寝相が悪くても落ちる心配のない大きな寝台や、スナギツネの姿となったシャディが思う存分走り回れるほど広い部屋はどうにも落ち着かなくて、寝台の端で小さく丸まって眠った。

国王代理を務めるサラムは多忙らしく、昨日はその後、顔を合わせることが出来なかった。

朝食を終えて用意してくれた服に着替え、会議の始まる時間になってようやくサラムに会えた。

今日のサラムは黒に近い濃紺の生地に金糸で刺繍が施された上着と、金色の布を腰に巻いた出で立ちで、やはり彼はこの国の王子なのだと思うと、国を動かす立場にある者が集まる大切な会議で、何か失敗をしてしまわないか心配になってくる。

そうしたことからリーファの口数は少なくなり、会議の前に話しておきたいことや聞きたいことがあったのに、ろくな打ち合わせも出来ずに会議室へ向かう時間になってしまった。

その不安を少しでも和らげようと、リーファは前を歩くサラムの上着の袖口をそっと摑む。

「ねぇ、サラム。会議って、偉い人がたくさん集まるんでしょ？　皆には僕がこれから会議に出ることを言ってあるの？」

「新しい従者を連れていくと伝えてある。……私はこれから開かれる会議の席で、水不足解消のために水場の整備が必要だと発言しようと考えている。発案者の私がその計画の責任者となれば、私の従者であるリーファも、正体を明かさずとも計画に参加することが出来るだろう。だから従者として今日の会議にも出席してもらうが、お前は何も発言しなくていい。私の従者であると皆に知らせること、それが目的だ」

なるほど、それはいい案だ。

昨夜サラムが一人でこの案を考えてくれたのだろうか。リーファは感心した。

「サラムって、頭がいいんだね。昨日の商人のおじさんにも本をたくさん届けてもらってたし、勉強家なんだね」

サラムはリーファの言葉を聞くとピタリと足を止め、顔を歪《ゆが》めて呟いた。

「……私に許されているのは、知識を得ることくらいだからな」

「え？　どういう意味？」

リーファは問い返すが、サラムは「いや、なんでもない」と言って再び歩き出した。

サラムの言葉に首をひねりつつ、先を急ぐように歩く彼を追っているうちに、昨日は立ち入ることのなかった王宮の奥まで来ていた。

サラムは兵士が両脇に立つ観音開きの扉の前で足を止める。兵士は室内に向かってサラムの訪れを告げ、扉を開いた。

サラムは中へと足を踏み入れ、大きな一枚板の長机の一番端に腰を下ろし、リーファはその斜め後ろに立つ。

サラムを含め、十数人が机を囲んでいる。その中の幾人かは、リーファに無遠慮な視線を送ってきた。

中身は十八歳だが、外見は七、八歳の少年の姿をしている自分は、ひどくこの場で浮いている気がしていたたまれなくなる。

その時、居並ぶ家臣の中に、小柄な少年の姿を見つけた。

今のリーファよりは年上だろうが、まだ成人は迎えていない、あどけなさの残る顔をしている。

褐色の肌を持つアガスティア王国の民にしては肌の色が薄く、髪は黒色だが大きな瞳は焦げ茶色で、異国の血が混じっているように感じた。

少年はリーファをまじまじと見つめてきたが、その視線に悪意は感じない。興味と好奇心、そして少し不思議そうな色が浮かんでいる。

「ご一同揃われましたので、これより本日の会議を始めます」

会議の始まりを宣言したのは、口周りと顎にたっぷりと髭《ひげ》を蓄えた壮年の男性だった。彼が会議の進行を務めるらしい。

リーファは背筋を伸ばし、重臣たちの話に耳を傾ける。

この国の情勢に詳しくないリーファには細かい部分はよくわからなかったが、どうやら各地から上がってきた陳情を読み上げ、それをどうするか話し合っているようだ。

しばらくは緊迫した空気に圧倒され、ただ重臣たちの話を聞いていただけだったが、会議が進むにつれ、リーファはある疑問を抱く。

——どうして誰もサラムに意見を求めないんだろう?

サラムは国王代理を任されていると言っていた。それなのに、誰も彼に話を振る様子はなく、重臣たちで話し合いを進めていき、全て決まった後でサラムの許可を求めていた。

つまり、彼は一言も自分の意見を口にすることはなく、ただ黙って頷くだけだったのだ。

——会議って、こういうものなのかな？

だが、サラムにだって自分の意見があるはずだ。なぜ何も口を挟まず、座って話を聞いているのだろう。

それに、もう一つ気になることがあった。

サラムに最終的な許可を求める前に、先ほど目についた少年に、必ず意見を求めているのだ。

会議の参加者の中では最年少にもかかわらず、誰もが少年の言葉に耳を傾け、神妙な顔で聞いている。

これではまるで、少年こそが国王代理として会議に出席しているみたいだ。

リーファは違和感を覚えつつもそれを口にすることは出来ず、静かに会議の進行を見守った。

そうして最後の議案に対する討議が終わり、皆が腰を浮かせかけた時、ようやくサラムが言葉を発した。

「一つ、私から相談がある」

重臣たちからざわめきの声が上がり、顔を見合わせながらも椅子に座り直した。

家臣たちの視線が、初めてサラムに集中した。

「ご相談とは、なんでしょうか？」

進行役の男性が口火を切る。

サラムは列席する家臣を見回し、口を開いた。

「我が国の一番の懸念事項について、皆の意見を聞きたい」

「懸念事項と言いますと？」

「水だ」

サラムの言葉に場が再びざわめく。

皆の声が静まるのを待たずに、サラムは話し始めた。

「今、我が国は危機に瀕《ひん》している。王都の外の砂漠にある集落では水場が枯れ、難民となる者も出てきている。このままでは、アガスティア王国はいずれ砂に飲み込まれ、滅びてしまうのではないだろうか」

シンと静まり返った後、皆が一斉に口を開いた。

「何を不吉なことをおっしゃいますか！　我が国が

滅びるなど、あるわけがありません！」

「そうでございます。確かにいくつかの水場は枯れてしまいましたが、それを補うために、ミラドラ王国から水を買いつけているのですぞ」

予想以上に室内は騒然となり、リーファは気が気でなくなる。

しかしサラムは怯むことなく、重臣たちに向かって言及した。

「一日分の水を買うために、いくら必要なのか知っているか？　裕福な者には簡単に出せる額かもしれないが、食べていくだけで精一杯という暮らしをしている民には、到底手を出せないほどの高額で取引されている。だから私は、いずれミラドラ王国からの買いつけを止め、自国だけで水の供給が行えるように、水場の整備を進めていきたいと考えている」

「何をおっしゃるのですか！　ミラドラ王国に、これまでどれだけ我が国が助けられてきたか、サイード様もご存知でしょう？」

一人の家臣が声高に叫ぶと、それに別の重臣も賛同する。

「サイード様は政治というものをわかってらっしゃらないようですな」

他の家臣たちも口々にサラムの意見を否定し、非難し始める。

サラムは表情を全く変えず、黙って家臣たちの言い分を聞いていた。

やがて家臣たちは、言いたいことを言い終え、次々に席を立ち扉に向かい出す。

あの少年だけが最後まで席を立とうとしなかったが、重臣たちに促され、サラムを気にしながらも部屋を出ていった。

自分たちの他に人がいなくなった室内に、静寂が戻る。

「あの、サラム……」

リーファは躊躇いがちに、机に肘《ひじ》をつきうなだれているサラムに呼びかける。

――これは、失敗したってこと？

そう聞きたかったが、落胆を露わにする彼に、追い打ちをかけるようなことは出来なかった。

「……すまないな」

「え？」

「もうわかっただろう？　私にはなんの力もない」

「どういうこと？」

サラムの言わんとしていることがわからず、リーファは問い返す。

サラムは重苦しいため息をつき、自身の置かれた状況を話そうとしてくれたが、リーファと目が合うと苦笑した。

「……子供に聞かせる話ではないな」

「なんで？　話してよ」

「いや、止めておこう。不要な話だ」

サラムは頑《かたく》なに話すことを拒み、リーファの追及から逃れるように席を立った。

「サラム！」

その後を追いかけ、廊下に出る。

すると、部屋の前に立つ兵士以外に誰の姿もないと思っていたのに、サラムを呼び止める声が耳に入った。

「サイード兄上！」

「バシル」

満面の笑みでサラムに駆け寄ってきたのは、会議に列席する重臣の中で一番年若いあの少年だった。

――兄上ってことは、この子は……。

少年は勢いのまま抱きつかんばかりにサラムの腕の中に飛び込む。

「数日お姿をお見かけしませんでしたが、どちらに行ってらしたんですか？」

「国内の視察だ」

「視察？　そのようなこと、誰も申してませんでしたが……」

「私の独断だからな」

少年はまだ事情を聞きたそうな顔をしていたが、

サラムの口調がそれを拒んでいることに気づき、重ねて質問するのを止めたようだ。話題を変えるようにリーファに視線を移す。

「この者は？　初めて見る子ですけど」

「私の新しい従者だ。……リーファ、彼は第二王子のバシルだ。歳も近いから、気が合うだろう」

　やはりこの少年がサラムの弟だったようだ。王子だから、会議中に意見を求められることが多かったのだろうか。

「はじめまして、バシル様。リーファと申します」

　リーファはペコリとお辞儀をして自己紹介する。バシルは人懐っこい笑みを浮かべ「よろしく」と返してきた。

「兄上が従者を連れていたので驚きました。それにこの肌と髪、瞳の色は、アガスティア王国の者ではありませんね」

「ああ。だが、信頼出来る者だ」

　サラムは約束通り、弟のバシルにもリーファの身元は明かさないでくれた。バシルも素直な性格のようで、兄の言葉を疑っていないようだった。

　サラムは胸元を探り、手のひらに乗る程度の布袋をバシルに手渡す。

「土産だ」

「僕にですか？　ありがとうございます！」

　布袋の口を開け、さっそく中身を取り出す。

「これは木の実？」

「木の実を煎《い》って、砂糖をまぶした菓子だ。王都で見かけたので買ってきた」

「王宮では見ない菓子ですね。さっそく一つ食べてもいいですか？」

　サラムが了承すると、バシルは一粒菓子を口に放り込み、すぐにニコリと微笑む。

「甘くて美味《おい》しいです」

「そうか、よかった」

　サラムは弟のために菓子を持ち帰り、バシルもそれを喜んでいる。バシルの嘘のない笑顔に、サラムも穏やかな表情をしていた。

彼に弟がいることは聞いていた。しかし、その時はサラムの口調が重く感じたから、あまり仲がよくないのでは、と思っていた。けれど、こうして二人を見ていると、決してそうは見えない。

——僕の思い違いだったのかな。

リーファがそう胸の中で呟いた時だった。

「バシル、何をしているのですか？」

女性の咎めるような声が廊下に響き渡った。

バシルはギクリと肩を竦め、菓子を隠すように胸元に抱き込む。

声の主は、侍女を三人従え、早足でこちらに近づいてきた。歳は三十代半ばほどだろうか。瞳と髪は濃い茶色で、肌はアガスティア王国の民よりも薄い色をしている。

女性はこの国の女性が身につけているサラリとした生地のシャツと長いスカートではなく、布地をたっぷり使った裾が膨らんだ新緑色のドレスを着ていた。どちらかというと、プレアデス王国の女性の服装に近い衣装だ。

砂漠の国でその格好は暑そうだな、とリーファが暢気《のんき》な感想を抱いていると、女性はバシルが手にした布袋を見つけ目をつり上げた。

「それはなんです？」

「お、お土産でいただいた菓子です」

「土産？　どなたから？」

「……サイード兄上です」

女性はキッと鋭い眼差しでサラムを睨みつける。

表情から文句でも言い出しそうな雰囲気だったが、意外にも女性は礼の言葉を口にした。

「息子にお心遣いをありがとうございます」

「いえ。よろしかったらラウラ王妃もバシルと共に召し上がってください」

「……そうさせていただきますわ。バシル、祈りの時間です。行きましょう」

バシルはラウラの顔色を窺いながら、サラムを

「兄上も一緒に行きませんか？」と誘ってきた。

　サラムはチラリとラウラを見てから、頭を左右に振る。

「私は遠慮しよう」

「そうですか……。兄上は国王代理のお仕事でお忙しいですものね。では、僕が兄上の分も、父上の病気治癒の祈りを捧げてきます」

　バシルはそう言い残し、立ち去るラウラの後を追いかけていった。

「……今の女の人、サラムとバシル様のお母さんなの？」

　彼女たちが遠ざかったところで、リーファはこっそり尋ねた。

　サラムはやや間を置いてから緩く頭を振る。

「バシルの母親のラウラ王妃だ」

「え？　バシル様のお母さんなら、サラムのお母さんでもあるんでしょ？　二人は兄弟なんだから」

「父親は同じだが、母親が違うんだ。異母兄弟というものだな。バシルの母親はミラドラ王国の王族縁《ゆかり》の者で、父の正妃だ」

　――正妃？

　世情に疎いリーファは初めて聞く言葉に首を傾げる。

　精霊使いは皆生涯独身だ。

　特に掟で定められているわけではなかったが、プレアデス王国にその身を捧げている精霊使いは、特定の人物を深く愛さず国民全員を平等に愛す。

　水晶の館の外では、愛する者同士が結婚し、家庭を築くというのは知っているが、妻のことを正妃とこの国では呼ぶのだろうか。

「正妃って何？」

「国王の正妻ということだ」

「正妻？」

　質問したのに、また新たな単語で返された。

　リーファが疑問を深めていると、サラムが部屋に戻ろうと促してきて、先ほどバシルとラウラが通った道筋を歩き出す。

けれど角を曲がったところで急にサラムが足を止め、彼を追いかけていたリーファはその背にぶつかりそうになった。

「サラム、急に立ち止まらないでよ。……サラム？」

サラムは拳《こぶし》を握り締め、廊下の先を見つめている。

眉根を寄せ、何かを耐えるような表情。

リーファは不審に思い、彼の視線の先をたどる。

――王妃様？

ラウラは怒ったような顔つきでバシルに何か言い含め、布袋を取り上げて侍女に渡した。そして俯くバシルを急かし、階段を昇っていく。

「……サラム？」

リーファがもう一度呼びかけると、サラムがフッと息を吐き、苦い笑いを浮かべた。

「部屋に戻ろう」

声にどこか覇気がない。

先ほどの光景が理由に思えたが、サラムに聞くのがはばかられるほど、彼は暗い顔をしていた。

何か言った方がいいのか、それとも気づかなかったふりをした方がいいのか……。

「どうした？」

「え？」

「お前の部屋はこちらではないだろう？」

考え事をしていたから、サラムにどこまでもついてきてしまっていたようだ。

「だって部屋、わかんない」

そう訴えると彼は優しく微笑み、「そうか」と言って廊下を引き返し、案内してくれた。

サラムは部屋の前までリーファを送り届け、すぐに去ろうとする。

「待って、サラム。僕はこれから何をしたらいいの？」

「……何も。会議で賛同を得られなかったから、何もすることはない」

「え!?」

なら、どうやってこの国を救えばいいのだ？

戸惑いを浮かべると、サラムが自嘲《じちょう》的に笑う。

「言っただろう？　私にはなんの力もないと。第一王子であっても、私についてくる者は誰もいない。第二王子のバシルの方がよほど家臣から支持されている。お前も見ただろう？」

先ほどの会議の席で、サラムの発言に抗議の声が方々から上がった様子が脳裏に浮かんだ。

「リーファ、お前は出会う相手を間違えてしまったようだ。私ではなく、バシルに最初に会っていれば、会議でもすんなり話が通ったかもしれない」

サラムの瞳にかげりが落ちる。

——どうして、そんなことを言うの？

昨日はこの国を頼むって言ってくれたのに。なぜ家臣たちから反発されたくらいで、諦めてしまうのだろう。

急に弱気になったサラムの気持ちがわからずやきもきし、つい彼の腕を取って大きな声を出してしまった。

「この国を救いたいって思ってるんでしょ？　なのにどうして……」

しかし最後まで言い終わる前に、いきなり背後から肩を強く摑まれ、サラムから引きはがされた。そのまま乱暴に後方へ引っ張られ、尻餅《しりもち》をついてしまう。

「わっ！」

「リーファっ」

「サイード様、この者に近寄らないでください」

サラムと同年齢くらいの男性が二人の間に割り込み、行く手を阻んだ。

どこかで見覚えがあると思い記憶をたどると、先ほどの会議で末席に座っていた男性だった。

「どういうつもりだ？　なぜリーファにこのような乱暴を……」

「あなたに危害を加えようとしていたからです」

男性が語気を強めサラムに詰め寄る。

「第一、従者とはなんですか？　私は従者をつけることを、一言も聞いておりません。それに、先ほどの会議での発言はいったいどういうおつもりなのですか？　ミラドラ王国と縁の深い第二王子もいらっしゃる前で、あのような批判をするなど、正気ですか？」

　一息で言い募り、男性は肩で呼吸する。

　サラムは憮然《ぶぜん》とした顔で男性の言い分を聞いていたが、話が途切れると彼の横を通り抜けリーファを助け起こしてくれた。

「大丈夫か？」

「う、うん」

　転んだだけだから怪我はしていないが、突然現れた男性の剣幕に圧倒され、動けなかったのだ。

　リーファがサラムの手を借りて立ち上がると、また男性が苛立った声を上げる。

「従者に手を差し伸べるなど、王子らしくないことはお止めください。何度も申し上げているでしょう？　私の話をなぜ聞いてくださらないのですか？」

　男性から冷ややかな視線を向けられ、リーファは身を竦ませる。

　それを見て、サラムが男性に向き直った。

「リゲル、止めるんだ。リーファが怯えている」

「私はあなたのためを思って、こうして苦言を呈しているのです。それが私の仕事です」

「わかっている。だが、相手は子供だ。それにここは廊下だろう」

「それは……、申し訳ございませんでした」

　リゲルと呼ばれた男性はサラムに指摘され謝罪を口にするが、表情は険しいままで、まだ言いたいことがあるようだった。

「サイード様、次からは私に事前に相談してください。何をするにも、必ず」

「ああ、わかった」

「それと、もう勝手に王宮を抜け出さないでください。皆が心配します」

「……ああ」

サラムが頷くと、ようやく男性が表情を緩める。

「ご理解いただき、ありがとうございます。……それで、その子供の身元は確かなのですか？」

リゲルと呼ばれた男性がリーファを見据える。

リゲルはサラムより二回り細身で、神経質そうな線の細い外見をしていた。

リーファの存在を快く思っていないようで、向けられる視線も声音も冷たく感じる。

居心地悪くて視線から逃れるように俯くと、服の中に隠れているシャディと目が合った。心配そうな瞳でこちらを見上げる彼女に、小声で「大丈夫」と返す。

するとリゲルがツカツカと近づいてきて、いきなり服を引っ張ってきた。

「何を隠しているんです？」

「や、止めてっ」

「何かよからぬ物を隠し持っているのではないでしょうね？」

グイグイと服を引っ張られ揺さぶられるリーファを、またサラムが間に入って助けてくれた。

「リーファに乱暴するなと言っただろう。止めるんだ」

「しかし、この者、何か隠してますよ？」

見過ごせません、と鼻息を荒くするリゲルに、サラムは根負けしたのかリーファに頼んできた。

「すまないが、シャディを見せてやってくれないか？　そうしないとこの男は納得しないだろう」

リーファはわずかに躊躇ったが、サラムの求めならとシャディを胸元から出した。

リゲルがぽかんと口を開け、シャディを凝視する。

「これは、スナギツネでございますか？」

「そうだ」

「子供だけでなく、動物を会議に連れていったと？」

「ああ」

リゲルは目眩に襲われたのか、眉間に手を当て数歩後ずさる。

「本当に、あなたが何を考えてらっしゃるのか、私には全くわかりません」

もう怒る気力もないようで、リゲルは踵を返すとフラフラとその場から離れていった。

リゲルが廊下を曲がって姿が見えなくなると、サラムが「驚かせたな」と労《いたわ》るような声をかけてきた。

「うん、びっくりした。……今のは誰？」

「私の元友人で、今は相談役を務めているリゲルだ」

『友人』ではなく、『元友人』という言い方が気にかかる。

サラムはふと周囲を見回し、「部屋に入って話そう」と言ってきた。

リーファもつられて周りを見ると、言い争う声を聞き心配した使用人たちが廊下の端からこちらの様子を窺っていた。サラムが彼らに向かって手を軽く振ると、使用人たちは静かに離れていく。

リーファの部屋に入り扉を閉めると、サラムは上着のボタンを外し、首元を緩めながら長椅子に腰を下ろした。隣の空いた座面をポンポンと叩き、リーファにも座るよう勧める。

リーファはシャディを床に下ろしてから、サラムの横にちょこんと座った。

「疲れただろう、何か飲むか？」

「ううん、いらない」

「そうか」

それきりサラムは口を閉ざしてしまう。

――話してくれるんじゃなかったの？

今日だけでたくさん疑問に感じたことがある。

この国の水不足を解決するために、サラムは水場の整備を行いたいと提案したが、家臣たちの同意を得なければ実行に移せない。家臣たちをどう説得するのか、そして、弟であるバシルと、正妃であるラウラ、先ほどのリゲルとの関係……。

グルグル考えて考えて、考えすぎて、頭を使ったら腹が減ってきた。

――あのお菓子、どんな味がするんだろ。

空腹のリーファの頭に浮かんだのは、サラムがバシルに渡した土産の菓子だった。

ついそれが口をついて出ていた。

「木の実のお菓子って、どんなだろ？」

「木の実の菓子？」

独り言を聞き咎めたサラムが訝しそうな顔をする。

「えっと、さっき、バシル様にお菓子をあげていたでしょ？　どんな味がするんだろって気になって」

「あれはこの国の一般的な菓子だ。アガスティア王国の民なら一度は口にしたことがあるだろう。だが、いわゆる平民が口にする菓子だから、身分のある家の子供の口には滅多に入らない」

「サラムは食べたことあるの？」

なんとはなしに聞いたのだが、サラムは複雑な表情を浮かべる。

――どうしてこんな顔をするのかな……。

時々サラムは傷ついたような顔で黙り込む。

それがどうしてなのか、リーファにはわからない。気になったが、聞いてはいけないような、聞かないでほしいような空気をサラムから感じた。

やがてサラムはフッと短く息を吐き、「ある」と答えた。

「私を生んでくれた母が、よく作ってくれた。材料が木の実と砂糖だけだから簡単に作れるし、栄養がとてもあるのだと言って」

「どんな味がするの？　美味しい？」

「とても甘い。甘くて、幸せな味がする」

――幸せな味……。

とても興味を引かれた。

ぜひ食べてみたいと思ったが、サラムが言うには王宮では手に入らないようだった。

そこでリーファはサラムに頼んでみた。

「サラムのお母さんなら作れるんでしょ？　作ってもらえないかな？」

サラムは困ったように微笑み、リーファの頭を撫でてきた。

「残念だが、それは無理だ。母は私が八歳の時に亡くなっている」

「そう……」

――知らなかった。

自分の何気ない思いつきから出た言葉で、辛いことを思い出させてしまったかもしれない。

しかし謝るのもおかしいと思い、他の言葉を探していると、サラムがリーファの頭に置いた手を軽く弾ませた。

「そんなに食べたかったのなら、バシルにやらずにお前にあげればよかったな」

「ううん。バシル様も食べたかっただろうから。それに、もしかしたら王妃様も初めて食べるお菓子かもしれないんでしょう？　僕が一人で食べるより、二人に食べてもらった方がいいよ」

サラムが目を伏せ呟く。

「いや、もうあの菓子は捨てられているだろう」

「え？　どうして？　バシル様、すごく喜んでくれてたのに。王妃様だってお礼を言ってたよ？」

「私が与えたものを、バシルの口に入れるはずがない。毒を盛られることを警戒しているからな。侍女に袋ごと渡していたから、処分するように命じたのだろう」

「毒!?」

思ってもいなかった単語が飛び出し、リーファは言葉を失う。

サラムのことはまだよく知らないが、彼が優しく誠実な人だということは知っている。

その彼が弟に毒を盛るはずなどない。

リーファはゴクリと唾を飲み込み、やっとのことで言葉を発した。

「サラムは毒なんて入れてないんでしょ？」

「もちろんだ。バシルを亡き者にしようなどと、一度だって考えたことはない」

「なら、どうして……」

「私が王妃に毒を盛りたいほど憎まれているからだ。自分がそうだから、私も同じことをするかもしれないと思っているのだろう」

――憎まれている？

それは、人を愛し慈しむようにと育てられてきたリーファの中にはない感情だった。

いったいなぜサラムは王妃にそれほど憎悪を向けられているのだろう。よほどのことがない限り、抱かない感情だと思った。

「……少し話しすぎたな。王妃やバシルのことは、お前には関係のないこと。これは私たちが解決するべき問題だ」

サラムがぎこちない笑みを浮かべ、話題を変えた。

「リーファ、今日は何がしたい？　つき合うぞ」

「でもサラムはお仕事があるんでしょ？」

「先ほどの会議に出席することが私の仕事だ。だからもう今日の仕事は終わった」

「もう終わり？　サラムのお仕事は国王様の代わりなんだから、すごく忙しいんじゃないの？」

「私は代理であって、正式な国王ではないからな。古来よりの決まりに則《のっと》って長子の私が国王代理を務めているが、それまでは特に政治にも携わらず、自由気ままに過ごしていた。王宮を抜け出して砂漠の集落を巡って……」

そこでサラムは笑みを消し、ポツリと独りごちる。

「国王には、バシルがなればいい。私よりバシルの方が適任だ。王宮は私には窮屈でしかない」

――サラムは国王になりたくないのかな？

それならなぜ、国王代理を務めているのだろう。嫌なら断ればよかったのに……。

その時、空気を引き裂くようにシャディが甲高い声で鳴き出した。それも一度ではなく、二度三度と繰り返す。

「どうしたの、シャディ？」

シャディは窓の外に向かって鳴いている。

言葉が通じないから、彼女の訴えていることがわからず、途方に暮れてしまう。

するとサラムが「もしかして、外に出たいのか？」とシャディに聞いた。シャディは同意するように「キャンッ」と鳴き、扉へと駆け出す。

リーファはその様子を見て閃《ひらめ》いた。

サラムの腕を取り、上目遣いで見上げる。

「ねえ、サラム。僕、行きたいところがあるんだけど」

「いいぞ、連れていってやろう」

「じゃあ、砂漠に連れてって！」

「砂漠？」

浜辺から王都までの間に通ったというのに、いったい何を言い出すのだ。サラムの瞳はそう語っていたが、リーファは気づかないふりをして再度おねだりする。

「お願い、僕、もう一度砂漠を見たいんだ」

サラムは不思議そうな顔をしながらも、リーファの願いに頷いた。

砂漠は王都よりも暑い。

太陽も地上に近く感じ、ジリジリと肌が焼かれる。

そのため出発するにあたり準備が必要で、出会った時のサラムと同じようにリーファは長い布で目元以外を覆い、シャディを服の中に入れる。サラムも着替えるというので、彼の支度が終わるまでに、必要なものを集め大きめの袋に放り込んだ。

互いの用意が終わると王宮の裏手にある厩舎《きゅうしゃ》に行き、数日前、共に砂漠を渡ったラクダに鞍をつけ、それにまたがった。

サラムは王宮の外門をくぐると、迷いなく王都の街中を行く。その中に長蛇の行列を発見し、リーファはサラムに尋ねた

「あの行列は何？」

「水の配給を待っているのだろう」

王都周辺の水場は管理され、王宮が発行した配給書と引き替えに決められた量の水を人々に配っているのだと、サラムが説明してくれた。

「配給……。じゃあ、王都以外の砂漠に住んでる人にも水を配ってるの？」

「いや……。砂漠に住む民は自力で水を確保する他ない。だが、元々オアシスに作られた集落も、現在は水場が枯れてしまい、人が住めなくなっているところがいくつもある。今砂漠にある他の水場も、いつ枯れてしまうかわからない。そうなった時、そこに住む人々が避難してきても、王都周辺の水場だけではまかないきれないだろう」

だから一日でも早く新たな水場が必要だと、サラムは厳しい顔で続けた。

確かに、サラムの言う通りだ。

しかしそれを会議でサラムが訴えても、誰も賛同してくれなかった。

「いつか大変なことになるってわかっているのに、どうして誰も動いてくれないの？」

「ミラドラ王国から輸入した水を、さらに高額で王都の人々に売り、利益を得ている者がいるからだ。自国だけで水をまかなえるようになれば、その者は大損をする。だから、現状を維持したいのだろう」

「そんな……。自分勝手だよ。王都の外は、砂漠なのに」

自分だけ得をすれば、他の人が苦しんでもいいというのか。

そんな考えをする者がいるということに、衝撃を受けた。

「王宮で働く家臣たちは、王都の中しか知らない者が多い。砂漠のことには全く無関心なんだ」

一度でいいから、この景色を見てほしい。

王都を出るための門の前でラクダを止め、サラムは広がる砂の世界を見つめて小さな声で囁いた。

「もしかして、サラムが一人で海の近くにいたのって、砂漠がどうなっているのか確認するため？」

「……私には、その責任がある。王子としてこの国の全てを把握しておかねばならない」

サラムは嘆息し、続けた。

「けれど、この目で見て肌で感じたことを家臣に伝えても、誰も耳を貸さない。私のしていることは、なんの役にも立っていないんだ」

サラムは諦めたように苦い笑いを浮かべた。

――この人は、誰よりも国のことを考えてる。けれど、誰も彼に協力する者がおらず、ただ見ているだけしか出来なかったのだ。砂に覆われていく大地を。苦しむ民を……。

それでも、たった一人で砂漠を訪れ、枯れていく大地を見ていた。

きっと、何も出来ずにいることが歯がゆかったはずだ。

リーファはサラムの想いに心を打たれ、手綱を握る彼の手に自分の小さな手を重ね、ギュッと握る。

「僕がいる。僕なら、この砂漠を変えられるよ」

「リーファ……」

「シャディが見つけた地下に眠っている水脈を、僕がサラムに教えてあげる。そのために今日、砂漠に行きたいってお願いしたんだ」

「そうだったのか。なら、一言言ってくれればよかったものを」

リーファは顔を仰向け、後ろのサラムに悪戯《いたずら》っぽい笑みを向ける。

「水脈をただ見つけるだけじゃないよ。大きな水脈を見つけたら、そこを掘るつもりなんだ。深く掘れば、水がわき出る。そうすれば、新しい水場が作れるよ」

「掘る？　私とお前だけでか？　そんな無謀なことを企《たくら》んでいたのか」

「やっぱり無理だって思ってる。言えば砂漠に連れてきてもらえないと思ったから、言わなかったんだ」

サラムは眉間に皺を寄せたが、リーファはめげずに明るい口調で続けた。

「この国を救いたいんでしょ？　なら、二人でやろう。どんなに無茶に思えることでも、意味のない会議に出るよりずっとましだよ」

リーファがそう言った直後、服の中からシャディがひょっこり頭を出し、不満そうに「キーッ」と鳴いた。「私もいるわよ」と、数に入れられなかったことを抗議しているようだ。

　リーファは「そうだった、ごめん」とシャディを宥《なだ》め、もう一度正しく言い直す。

「僕とシャディとサラムで、今出来ることをやろう。サラムは王子様なんでしょ？　この国のために出来ることがあるなら、やらなくちゃ駄目だよ」

　サラムはリーファの言葉を聞き、驚いたように軽く目を瞠る。

　わかったようなことを言うな、と叱られるかと少し不安を抱いたが、サラムはリーファの言葉を真摯に受け止めてくれた。

「……そうだな。他国の人間であるリーファがアガスティア王国のために協力してくれるのだから、王子の私が動かないわけにいかないな」

「じゃあ、一緒に掘ってくれる？」

「ああ。アガスティア王国の未来に繋がるのなら、なんでもしよう。しかし、それには道具が必要だろう。一度戻り、必要な物を揃える必要がある」

　サラムは手綱を繰り、方向を変えようとする。それを押しとどめ、リーファは携えてきた袋の口を開き、中を見せた。

「待って。もう道具はあるよ。小さいけどスコップを借りてきた。王宮の庭で花壇の手入れをしている人に、休憩時間に砂遊びがしたいって言ったら、貸してくれたんだ」

　サラムはまた目を見開き、そして声を立てて笑った。

「用意がいいな」

　サラムの大きな手のひらが、リーファの頭をくしゃくしゃと撫でる。

「お前は不思議な子だな。まだ幼いのに、時折大人びたことを口にする。賢い子だ」

「……あのね、実は僕、子供じゃないんだ。僕、もう大人なんだよ」

「そうだな。幼くとも、立派な精霊使いだ」

身体のことを告白しようとしたのに、サラムは子供を宥めるようにリーファの頭を撫でてきた。

きちんと説明しようとリーファが口を開きかけた時、シャディが「キャンッ」と鳴いて指さすように東の方向に前脚を伸ばした。

「あちらに行けと言っているようだな」

サラムは疑うことなく、シャディが指し示した方向にラクダを向かわせる。

出鼻を挫《くじ》かれ、リーファはこの件はまた後でゆっくり話すことにした。

長い時間移動していくと、小さな集落が現れた。

王都は元より、以前宿を借りた集落よりも規模が小さく、煉瓦を積み上げて作った家が十数戸、砂漠の真ん中にポツンと建てられている。

ラクダを降り集落に足を踏み入れるが、外には人の姿がない。老朽化が進み一部崩れていたり、砂嵐に見舞われ半分砂に埋まっているような家もある。

周囲を見て回っていると、中央に井戸を見つけた。のぞき込んで水があるか確かめようとしたが、その前にシャディが頭を左右に振る。どうやらもう枯れてしまっているらしい。

元々はオアシスに作られた集落だろうが、木や草花のような植物はなく、あるのは枯れた倒木だけだ。ずいぶん前に水場が枯れてしまったみたいだ。この状況では、すでにこの集落には誰も住んでいないだろう。

ここに住んでいた人はどこに行ったのだろうか。水のわき出るオアシスに、無事にたどり着けているといいが……。

リーファがそんなことを考えていると、シャディが一軒の家を前脚でさし、騒ぎ出す。

「あの家の下に、水脈があるの？」

「キャンッ」

井戸は枯れてしまっているが、別の水脈があるのなら、新たに井戸を作れる。そうすれば、この集落に人が戻ってこられる。

リーファはサラムの手を引き、その家に向かう。

「サラム、あの家の下に、水の通った道があるみたい。掘ってみよう」

「家の中に入って掘るのか？」

「キャンッ」

リーファの代わりにシャディが「そうよ」と鳴く。

気持ちが急き、空き家だと思い込んでいたのでノックもせずに扉の取っ手を摑んだ。サラムが「待てっ」と言ってきたが、リーファはすでに扉を引いてしまっていた。

風の力もあり、外側に大きく扉が開く。

次の瞬間、家の中から悲鳴が上がり、直後に鍋が飛んできた。

「わっ！」

咄嗟にしゃがみ込むと、後ろにいたサラムがそれを振り払ったようだ。ガシャン、と鍋が地面に落ちる音が響く。

「な、何!?」

いきなり鍋が飛んできてリーファは驚きで目を白黒させる。

すると前に小柄な人影が立ちふさがり、眼前に棒を突きつけられた。

「出ていけ！　ここに盗るものは何もないぞ！」

――子供!?

変声期前の高い声に、リーファは相手を確認する。

丈の合っていない、裾が汚れほつれた麻のシャツと下衣を着た、今のリーファよりも少し年上くらいの痩《や》せた少年が棒を持ち、こちらを睨みつけていた。

住民のいる家の扉をいきなり開けて入った形になったため、強盗と間違えられたらしい。

リーファが謝罪と弁解を口にしようとすると、その前にサラムが「すまない」と少年に詫《わ》びた。

「人が住んでいないと思い、断りなく扉を開けてしまった。悪事を働くつもりはない。それを下げてくれ」

「信用出来るかっ。空き家に入って、めぼしいものを盗っていこうと思ってたんだろっ」

「誤解だ。我々は別の目的があってここに来た。どうか話を聞いてほしい」

「話は聞かない。早くこの集落から立ち去れっ」

　少年の態度は頑なで、手にした棒を振り回して力ずくでリーファたちを外に追い出し、扉を閉めた。

　突然の出来事に呆然とし、しばらくただ扉を見つめるリーファを、サラムが窘めてきた。

「扉を開ける時は、慎重にしないといけない」

「ごめん……。今の子は、ここの住民？　他の家にも人が住んでるのかな？」

「他に人の気配はなかった。あの子供は、元々この集落に住んでいたか、または他の集落からやってきたのだろう」

　そういえば、水を求めて集落を離れた者が難民になっていると、サラムが会議で言っていた。あの子供もその一人なのだろうか。家族も一緒に家の中にいるのか？

　少年の事情は気にかかるが、あの剣幕では聞いても教えてはくれないだろう。扉を開けてもらうことすら難しそうだ。

「シャディ、家の中に入らなくても水脈まで掘れないかな？」

「クゥ……」

　シャディは力なく頭を左右に振り、耳を伏せる。あの家の中から掘るしかないようだ。

「他の家に移ってもらえないか、頼んでみよう」

　サラムが扉に近づき、今度はきちんとノックする。

「早く去れ！」

　まだ扉の前にいるらしく、近くから声が返ってきた。

「頼みがある。この家でしなければならないことがあるんだ。すまないが、他の家に移動してもらえないだろうか」

「勝手なことを言うな！　ここは俺たちの家だ！」

『俺たち』ということは、他にも人がいるようだ。

やはり、説得は難しそうだったが、サラムは根気強く少年に頼み込む。

「この家でなければならない事情がある」

「俺たちには関係ないっ」

少年の怒鳴り声が返ってきた後、内側からドンッと扉を叩くような音が聞こえた。

リーファはそれも少年が自分たちを追い払うために出した威嚇音だと思ったが、サラムは違った。

「おい、どうした？」

ノックを繰り返しても、返答はない。

急に静かになったことで不安を煽られ、リーファはサラムを見上げる。サラムは眉根を寄せながら、話しかけ続ける。

「何かあったのか？　扉を開けてくれれば、助けられる。ここを開けてくれ」

けれど、いつまで待っても返事はなく、扉の向こうで人が動く物音も聞こえてこない。

サラムはしばし考え、扉を無理矢理こじ開けることに決めたようだ。

「今から扉を蹴破る。可能なら離れていろ」

そう忠告して、サラムが深呼吸して足を振り上げた。その時、堅く閉ざされていた扉がゆっくりと開いた。

出てきたのは、大きな瞳を潤ませた五歳くらいの幼い女の子だった。

「……本当に助けてくれる？　お兄ちゃんが動かなくなっちゃったの」

少女の後ろに、先ほどの少年が倒れているのが見えた。

サラムは大股で少年に歩み寄り、その身体を抱き上げる。

少年は幸い意識はあるようで、サラムが身体に触れると「やめろ」と弱々しいながらも抵抗を見せた。

その声を無視し、サラムは痩せた身体を抱え、少女に尋ねた。

「寝台はどこだ？」

「寝るところ？　部屋の端っこに布を敷いて寝てる」

　土を踏み固めて平らにならした床の上に、砂だらけのぼろきれが敷いてある。

　サラムは一瞬眉を顰めたが、他に寝かせられる場所はなく、そこに少年を横たえた。

「唇が乾いてる。どのくらい水を口にしていない？」

「溜めておいた水が少なくなってきてから、お兄ちゃん、ほとんど水を飲まなくなったの。私には飲むように言うのに」

「そうか……。リーファ、ラクダに積んである水を持ってきてくれるか？」

「うん、待ってて！」

　急いでラクダの元に戻り、鞍にくくりつけている荷物袋の中から水を入れた筒を三本取り出す。多めに持ってきてよかったと思いながらサラムに持っていった。

　サラムは少年の上半身を抱え起こし、筒を口元に当てる。少年は中身が水だとわかると、喉をゴクリと鳴らし、けれど筒を横へ押しやった。

「……いい。俺はいらないから、妹にあげて」

　喉が渇いているはずなのに、自分のことよりも妹を優先する姿に、胸が引き絞られるように痛んだ。

「その子にも水をやる。だから、これはお前が飲むんだ」

　サラムは筒を一本少女に渡す。少女が口をつけるのを見てから、少年もようやく水を飲み始めた。

　やはりとても喉が渇いていたようで、筒の中の水を一気に飲み干す。サラムはもう一本筒を渡し、それもあっという間に空にした少年は、ほどなくして話が出来る状態になった。

「……ありがとう、助かった」

　先ほど追い出した経緯があるからか、少し気まずそうにしながらも、少年は礼を口にする。

　サラムは目元を緩ませ、リーファも少年の回復に胸をなで下ろす。

「食事はきちんと食べられているのか？」

「豆があるから、それを食べてる」

「他は？」

「……豆は栄養があるから、それで十分だ」

言うと同時に、少年の腹がグウと鳴った。

少年は赤面したが、サラムは笑うことなく、いったん家を出て荷物を手に戻ってきた。

「日没までに王都へ戻る予定で、あまり食料は持ってきていないが、少しは腹の足しになるだろう」

袋から、乾燥させた魚や肉を取り出し、幼い兄妹に渡す。

少年はサラムを警戒してか、なかなか手を出そうとしなかったが、少女の方は瞳を輝かせ、礼を言って干した魚にかぶりついた。

「美味しい！　お魚なんて食べたの、すごく久しぶり！」

少女は満面の笑みを浮かべ、夢中になって食べ続ける。少年は一度少女を止めようとしたが、無心で食べる妹を見て口を噤《つぐ》んだ。

「お前も食べるといい」

「……腹へってないから、妹に全部食べさせてやって」

盛大な腹の虫がその言葉を否定するようにグウグウ鳴っている。それでも少年は頑なに手を出そうとはしなかった。

サラムはやや沈黙した後、ある提案を口にした。

「取引しよう。水と食料を毎日持ってくる。その代わり、私たちを手伝ってくれないか？」

「何をするんだ？」

「この家の下に、大きな水脈が通ってる。水脈まで掘れば、そこから水がわき出てくるんだ。その穴を掘る手伝いをしてほしい」

少年は目を瞬かせる。

「水？　ここは砂漠だぞ？　地面を掘って水が出るのか？」

「どこでも掘ればいいわけではない。私の連れは、水の匂いに敏感なんだ」

サラムがリーファを振り返る。リーファは彼の言葉を肯定するために頷いて見せた。

少年は半信半疑という顔をしていたが、少女が頬をほころばせながら魚を食べる様子を見て、サラムの提案に乗ることにしたようだ。

「わかった。ちゃんと水と食料を持ってきてくれたら、飯代分はきちんと働く」

「ありがとう。私はサラム。その子はリーファで、抱いているスナギツネはシャディだ」

「俺はムツ。妹はサリ」

話がまとまると、ようやくムツは干し魚にかじりついた。ガツガツと一心不乱に食事をする様は、彼らがこの砂漠の廃《すた》れた集落で、どれほど過酷な生活を送ってきたかを物語っている。

ムツとサリが食事をしている間、リーファはシャディを床に下ろし、より詳しい水脈の場所を探してもらう。

シャディは本物の動物のように鼻を動かしフンフンと家中の匂いを嗅ぎ回り、部屋の中央よりも窓に近いところで足を止めた。

「キャンキャンッ」

「ここ？」

シャディはコクリと頭を振る。探索を見守っていたサラムが近づいてきて、シャディの立つ地面に足で×印をつけた。

「ここを掘ればいいんだな？」

「うん。さっそく掘ってみよう」

ラクダの鞍につけてあった袋を持ってきて、中からスコップを取り出し砂を掘る。サラムも空き家にあった大きなスコップを借りて、地面を掘っていく。

今は草木が枯れ砂に埋もれかけているが、元々はオアシスだった地なので、サラサラとした砂とは違う乾いた土をスコップですくい、窓から外に放る作業をサラムが繰り返す。リーファも共に土を掘っていくが、小さな子供の身体では一度にすくえる量も少なく、大して戦力になれなかった。

二人で汗を流しながら黙々と作業を続け、ようやくサラムの膝くらいの深さまで掘り進め、そこで今日の作業は終了にした。太陽がずいぶん水平線に近づいてきており、早くここを出発しないと陽が落ちる前に王都に帰れなくなってしまう。

ラクダに荷物を積み終わると、サラムは今夜もここで夜を越すという幼い兄妹に自分の分の水を分けてやった。

「こんなにもらったら、あんたの分がなくなっちゃうんじゃないか？」

「私は砂漠越えに慣れている。少しの水があれば平気だ」

ムツがじっと筒を見つめ、サラムに確認するように質問した。

「明日も来るんだよな？」

「ああ。明日からは手伝ってもらうからな。今日はゆっくり休んでくれ」

「約束だぞ。絶対に来いよ」

ムツはすがるようにサラムに訴える。

予想外に強く明日の約束を求められ、サラムは「約束する」とはっきりと口にした。

ムツとサリは家の前で、サラムとリーファの乗ったラクダが見えなくなるまで見送ってくれた。

集落を出て、サラムはラクダを軽く走らせる。歩かせたのでは日没までに王都に戻れないからだ。

振り落とされないように鞍にしがみつくリーファを背後からサラムがしっかり支えてくれたので、思ったよりも怖くはなかった。

ラクダを走らせられれば、明日はもっと早くあの集落に着ける。ムツとサリも手伝ってくれるし、今日よりも作業は進むだろう。

——あの兄妹、二人きりで夜を過ごすのか……。

今日は聞きそびれてしまったけれど、あの子たちの親はどうしたのだろう。なぜたった二人きりであの集落で暮らしているのか。水も枯れ、食料となる植物も育たない土地で……。

夕闇が迫ってきている。

薄暗くなってきた砂漠に、王都の灯《あか》りが遠くに光っていた。

その灯りを見ると、リーファはホッと安堵する。

——明日は、ランプを持っていこう。

夜まではいられないけれど、あの幼い兄妹たちには必要だ。砂漠の夜の寂しさを少しでも和らげてあげたい。

ラクダを急がせ、王都にたどり着いた時には夜空に満点の星が瞬《またた》いていた。

その空を見上げながら、幼い兄妹を想い、早くこの寒い夜が明けることを祈った。

＊＊＊＊＊

翌日の早朝、サラムとリーファは城の裏手に繋いであるラクダにせっせと荷物を積んでいた。

昨日よりもたくさんくくりつけた荷袋の中身は、ほとんどがムツとサリへの食料と水、そして寝具や衣類などの生活用品だ。

約束では水と食料だけだった。けれど、サラムも砂漠でたった二人で生活している兄妹が気がかりだったようで、生活に最低限必要と思われるものを用意してくれた。

言葉は少ないが、彼のこうした行動を目にするたび思いやりのある人だということを実感する。

あらかた荷物を積み終わった時、リーファはランプのことを思い出した。

「砂漠の夜は暗いから、ランプも持っていってあげない？」

「ランプか。確かに灯りは必要だな」

サラムは王宮へ引き返し、ランプを取りにいった。

残されたリーファは、シャディに話しかけながらサラムが戻ってくるのを待つ。話すといっても、シャディは動物の身体になってしまったから、以前のような会話にはならない。リーファが一方的に話しかけ、シャディが相槌を打つくらいだったが、それでも長年共に過ごしてきたからある程度は意志疎通がはかれる。

　シャディとおしゃべりしながら待っていると、しばらくして足音が聞こえてきた。

　てっきりサラムだと思ったのに、やってきたのはリゲルだった。

　彼は荷物をたくさん積んだラクダとリーファを見て、眉を顰める。

「これからどこへ行くんですか？」

「えっと……」

　本当のことを言っていいものか迷ってしまった。昨日のリゲルの剣幕だと、これから新しい水場を作りにいくと言ったら反対されると思ったのだ。

　リーファが言い淀んでいると、サラムがランプを手に戻ってきた。リゲルがいることにすぐに気づいたはずだが、彼は何も言わずにランプをラクダにくくりつけ始めた。

「サイード様、これからどちらへ行かれるんですか？」

「国内の視察だ」

「こんな早朝から視察ですか。会議はどうなさるおつもりです？　まさか欠席されるわけではないですよね？」

「会議に私がいなくとも問題は起きないだろう」

　リゲルの目がつり上がる。

「視察も大切ですが、毎日行かれることはないのでは？　あなたには国王代理としての仕事があるでしょう。いつまでも王子気分でふらりと王宮を抜け出されては困ります」

　口調は平静だが、表情には怒りの気配が滲んでいる。

　しかしリゲルに諭すように忠告されてもサラムは全く気にせず、ラクダの背にリーファを乗せ、彼もその後ろにまたがった。

「サイード様！　聞いてらっしゃるんですか!?」

「聞いている」

「なら、王宮にお戻りください！」

　ついに堪忍袋の尾が切れたのか、リゲルがラクダの前に立ちはだかり怒鳴ってきた。

　けれどサラムはラクダから降りようとしない。

　リーファは向かい合って膠着《こうちゃく》状態になっている二人の様子をハラハラと見ているしか出来なかった。

「あなたは、ゆくゆくはこのアガスティア王国の国王となられるお方。もっと自覚をお持ちください」

　リゲルが真剣な眼差しで進言すると、サラムはなぜか小さく笑った。

「何がおかしいのです？」

「おかしいだろう？　誰も私に国王になってほしいとは願っていない。次期国王は正しき血統を持つバシルだ。私はそれまでの繋ぎにしかすぎない」

「そんなこと、誰が……」

「言われずともわかっている。皆もそう思っているから、私の話を聞かぬのだろう。しかし私も王族の端くれ。私は私のやり方でこの国を守る」

　次期国王は第二王子のバシルだと以前も彼の口から聞いた。

　なぜサラム自身が王位につかないのか、つく気がないのか不思議に感じたが、国王にならずとも彼はこの国を愛し、守りたいと願っている。

　それは普段のサラムの言動からも明らかだし、だからこそ新しい水場を増やすために、昨日はリーファを信じ、砂だらけになりながら地面を掘ってくれた。

　それは王子のするような仕事ではないだろう。

　けれど今のサラムに出来ることは、このくらいしかない。

　それをわかっているから、今日もこれから水を求めて砂漠に行こうとしている。

　なぜサラムのこの想いが伝わらないのか……。

「どけ。リゲル」

「そのご命令には従えません」

サラムはリゲルに短い命令を下すが、それを強い口調で突っぱねられた。

サラムは顔を歪め、ポツリと呟く。

「……お前も私の命に従ってくれないのだな」

どこか寂しさを纏う言葉を聞き咎めたリゲルが、おもむろにその場に両膝をついた。

「サイード様が王子らしからぬ行動をなさろうとした時は、この命をかけてお止めいたします。それがあなたの相談役としての私の職務です」

「それは不運だったな。私のような者の相談役に抜《ばっ》擢《てき》されて」

「違います。私は自ら望んであなたの相談役になったのです。そのために勉学に励んできました。幼き頃よりお傍で過ごし、そのお考えに感銘を受け、サイード様こそ私が一生をかけて仕えるべき唯一の主君だと思ったからです。その気持ちは今も変わっておりません。だからこそ、あなたがその身分にふさわしくない行動をされようとした時は、不敬罪に問われることも覚悟の上で、忠告いたします」

「リゲル、お前はそんなことを考えていたのか？」

サラムはリゲルの告白に驚きを隠せないようだ。

リゲルはそんな主君の表情を見て、不審そうに尋ねてきた。

「それ以外に、私があなたの行動を諫《いさ》める理由はないでしょう？　私が口うるさく言うのを、なんだと思っていたのですか？」

「……てっきり、私の相談役でいることが不満なのかと思っていた」

サラムの正直な言葉に、今度はリゲルが驚愕し、息を飲む。そして地面に手をつき頭を下げた。

「……私は、あなたの忠実な家臣です。あなたを心から信じ、お慕いしている家臣がここにいることを、お忘れにならないでください」

「リゲル……」

「どうか、私にあなたのお考えをお聞かせください。そして、ご命令を。私はアガスティア王国のためならば、身を粉《こ》にして働きます。私をサイード様の相談役として認めてください」

　サラムはリゲルの内に秘めた忠誠心に、言葉を詰まらせたようだ。

　王宮内で孤立しているサラムを心配すればこそ、リゲルは苦言を呈してきたのだろう。だが、サラムは辛辣な言葉の裏にあるリゲルの気持ちに気づいていなかった。

　したいこと、やるべきことは見えているのに、相談出来る相手がおらず、アガスティア王国のためを思い発言しても、家臣たちの猛反対にあい、握りつぶされる。そんなことを何度も繰り返すうちに、彼は家臣になんの期待もしなくなったのかもしれない。

　——でも、違ったんだ。

　サラムの考えに共感し、耳を貸してくれる者がいた。

「……リーファ。お前はどう思う？」

　サラムも突然のことに戸惑っているのだろう。困惑しすぎて、リーファに判断を委ねてきた。

「サラムが頼めば協力してくれるんでしょ？　作業する人が増えると、すごく助かる。それに、皆でいると楽しいよね」

　リーファがそう返すと、サラムは虚を突かれたような顔をし、そして小さく微笑んだ。

「そうか。難しく考えずに、そう思えばいいのか」

　サラムはリゲルに向き直り、正直な胸の内を打ち明けた。

「私はおそらく、お前の理想の主君にはなれないだろう」

　その言葉に気色ばみ、リゲルが言葉を発しようとする。それを遮るようにサラムは続けた。

「だが、お前のような有能な家臣が傍にいてくれたら、私も理想とする王子に近づけるかもしれない」

「サイード様……」

「未熟な主君で落胆させてばかりだっただろう。それでも見限らずにいてくれて、感謝している。これからも私に力を貸してほしい」

　リゲルは唇を噛みしめ、その場にひれ伏す。

「身に余るお言葉を、ありがとうございます……！　これからもずっと、お仕えいたします」

　そう言って顔を上げたリゲルは、目元を潤ませていた。

「では、これから行く視察にも同行してもらえるか？」

「今から、でございますか？」

「早速お前の力を借りたい」

　急な展開に少々戸惑いを見せたものの、すぐさま砂漠行きの支度を終えたリゲルを従え、リーファたちは出立する。

　サラムとリーファが同じラクダに乗り、その後ろをリゲルがついてくる。賑やかな王都の市場を抜け、昨日と同じ砂漠の道をたどっていく。


　サラムはずっと無言だったが、そっと見上げた彼の瞳には固い決意が滲んでいるように見えた。

　もしかしたら、昨日の段階では多少の迷いがあったのかもしれない。王子でありながら、会議よりも水脈を掘りあてる方を優先したことに。国王代理としての責任を放棄してしまったのでは、と悩んでいたかもしれない。

　しかし、リゲルの言葉で、サラムが抱えていた迷いが少し解消されたような気がした。

　リーファは自分のことのように嬉しくなって、手綱を持つ彼の手をそっと握り込む。

　頭上から「どうした？」と声をかけられ、リーファは堪《こら》えきれない笑みを浮かべながら、想いを口にする。

「この国にはサラムが必要だよ。それに僕にもサラムが必要。あなたでなかったら、きっと僕が精霊使いだって言っても信じてもらえなかったと思う。最初にこの国で出会った人がサラムでよかった」

重ねた手が、微かに震える。

サラムが右手を手綱から離し、リーファの腹部を抱え込むように抱きしめてきた。

「私にもお前が必要だ。水の精霊使いに出会ったことで、私にも出来ることが見つかった。感謝している」

真上には今日も昨日と変わらず太陽が照っている。何もしなくても汗が噴き出すくらい暑かったが、背中に感じる彼の体温を鬱陶《うっとう》しいとは思わなかった。

生まれた国も置かれた環境も異なっているが、今この時、互いを誰よりも必要としている。

不思議な縁を、リーファはサラムに感じた。

「キーッ」

突然、服の中のシャディが苦しそうな鳴き声を上げた。サラムが腕を離すとシャディがモゾモゾと動き、襟刳りから顔を出す。

「苦しかったか？　すまない」

「クゥ」

「怒ってないって言ってるみたい」

言葉はわからなくても、雰囲気でわかる。リーファがシャディの気持ちを通訳すると、サラムが感心したように唸った。

「すごいな。言葉がわかるのか？」

「わかるっていうか、生まれた時から一緒だから、言葉がなくても通じ合ってる感じかな」

ね、と同意を求めると、シャディが甘えるように鼻先を頬に擦りつけてきた。元々のシャディも可愛《かわい》かったけれど、スナギツネになった彼女もまた別の類《たぐい》の愛らしさがある。

フワフワの被毛で包まれた頭を撫でてやると、気持ちよさそうに目を細めていた。

「生まれた時から一緒ということは、プレアデス王国にもスナギツネがいるのか？」

「ううん。そうか、言ってなかったね。シャディは元々小さな女の子の姿をしてたんだよ。透明な羽根が背中に生えてて、空を飛ぶことも出来たんだ。でも、どうしたわけか、僕がこの国の砂浜で目覚めた時、彼女はもうこの姿になって……」

　サラムに話してしまってから、精霊のことについて詳しく話しすぎたのでは、と焦ってしまう。慌てて、「内緒にしてね」とつけ足した。

　サラムは以前話した精霊使いの掟を覚えてくれていたようで、頷いてくれた。

「わかった。誰にも言わない」

「お友達のリゲルさんにも言っちゃ駄目だよ」

「わかった」

　サラムはリゲルのことを『元友人』とは言い直さなかった。

　それを嬉しく思いつつ、同時に、協力者であるリゲルにもリーファが精霊使いであることを隠さなくてはならない現状に、心苦しさを感じた。

「……ああ、集落が見えてきたな」

　その声に前方に目を向けると、砂埃が舞う砂漠の奥に集落が見えた。

　目を凝らすと、集落と砂漠の境目の辺りで小さな人影が手を振っている。

「ムツとサリだ！」

　自分たちを待ってくれていたようで、リーファは弾んだ声を出し、手を振り返す。

　ラクダを急がせ集落の近くまで来た時、サリがこちらに向かって走り出し、ムツもその後ろを追いかけてきた。

「お待たせ」

「来てくれてよかった。また会えて嬉しい。待っている間、少し穴を掘っておいたの。見て！」

　ラクダを降りると、サリがリーファの手を取って集落の中へ引っ張っていこうとする。ムツがそれを押しとどめ、遅れて集落に到着したリゲルに警戒するような視線を向け、サラムに尋ねた。

「サリ、待て。……その人は誰だ？」

「彼は私の友人のリゲルだ。水場作りを手伝ってくれる」

「水場？　水場を作るとは、どういうことですか？」

サラムの言葉にリゲルが驚いたような声を上げた。

サラムはリゲルに向き直り、自身がしようとしている計画を話す。

「地下に大きな水脈が通っている場所を見つけたんだ。そこを掘って、水場を作る」

「水脈？　どうやって水脈を見つけたのですか？」

「それは……」

　サラムがチラリとこちらに視線を送る。

　精霊の力のことは他言出来ない状況で、どうリゲルに水脈が通っていることを納得させるのだろう。

　リゲルは眉間に皺を寄せ、見るからに訝しんでいる。

　サラムは服から顔だけ出したシャディに目を止め、リゲルに説明した。

「スナギツネは非常に鼻が利き、地中にある水脈の匂いも敏感に嗅ぎ分けることが出来る。そのスナギツネが水脈の場所を教えてくれた」

「スナギツネに水の匂いがわかるなど、聞いたことはありませんが」

「警戒心の強いスナギツネの生態の多くは謎《なぞ》に包まれているから、お前が知らないだけだろう。私も知らなかったが、このスナギツネ……シャディはリーファによく懐き、ある程度意志疎通もはかれる。ここだけでなく、砂漠にある小さな水場もいくつも見つけてくれた。信用していいだろう」

　今し方考えたとは思えないほど、サラムの言葉には説得力があった。さらに、シャディが謎多き生物であるスナギツネの姿になっていることも功を奏したようで、リゲルは納得してくれたようだ。

「なるほど。これでサイード様がいきなりその子供とスナギツネを会議に連れてきた理由がわかりました。では、その水脈のある場所まで案内していただけますか？」

「いいよ、こっち……」

「待て。俺はまだそいつを信用してない。信用してないやつを、家に案内出来ない」

　リーファが先導しようとすると、またもムツが制止してきた。喧嘩《けんか》腰のムツを見下ろし、リゲルが眉根を寄せる。

「なんですか、この子供は？」

「リゲル、水脈が通っている場所は、彼らの家の真下なんだ。水場を作るための協力と引き替えに、彼らに水と食料を渡す約束もしている。ムツとサリの家の中に入って作業させてもらうのだから、礼儀は尽くさなければいけない」

「……確かに、あなたの言う通りですね」

　リゲルはサラムに諭され、ムツの前で膝をついた。そして水場を作るために自分も協力することになったこと、家に立ち入ることの許可を求めた。

　子供であっても、砂漠の民であっても、礼儀は尽くす。そのサラムの信条に従ったリゲルをムツも認めてくれ、ようやく彼らの家へ向かうことになった。

　家の中に入って穴の辺りを確認すると、サリが言っていたように彼らだけで作業を進めてくれていたようだ。穴の底が昨日より深くなっている。

「すごい。大変だったでしょ？」

「私は土を窓の外に出しただけ。ここまで深く掘ったのはお兄ちゃんよ」

　ムツに視線を移すと、少年は照れたようにそっぽを向きながらボソリと呟いた。

「暇潰しに掘ってみただけだ」

　そう言うムツの顔や手、服はずいぶん土で汚れている。一生懸命掘ってくれていたようだ。

「水と食料、それと少しだが物資を運んできた。二人は休憩しててくれ」

　後から入ってきたサラムが、水と食料を入れた袋を二つ、他に必要な物資を入れた袋を三つ、ムツに手渡す。

「こんなに貰っていいの!?　ありがとう！」

　サリが弾んだ声を出し、礼を言って袋を開ける。

　ムツもざっと中身を確認すると、穴掘りを始めようとしているサラムとリーファの元へやってきた。

「どのくらい掘れば水が出るんだ？」

「水脈はすごく深いところを流れてるから、かなり掘らないといけないと思う」

「ずっと手作業で掘っていくのか？　大変だろ？」

「でも、他に道具もないし……」

「もっと早く穴を掘る方法がありますよ」

　家の中と外を行ったり来たりして何か確認していたリゲルが、会話に入ってきた。そしてその場にいる全員の顔を見回してから、単刀直入に言った。

「家を撤去しましょう」

「え!?　どういう意味？」

「家を壊すということです」

　予想していなかった言葉に、リーファは呆然としてしまう。その間に、リゲルは淡々と続けた。

「どうやって井戸を作るか、ご存知ですか？　人の手では恐ろしく時間がかかるので、専用の道具を使うんです。穴の上に高く櫓《やぐら》を組み、そこに長い鉄の管を取りつけ、管を上下させて掘っていきます。ですが、家の中では天井が邪魔をして櫓が組めません」

「でも、ここはムツたちの家だよ。壊すなんて……」

「いいよ、好きにして」

「ムツ？」

　リーファの言葉にかぶせるように、ムツの憮然とした声音が響いた。

「水を出すために、必要なんだろ？　それなら、家を壊していい」

　ここはムツとサリの家だ。壊すことなんて出来ない。サラムも同じことを考えたらしく、もう一度確認した。

「本当にいいのか？」

「ああ。家はまた建てればいい。それよりも、水が出ることが大切だから。サリも、いいよな？　家は壊れちゃうけど、水が出れば、きっと母ちゃんと父ちゃんが戻ってくる」

　サリは不安そうにムツの背に隠れながら話を聞い

ていたが、ムツにそう言われ、躊躇いがちにだが了承してくれた。

「すまない。代わりの家は、こちらで用意する」

「絶対に、水を出してくれよな。生きるためには水が必要なんだ」

「約束しよう」

　サラムは力強い語調で約束を口にし、リゲルとこれからの予定について話し合いを始めた。

　リーファは先に作業を進めようと穴の中に入り、スコップで砂をすくい始める。放った砂を、サリとムツが窓から外に出してくれた。

　しばらく作業に集中していると、サリがじっと穴をのぞき込み、ポツリとこぼした。

「お水が出たら、お兄ちゃんが言うように、みんな帰ってくるかな」

　それを耳にし、リーファはどうして幼い兄妹だけで暮らしているのか気になって、サリに聞いた。

「サリとムツは、どうして二人だけでここで暮らしてるの？　お父さんとお母さんは？　集落の他の人はどこに行ったの？」

「集落の井戸が枯れて、もうここで暮らせなくなったんだって。サリたちはまだ小さくて砂漠を長い時間歩けないから、ここでお留守番してるの。新しい水場が見つかったら、お母さんとお父さんが迎えにきてくれる」

「そうだったんだ。じゃあ、ここから水がわき出たら、迎えにきた時にびっくりするね」

　リーファはサリの言葉をそのまま受け止め、兄妹が両親に会える日が早く来るといいな、と思った。

　しかし、ムツはいきなり怒ったように道具を放り出し、家の外へと出ていってしまう。

「ムツ？　どうしたの？」

「ついてくるな！」

　はっきりとした拒絶の言葉を向けられ、リーファは反射的に追いかけるのを止めた。代わりにサラムがムツを追って家を出ていく。

少しして帰ってきたムツは、泣いた後のように目元を赤くしていたが、もう怒鳴り散らすことはなく、黙り込んだまま作業を再開した。

　その後、人員の手配をしにリゲルが先に王都へ戻り、四人で黙々と穴を掘り続け、サラムの頭がかろうじて見えるくらいまで掘り進めたところで今日の作業は終わりにすることになった。

　道具を片づけ、また明日来ることを伝えて集落を出る。ムツも見送りに出てきてくれたが、表情は固いままだった。

「ねぇ、ムツはどうしたの？」

　砂漠を渡って王都へ戻る途中、リーファはムツと何を話したのかサラムに尋ねた。

　サラムは言いづらそうにしながらも、二人の事情を短い言葉で説明してくれた。

「あの集落の住民は、井戸が枯れた時、他の水場を探すため砂漠へ旅に出ることにしたそうだ。だが、幼いサリに砂漠は越えられない。足手まといになると集落の者に言われ、追いつめられた両親は、サリを一人残して集落を出ることにしたそうだ。それを知ったムツはサリと残ることにし、わずかな水と食料を少しずつ食べて、今日まで生きてきた。……両親は自分たちを見捨てたと、ムツはそう言っていた」

「でも、新しい水場を見つけたら、ムツとサリを連れに戻ってくるんでしょ？　約束したんだよね？」

「それは、サリがついていくとだだをこねないように、両親がついた嘘らしい。もう戻ってくることはないとムツは思っている。だが、両親が迎えにくるのを信じて待っているサリには本当のことを言えず、ムツは一人で抱え込んでいたそうだ」

「嘘……」

　そんなひどい話があるはずがない。

　リーファは誰かを犠牲にして自分だけが助かればいいなんて思えない。皆で知恵を出し合い、全員で窮地を切り抜けられる方法を探す。

　だからムツが語ったという兄妹の事情は、とても理解しがたい事柄だった。

　しかしサラムは低い声音で告げてきた。

「これがこの国の現状だ」

「………」

　ムツとサリが絶望的な状況にあったことを初めて知り、目頭が熱くなる。

　サラムは国王代理を務める以前から、砂漠へ視察に来ていたという。その中で、枯れた大地に取り残された人々も見てきたのかもしれない。だから浜辺で倒れていたリーファのことも保護してくれ、ムツとサリにも出来る限りの物資を渡したのだろう。これまで苦しむ人に出会うたびに、同じように救いの手を差し伸べてきたに違いない。

　しかしもう、サラム一人では救いきれないほど、この国の水不足は深刻になってきている。

　苦しむ人々をなくすためには、やはり砂漠に新たな水場を作らなくてはならない。それも出来るだけ早急に。

だが、それにはもっと多くの人の手が必要だ。

　リゲルは協力を申し出て井戸を掘るすべを教えてくれたが、大人二人と子供三人では、いったいどれだけの時間がかかるか……。

　明らかに人手が足りなかった。人員を確保するためには、サラムが個人的に動くのではなく、国を挙げての事業とする他ないように思う。

　けれど、サラムの提案は一度会議で棄却されてしまったし、もう一度同じ発言をしても結果は同じだろう。あの会議に出席している者で、サラムの話に耳を傾けてくれる者はいなかったのだから。

　——どうしたらいいんだろう……。

　リーファが考え込んでいる間に、王都にたどり着いていた。陽が沈みかけても賑わいを見せる街中をラクダで行き、王宮へ帰り着く。

　厩舎にラクダを繋ぎ終えると、サラムが頭にポンッと手を置いてきた。

「リゲルが人を手配してくれると言っていた。明日になれば、専門の作業員が加わる。まずはあの集落に水を出すことを考えよう。枯れた大地に水がわき出ることを証明すれば、他の家臣たちも協力してくれるかもしれない」

　だからそう心配そうな顔をするな、とサラムは続けた。

　昼間は陽射しから肌を守るため、日が暮れた今は夜風を防ぐために顔に布を巻いているのではっきりとした表情は窺えないが、リーファの心が軽くなるように目元に微笑みを浮かべている。

「うん、そうだね。ムツとサリのためにも、絶対に水を出そうね」

　優しいサラムを心配させないためにも、リーファは屈託のない子供らしい笑顔を向ける。

　サラムはリーファの笑顔を見て、ホッと安堵したような顔になった。

「食事はすぐに部屋に運ばせる。食べたらゆっくり休め」

　サラムとは廊下で別れ、リーファは自室へ戻った。シャディを服から出し寝台に下ろすと、自分もその横に寝ころがる。

「早く水が出ないかな」

　家を明け渡してくれたムツとサリのためにも、必ず水を出さなくてはいけない。

　砂漠に水が出れば、他の家臣の考えも変わり、協力してくれる人が増える。

　サラムのその言葉を信じて、明日も頑張ろう。

　リーファは身を起こし、首に下げている鎖を引っ張り出して懐中時計の蓋を開ける。

　コチコチという規則的な秒針の音を聞いていると、不思議と気持ちが凪いでいく。

「明日も頑張ろうね、シャディ」

「キャンッ」

　窓から見える半月の光が反射し、白銀の懐中時計がキラキラと光っていた。

＊＊＊＊＊

翌日から、リゲルが集めてくれた専門の作業員を十人ほど交えての作業が開始した。

ムツとサリの荷物を他の空き家に移した後、家の解体に入る。屋根は取り外され、壁も一部壊したものの、残った壁や柱を櫓の骨組みに使うことで、設置作業の時間も短縮出来た。

家よりも高い櫓が組まれ、その中央に鉄の管が縄でくくりつけられぶら下がっている。縄は櫓のてっぺんにつけた滑車を通り、下で待機している作業員たちの手に握られていた。作業員が縄を引くことで管が持ち上がり、縄から手を離すと下へ落ちる。それを繰り返すことで、管が地中にめりこみ、中の空洞部分に土が溜まるので、その溜まった土を外に出してまた管を打ち込む。地道な作業を重ね、少しずつ管の太さの穴を掘っていくそうだ。順調にいけば、半月ほどで水が出るという。

しかし、作業を開始してすぐに問題が起きた。

オアシスだったといっても、ここは砂漠地帯。土が乾いていて管の中に溜まらないのだ。

そこで穴の中に水を入れ土を湿らすことになり、そのために海水を海から運ばなくてはならなくなった。

その海水の運搬にも人手や時間を取られ、水脈に当たると予想された半月が過ぎようとしても、作業は予定の半分も進んでいなかった。

ムツは不機嫌を露わにするようになり、作業員たちも疲れた顔を見せるようになっていた。作業現場の空気は重く暗くなり、指揮を執るリゲルの表情も固くなっていく。

そのうち誰かが井戸掘りを止めようと言い出しかねない雰囲気をひしひしと感じ、リーファも気が気でなくなる。

その日も作業を終え、王宮に帰り着き自室へ戻ると、リーファは長いため息をついた。

「皆、疲れてきてる……」

彼らの気持ちを上向けるために、何か出来ることはないだろうか。

リーファは思案しながら部屋を横断し、窓辺に移動する。空には満月が浮かんでいた。

「今日は満月なのか」

「そうね」

自分とシャディしかいない室内に、少女の声が響き、ギョッとして後ろを振り返る。

けれどそこにはスナギツネの姿をしたシャディしかおらず、空耳かと思い視線を夜空へと戻した。

するとシャディがリーファの隣にやってきて、同じように月を見上げてこう言った。

「綺麗な満月」

空耳ではない。

確かに今、シャディが話した。

「シャディ、君、しゃべれるようになったの!?」

「え？　何を言ってるの、リーファ」

「君、しゃべってるよ！　シャディの言っていることがわかるんだ。よかった、ずっと君と話したかったんだよ……！」

ギュウッと抱きしめると、腕の中のシャディが「苦しい！」と叫び、軽く頬を叩かれる。

リーファが身を離すと、シャディが乱れた毛並みを舐めて整えてから、こちらに向き直った。

「……本当に私の言っていることがわかるの？」

「うん、わかるよ」

シャディの黒々とした瞳がまん丸に見開かれる。

「信じられないわ。今までどんなに話しかけても伝わらなかったのに……」

そこでシャディが「あっ！」と小さく叫び、前脚で窓の外をさす。

「きっと満月だからよ！　精霊の力が一番強まる夜だから、この身体でも私の言葉が聞こえるんだわ！」

「そうか、満月だから……。ところで、ずっと気になってたんだけど、どうしてそんな姿になったの？」

「あなたを助けるためよ」

「僕を？」

シャディは、この国の砂浜に流れ着いた時のことを話し始めた。

船から転落し、波に流され偶然アガスティア王国の砂浜にたどり着き、シャディはすぐに目覚めたがリーファは気を失ったままだったそうだ。シャディは助けを呼びにいこうとしたが、精霊の姿では普通の人間の目には映らない。その時近くにあったこのスナギツネの亡骸《なきがら》が目に入り、やむを得ずその身体を借りて通りかかったサラムに助けを求めたという。

リーファが目覚めてすぐにこの身体を離れることも出来たが、シャディが抜けてしまうとスナギツネの身体は朽ちていくだけ。スナギツネの死因は餓死だったので、リーファを助けるため身体を貸してもらった恩返しに、お腹《なか》いっぱい食べさせてやって、ついでに生きていたら見られるはずだった世界を見せてやりたいと思い、そのままこの身体に入っていることにしたそうだ。

「じゃあ、これからもずっとその姿なの？」

「いいえ、いずれこの身体の寿命が来るわ。その時は天にいる持ち主に返す。それまでに、たくさんの思い出をこの身体に持たせてやりたいの」

「そうだったんだ。僕のためにありがとう」

咄嗟の判断でスナギツネの身体に入ってくれていなければ、リーファはあの砂浜で命を落としていたかもしれない。

こうして今ここにいられるのは、シャディと身体を貸してくれているスナギツネのおかげだった。

「私も楽しんでるからいいの。この身体になって初めて食事の楽しみを知ったわ。美味しいものを食べると幸せになるって人間は言うけど、あれは本当だったのね」

シャディは思いの外、スナギツネの身体での生活を楽しんでいるようだ。

「シャディが辛い思いをしていなくてよかった」

「たまに不便だと感じる時もあるけれどね。あなたの傍にいられるなら平気」

こうしてシャディと言葉を交わすと、不安が消えていく。いつも傍にいてくれたけれど、やはり相談出来るというのは大きい。

リーファはシャディに話したいことがたくさんありすぎて、逆に何も言えなくなってしまう。

するとシャディの方から「そうだ、これは言っておかないと」と言って話し出した。

「あなたの身体のことで、気づいたことがあるの。……王都に着いた夜から三日間だけ元の姿に戻ったでしょう？」

「うん、なぜかあの三日間だけ元に戻ったんだ」

「最初に元の姿に戻ったあの晩は、新月の前夜だったの。精霊の力は月の満ち欠けに関係しているでしょ？　満月が一番力が強まる日で、新月はほとんどの力を失う。リーファ、覚えてる？　この国に来るために船に乗って嵐に遭った夜、雲の切れ間から一瞬満月の光が降り注いだのを。アザリーから渡された懐中時計に月の光が注いで、あらかじめ込められていた時の精霊の力が発動して子供の姿になったとしたら、新月を挟んで三日間、あなたが元の姿に戻ったのも説明がつくわ」

リーファは首から下げている懐中時計を取り出す。

この時計を見た時、時の精霊であるサーアの気配がするとシャディは言っていた。

時の精霊の持つ能力は、他の精霊とは別物だと言われている。未来を見通す他にどんなことが出来るのかは、時の精霊使いのアザリーしか知らない。

この場にはアザリーがいないので確かめようがないが、シャディの推測は真実に近いと思った。

懐中時計にサーアの力が宿っているのなら、時間を操作し、子供の姿に戻すことも可能な気がする。

サーアの力による現象なら、月の満ち欠けに反応して身体が変化したのも納得出来る。

「時の精霊の力……。でも、なんのために？」

シャディもそこまではわからないらしく、首を傾げる。

「さあ。アザリーの気まぐれかしら？」

「気まぐれって……。アザリー様は先見の力をお持ちだから、何か理由があってしたことだと思うんだけど……」

リーファはプレアデス王国を出る前にアザリーから言われたことを思い出そうとした。その言葉の中に、何か糸口が隠されているのではと思ったが、他国へ赴くリーファを心配し、幸せを願ってくれたこと以外よく思い出せなかった。

ともかく、シャディのおかげで身体が変化した原因と思《おぼ》しき可能性が浮上した。違うかもしれないけれど、時の精霊の力が関係しているのであれば、リーファの身体のことは他言してはいけない。

水の精霊の力のことは、この国の国王代理を務めているサラムには言っても差し支えないだろうが、今回のリーファの役目と直接関係のない時の精霊の力に関することを誰かに話すのは、精霊使いの掟に抵触する気がした。

幸い、これまで水場建設のことで頭がいっぱいで、まだサラムに身体のことは打ち明けていない。彼には知っていてもらいたい気持ちはあるが、掟を破るわけにはいかないだろう。

――サラムに隠さなくちゃいけないのか……。

リーファはふっとため息をつく。

それを聞き咎めたシャディが寝台へ飛び乗った。

「疲れてるみたいね。リーファ、もう寝ましょう」

「え？　まだ話したいよ」

明日になれば、次にシャディとこうして話せるのは一月《ひとつき》後。まだまだ話したいことがある。

けれどシャディは眠くなったのか、寝台の上で丸くなってしまう。

「明日も砂漠に行くんでしょう？　身体を休めなさい。あなたまで疲れた顔をしてたら、あの王子様も心配するわよ？　水は必ず出る。私がそう言っていたと伝えてあげて」

「わかったよ」

リーファも寝台にもぐり込み、シャディを抱き寄せる。精霊の姿をしていた時は、一応女の子だからとこんなふうに身体に触れることは控えていたが、スナギツネの毛並みと温《ぬく》もりは心地よく、シャディも嫌がらないので、こうしてくっついて眠る習慣がついていた。

「おやすみ、シャディ」

「おやすみなさい、リーファ」

眠りにつく前の挨拶が出来ることが幸せだった。

リーファはシャディと会話が出来たことで疑問や不安が解消され、その晩はぐっすりと眠ることが出来た。


*****

その後も作業員たちの手によって掘削作業は進められた。

しかし一月が経とうとしても、水脈に当たる気配はなく、作業場には重苦しい空気が依然漂っている。

地中に打ち込む管も、かなり長い物に変えられ、どれほど深くまで掘られているかが目に見えてわかるが、それでもまだ水は出ない。

その日もリーファたちが落胆しながら帰り支度をしていると、ムツがやってきて苛立った口調でサラムに詰め寄った。

「水が出るなんて、嘘だったんだろ」

「嘘ではない」

「じゃあ、なんでまだ水が出ないんだよ！」

興奮したムツがサラムに突進し、胸を拳で叩く。

「水が出るって言ったから、家を壊してもいいって言ったんだ！　でも、水が出ないなら家を返せよ！」

子供の力でも、思い切り叩かれれば痛くないはずがない。それでもサラムは彼を振り払おうとはせず、黙って叩かれていた。

「本当のことを言ってくれよ！　水、出ないんだろ？　家の下に水脈なんて通ってなかったんだろ⁉」

サラムの胸を叩いていた手は勢いを失い、最後はしがみつくように服を握り締め、ムツはそこに顔を伏せた。

肩が震えている。

泣いているのかもしれなかった。

「水は出る。絶対にこの地に水を出す」

「でも、水出ないじゃないかっ」

確かに、専門家の見立てよりも時間がかかっているが、絶対に水脈はある。水の精霊であるシャディが示したのだから、それは絶対だ。

しかし、シャディが水の精霊であることを知らないムツからしたら、疑いたくもなる状況だろう。

「ムツ、信じて。水は絶対に出るから」

リーファは確信を持ってそう伝えたが、ムツは顔を上げず、低く呟く。

「もう、騙されるのはたくさんだ。信じて、待って、結局期待を裏切られる」

「ムツ……」

彼ら兄妹の辛い事情を知っているだけに、ムツの言葉は心に突き刺さった。

本当に、水は出るのだ。諦めずに掘り進めれば……。

――どうしたら、信じてくれる？

いっそ、精霊の力のことを言ってしまおうか？

いや、それは駄目だ。掟で禁じられている。

――なら、どうすればいい？

リーファが考えを巡らせていると、サラムが沈黙を破り、口を開いた。

「ムツ、まだきちんと名乗っていなかったな」

こんな状況で何を言うのだろう。

リーファだけでなく、ムツもそう思ったようで、仰向けた顔には怪訝そうな表情が浮かんでいる。

「私はアガスティア王国の第一王子、サイード。サラムというのは母がつけた幼名だ」

「………王子？」

「そうだ。今は病に伏している国王に代わり、国王代理を務めている」

　サラムは無闇に権力を振りかざす人間ではない。

　リーファの知っている限り、どこに行っても誰に対しても、自ら王子と名乗ったことはなかった。

　王宮を出れば王子ではなく、アガスティア王国の民の一人として行動し、だから王宮では正式名のサイードと名乗るが、街ではサラムと通称を名乗っている。

　それなのに、なぜ今、ムツに身分を明かしたのだろう。

　リーファはサラムの真意がわからず、二人の会話を聞いていることしか出来ない。

「……本当か？　それとも、王子って嘘ついて、また騙す気なのか？」

　突然、それまで気さくに話していた目の前の相手に王子だと名乗られても、すぐには信じられないだろう。ムツもそうだったようで、怒りを滲ませた瞳でサラムを睨みつけている。

　サラムは落ち着いた声音で、ムツの言葉を否定した。

「嘘ではない、事実だ。王子の名にかけて、必ず水を出すと誓う」

　ムツは瞳を瞬かせ、それでも半信半疑といった顔でリーファに視線を移す。

「本当に、この人は王子なのか？」

「うん。そうだよ」

　もう一度、ムツがサラムを見つめる。

「……信じられない。だって、本物の王子が、砂まみれになって穴掘りなんてするわけがない」

　サラムは膝を折り、ムツと視線の高さを合わせ、はっきりとした口調で告げた。

「私は民に誠意を持って接するよう努めている。だから一度口にした約束は、絶対に違えない」

　漆黒の瞳には、力が宿っている。

確たる自信を滲ませ、人々を魅了する光。

それは王族として生まれたサラムが持つ、人々の心を動かす力だ。

ムツに宣言するとサラムは立ち上がり、集落内に張ったテントに戻って一日の疲れを癒《いや》そうとしている作業員たちの元へ向かった。

「休憩を終えたら、各々持ち場へ戻ってくれ。今日の作業はまだ終わっていない。太陽が沈んでも篝火《かがりび》を焚《た》き、作業を続ける。交代で休憩を取りながら、水が出るまで休まず掘り続けるんだ」

サラムの指示に、不満と戸惑いを表すざわめきが作業場に広がる。

けれどサラムは言葉を覆すことなく、自ら管に繋いだ縄を握り、掘削作業を再開した。

「サイード様、何をなさっているのですか？　皆疲れております。また明日作業すればよろしいでしょう？」

リゲルが駆けてきてサラムを止めようとする。けれどサラムは手を止めず、重い鉄の管がついた縄を、全身を使って一人で引き上げ、穴に落とした。

「作業員が参加するようになってから、私は指示を出していただけだ。皆が休んでいる間は、私が作業をする。休憩が終わった者から手伝いにくるように伝えてくれ」

「お止めください。このような仕事、王子であるあなたがすることではありませんっ」

サラムがリゲルを横目で見やる。

「この国に関わる事柄で、私に関係のない仕事などない。むしろ王子だからこそ、国のためになるのならどんな汚れ仕事でもするものではないのか？」

サラムはそれだけ言うと、縄を握り直し、全体重をかけ引っ張った。最低でも三人で引く縄を一人で引いているのだから、容易に管は持ち上がらない。それでもサラムは渾身《こんしん》の力で縄を引く。

「……リーファ、こちらに来なさい。あなたも手伝うんです」

突然リゲルに呼ばれ、慌てて傍に行くと縄を渡された。サラムがそれに気づき止めようとしたが、リゲルが目くじらを立てて怒鳴り出す。

「子供の力でもないよりはましでしょうっ？　私は文官なんですよ。こんな力仕事をするだなんて思っていなかったから、身体を鍛えてないんです。子供の力と足してようやく一人の成人男性並の力しかないんですよ、私は！」

　文句を言いながらも縄を握り、力を込めて引っ張る。なんだかんだ言いつつも、リゲルはサラムの言葉を信じ、ついてきてくれる。そういう仲間が一人いるだけで、とても心強い。

　リーファも精一杯縄を引く。この小さな身体にはとてつもない重労働だったが、地下の水脈を見つけるだけでなく、こうして実際に水を出すために汗を流し身体を動かすことが出来て嬉しかった。

　リゲルは本人の自己申告通り体力がないようで、早々に息を荒らげている。それでも止めようとは言わず、何度も縄を引き、手を離して管を落とし、少しずつ水脈までの道筋を作っていく。

　その姿を見て、一度はテントに戻った作業員たちも休憩が終わると作業場に引き返してきてくれた。疲れたら交代し、休むことなく掘削機を動かす。陽が落ちても作業は中断されず、周囲に篝火を焚いてその灯りを頼りに手を動かした。

　辺りが暗くなるとムツとサリは帰したが、サリが寝てからムツが引き返してきて彼も手伝ってくれた。

　サラムに詰め寄った時とは違いすっきりした顔つきで、「自分で使う水場を作ってるんだから」と言って、大人たちに混じって縄を引き始めた。

　皆で協力して作業を進め、気がつくと篝火よりも強い光が櫓を照らし出していた。

　砂漠の向こうから、朝日が差し込んでいる。

　誰もが自然の美しさに目を奪われ、手を止めていると、篝火の近くで丸くなって眠っていたシャディが大きな耳をピンと立て、頭を持ち上げた。立ち上がり穴へと駆けてきて、リーファの服の袖を口でくわえて引っ張ってくる。

「……もしかして、水？」

「キャンッ」

フサフサとした尻尾を振り、シャディが甲高い声で一声鳴く。

「サラム……、サラム！」

リーファはサラムを大声で呼びつける。

「どうした？　何か問題か？」

「ちが……っ、水、水が出てるって、シャディが……！」

突然の朗報に焦ってしまい、上手く口が回らない。

サラムも驚いたようだったが、すぐに作業員を呼び、掘削する管の代わりに手動で水を吸い上げる蛇口のついた長い管を入れていく。

水脈に当たっていれば、握り部分を上下に動かすと蛇口から水が出ると言われたが、何度か動かしてみても変化が見られず不安になる。

それでもしつこく握り部分を動かしていると、突然勢いよく泥水が蛇口から噴出した。

「わっ！」

傍で見ていたリーファはまともにかぶってしまい、全身泥だらけになってしまった。しかも驚いた拍子に尻餅までついたので、ムツが大笑いしてきた。

「どんくさい奴だな」

「ちょっとびっくりしただけだよ。そんなに笑わなくてもいいのに」

腹を抱えてしつこいくらいゲラゲラ笑われ、ムッとして返すと、ムツが涙を浮かべながら言ってきた。

「だって、本当に水が出たんだぞ。嬉しくて、笑わずにはいられないだろ！」

そうだ。

水。

――水が出たんだ……！

顔についた泥を拭い蛇口を見ると、濁っていた水が、汲み上げるたびに透明度を増していく。

「水、出た……」

　地下の水脈を見つけてから一月近く掘り進め、ようやく地上に水を汲み上げることが出来た。

　リーファは安堵と疲れと喜びから、身体から力が抜けて立ち上がることが出来なかった。

　シャディが教えてくれたのだから、絶対に水が出ると確信していたが、それでもやはり不安だった。

　思えば、リーファは実際に井戸掘りをしたことがなかった。だから、たった一つの井戸を作るのに、これだけの人の手と時間を要することを知らなかった。

　水を手に入れるのがどれほど大変か、リーファは身をもって実感した。

　ムツは蛇口から出る水を両手で受け止め、口に運ぶ。その笑顔がなんとも言えず、リーファも口元をほころばせた。

「泥だらけだな。リーファも水浴びをしてくるといい」

　サラムが手を差し伸べてきたが、リーファはその手を取らず彼に飛びついた。

「サラム、水が出たよ……！」

「ああ。リーファとシャディのおかげだ」

「違う。サラムが僕の言葉を信じてくれたからだよ。僕一人なら水脈を見つけるだけしか出来なかった」

　髪も手も服も泥まみれ。そんなリーファを、サラムは躊躇うことなく抱き留めてくれた。

「私も、一人では無理だった。お前がいてくれたからだ。ありがとう、リーファ」

　砂と泥で汚れながらも、サラムはとても綺麗な微笑を浮かべた。これまで見たことがないほどの喜びを秘めた笑みを見て、なぜか胸が急にざわざわとし始めた。

　水が出たことはもちろん嬉しい。

　だが、それ以上に、サラムの心からの笑顔が見られたことに喜びがこみ上げてくる。

　そう思うのは単純に、彼にこれまでの恩返しが出来たからだろうか。それとも、初めて精霊使いとして成果を出せたからだろうか。

「この国に来てくれて、私と出会ってくれて、ありがとう」

サラムにギュウッと抱きしめられ、同じくらいの強さで心臓が引き絞られる。

不規則に高鳴る鼓動は、これまで感じたことのない高揚をリーファにもたらし、自身の身体の変化に戸惑ってしまう。

だが、自分を抱きしめてくれる腕を離したくなくて、リーファは彼の背に腕を回ししがみつく。そうすると、水脈を掘り当てた喜びと興奮から、泣きそうなくらい目頭が熱くなった。

そうして二人で喜びを分かち合っていると、リゲルが歩み寄ってきてサラムに声をかけた。

「まさか、本当に水が出るとは……。サイード様、やりましたね」

夜通し作業したせいで、彼も文官らしからぬ汚れた格好になっている。

「この結果を報告すれば、予算を得られるかもしれません。さあ、今すぐ王宮に戻り、本日の会議に出席しますよ」

「今すぐにか？」

「もちろん。一つ井戸を掘るのに、どれだけ時間がかかるかわかったでしょう？　一日も無駄に出来ません」

行きますよ、とサラムを急かすリゲルだったが、彼もまた疲労が蓄積しているようで、足元がふらついている。身体を酷使してボロボロの状態でも、砂漠で暮らす民のため、会議で予算をもぎ取るためにリゲルはラクダにまたがる。

サラムもラクダに乗り、リーファを鞍の上に引き上げた。それに気づきムツが駆けてくる。

「サラム、リーファ、もう行くのか？」

「また様子を見にくる。今は王宮でやらなくてはならないことがある」

ムツは一瞬寂しそうな顔を見せたが、すぐにいつもの強気な表情に戻った。

「次来る時は、作物の種を持ってきて。俺、ここに畑を作りたいんだ」

白い歯を見せて笑うムツの笑顔が眩しい。

水があれば作物を育てられる。そうすれば、この集落もまた人が住める土地になる。そのことを知れば、ムツとサリの両親も戻ってくるかもしれない。

「じゃあな」

ムツが初めて見せる少年らしい笑顔で手を振る。

リーファはそれに手を振り返し、王都を目指して砂漠を渡る。

――これで、皆もわかってくれる。

砂漠にも水が出ることを知れば、協力してくれる者が増える。そうすれば、少しずつ水場が増えていき、やがて砂漠が緑で埋め尽くされる日も来るだろう。

朝日が差し込む砂漠を眺めながら、リーファは達成感と期待に胸を膨らませた。


急いで王宮に戻ったサラムとリーファ、そしてリゲルは、着替えもすまさぬままの汚れた格好で会議の行われる広間へ向かった。

やや遅れて入室した三人を見て、重臣たちは一様に眉を顰めたが、服が汚れている理由について誰も質問してこず、相変わらずサラムのことは見えていないような形で会議は進行していった。

そして会議が終わろうかという時、ようやくサラムが口火を切った。

「審議してもらいたい議案がある」

どこからともなく煩わしそうなため息が上がり、けれど椅子から立ち上がりかけていた家臣は再び着席する。

サラムは重臣たちに、砂漠のある集落から新たに地下水がわき出たことを報告した。

「まだ砂漠の地中には水脈が眠っている。国の予算を割《さ》いて、水場の増設を進めていきたい」

毅然《きぜん》と告げたサラムに、あちこちから反対の声が上がった。

「またその話ですか。何度言われようと、そんなことに割く予算はありません」

「しかし、現に水が出たのだ。水場を増やせば、ミラドラ王国に大金を払って水を買う必要はなくなる」

「売ってくれるのだから、買えばいいではないですか。その方が手間もなく、大国ミラドラ王国との協力関係も築ける。いいことづくめではありませんか」

　ある重臣の発言に、他の者も頷いている。

　以前のサラムならここで口を閉ざしてしまっていただろうが、自分の考えで行動を起こし成果を出した今、彼は臆さずに自らの考えを述べた。

「ミラドラ王国との今の状況は、協力関係にあるとは思えない。足元を見られて高額で水を売りつけられているだけだ。我が国は金を搾取する対象としか見られていないのではないか？」

「サイード様、口をお慎みください！　ミラドラ王国の王族と血縁関係のあるバシル様の前で、なんという無礼な発言でございましょうか」

「私は国王代理を務める者として、思ったことを言ったまでだ」

　サラムが憮然と返すと、これまでのように容易《たやす》く黙らせられないことに一瞬たじろいだものの、その重臣は今度は嘲笑を浮かべた。

「……なるほど。これまではまともに会議で発言されなかったので、次期国王の座には興味がないものと思っておりましたが……。やはり権力が欲しくなりましたか？」

「どういう意味だ？」

「率直に申し上げますと、砂漠の民を救うために新たな水場を建設するという名目の裏に、ミラドラ王国との取引を中止し、バシル様の国内での権力を弱めようという魂胆があるのでは、と思いましてな」

「無礼はどちらですかっ。第一王子に対して言う言葉ではないっ」

　それまで黙って聞いていたリゲルが鬼の形相で重臣の暴言を諌める。

　しかし相手は意味深な含み笑いを唇に浮かべ、テーブルの中央に座り進行役を務めている男性に水を向ける。

「貴殿のご嫡男は、目上の者に対しての口のきき方がなっていないようですな。それに何やらサイード様をかばっているご様子。王妃に目をかけていただいている貴殿は、てっきり我々と同じくバシル様側の人間だと思っておりましたが」

「父は関係ありません。私は今、サイード様の相談役としてこの場に出席しています。主君を守って何が悪いのですか」

「リゲル、止めなさい」

「父上、しかし……」

「お前のような若輩者が自由に発言出来る場ではない」

「……っ」

　父親に窘められ、リゲルは口を噤む。

　会議の時に必ず進行役を務めている男性が、リゲルの父親だったとは初耳だ。

　緊迫した空気が流れる中、リーファがチラチラと人々の顔色を窺いながら次の発言を待っていると、サラムがおもむろに口を開いた。

「私は次期国王の座に興味はない。しかし、王族として、この国を守る義務があると思っている。そのために、我が国の現状を変えたいのだ。水がなく苦しむ民のために、砂漠に水を出してやりたい。私の願いは民の幸福、それだけだ」

「口先だけでなら、なんとでも言えますな。……サイード様、もし本当に国のことを思うのなら、余計な考えはお持ちにならない方がよろしいでしょう。ミラドラ王国の不興を買ってしまったら、それこそ我が国は崩壊の危機に陥るやもしれませんぞ」

　重臣は言いたいことを言うと立ち上がり、さっさと部屋を出ていってしまう。それを見て他の家臣たちも腰を上げ、退室した。

バシルは兄であるサラムを気にかける素振りを見せていたが、家臣に周囲を囲まれ、強引に連れ出されてしまった。

扉が閉まると、リゲルが大きなため息をついた。

「申し訳ありません。徹夜で肉体労働をしたので判断力が鈍り、出すぎた発言をしてしまいました」

サラムに詫びるリゲルの横顔は、ひどく疲れて見えた。

「いや、私が不甲斐ないから、軽んじられたのだろう。私のために嫌な役回りをさせてしまったな。今日は屋敷に戻り、ゆっくり休むといい。明日はまた別の水脈を探しにいこうと思う。ついてきてくれるか？」

「仰せのままに。それでは、私はこれで失礼します」

リゲルはよほど疲れていたようで、おぼつかない足取りで部屋を出ていった。

サラムは長い間椅子に腰掛け何やら思案していたが、リーファが疲れて床に座り込んでいることに気づくと、慌てて立ち上がった。

「すまない。考え事をしていた。リーファももう部屋に戻っていいぞ」

「……一人じゃ迷子になっちゃう。サラム、ついてきて」

リーファは小さな嘘をつく。

本当はもう、会議室から自室までの道順は覚えている。しかし、そう言わないとサラムが休みもせずいつまでも考え込んでいそうで、せめて部屋に戻ってほしいと思い、嘘をついたのだ。

サラムはリーファの思惑に気づかず、頬を緩めて立ち上がる。

「仕方ないな。案内しよう。部屋に戻ったら、湯浴みをした方がいい。泥だらけだ」

「うん。サラムも泥だらけになってるから、ちゃんと綺麗にしてね」

そんな話をしているうちに部屋の前にたどり着く。リーファはサラムに「おやすみなさい」と朝なのに就寝前の挨拶をして、部屋に入った。すでに浴室の大きな浴槽には湯が張られており、リーファはシャディと一緒に汚れを落としてから、花びらの浮かぶ湯船に浸《つ》かった。

　こうして湯の中に身体を沈めていると、疲れが取れる。水が貴重なこの国では、こんなにたくさんの湯を使って入浴出来るのは、一部の金持ちだけ。リーファも従者という立場上、普段は桶《おけ》に入れられた少ない湯で汗を流すくらいだった。

　そのままつい気持ちよくて湯船の中でウトウトしてしまう。そして抱いていたシャディもろとも湯に沈んでしまって、危うく溺《おぼ》れかけた。シャディがキーキー鳴いてものすごく怒り、リーファは謝りながら湯船から出て、寝間着に着替え寝台に横になった。

　疲れと寝不足から、そのまますぐに眠ってしまったようだ。

焼けつくような熱を感じて目を覚ます。

――この熱は……。

そういえば、明日は新月だ。

シャディが、新月を挟み三日間は元の身体に戻れるのでは、と言っていた。やはり、シャディの推測は正しかったようだ。

　しばらくすれば治まるとわかっているが、身体が急激に変化する時に発せられる熱に耐えきれず、外の空気を吸えば楽になるかもしれないと思い、リーファは寝台を下り窓を開ける。そのまま中庭へフラフラと出ていった。

　ずいぶん長い時間眠っていたらしく、すっかり日が暮れ、夜空に星が瞬いている。月は消えそうなくらいやせ細っていた。

　リーファはあてもなく中庭を歩き、背の低い茂みの前で膝をつく。本格的に変化が始まったようで、歩くことも出来なくなっていた。

　両手で自身を抱き、うずくまっていると、心臓が一度大きく拍動し、そのままリーファは意識を失った。

「……おい、大丈夫か」

「ん……」

身体を揺さぶられる感覚で目を覚ました。ぼやけた頭が徐々に覚醒していくに伴い、急激に寒さを感じ、リーファは身を縮める。

「こんなところで眠ったら凍えてしまうぞ」

強めに肩を揺すられ、頭を持ち上げる。

――サラム？

暗がりの中、サラムが手に持ったランプでこちらを照らしていた。

目が合うとサラムは「やはりお前だったか」と言って顔をほころばせた。

リーファが上半身を起こすと、布のようなものが身体からずり落ちる。掛け布団にしては薄いな、と思ったが、それが寝間着の上に着る丈の長い羽織物だということに気づく。サラムのだろうか。彼は寝間着姿だった。

「これは……、っ!?」

リーファは羽織物を持ち上げ、その下にある自身の身体が一糸纏わぬ姿であることを認め、慌てて羽織物を手繰り寄せた。

――どうして？　なんで僕、裸なの!?

覚醒しきっていない頭の中が、さらに混乱する。

オロオロと落ち着きなく視線をさまよわせていると、サラムが羽織物を肩まで引き上げてくれた。

「ここに倒れていたんだ。何があった？」

「えっと……」

リーファは必死に記憶をたどり、元の姿へと変化する途中で倒れたことを思い出した。

両手を確かめると、青年のものへと形を変えている。無事に戻ったようだ。

それはいいのだが、問題はこの姿をサラムに見られてしまったことだ。

精霊使いの掟を守るために、自分が子供のリーファと同一人物であることは伏せなければならない。

——どうこの場を切り抜けよう……。

リーファが考えを巡らせていると、サラムが尋ねてきた。

「私を覚えているか？　王都で二度会っている。宿屋にお前を連れていき、翌日様子を見に戻ってみたら、お前はすでに宿を引き払った後だった。あの後も気になっていたんだ。今までどうしていた？　そしてなぜここにいる？」

「えっと……」

言い訳を探してみても、この状況を上手く誤魔化せるような言葉は見つからない。

リーファが口を噤むと、サラムがこちらに腕を伸ばし、手の甲で頬を軽く撫でてきた。

「ずいぶん身体が冷えているな。質問の答えは後でいい。今は身体を温める方が先だ」

そう言って彼は立ち上がり、踵を返す。自室に戻るのかと思ったが、少し違った。

「夜は冷える。服を取ってくるから待っていろ。何か事情があるのなら、私が戻ってから聞かせてくれ」

サラムの持つランプの灯りが十分遠ざかってから、リーファは立ち上がる。

——今のうちに戻ろう。

子供のリーファと今の自分は同じ人間なのだから、歳は違えど似通った容姿をしている。

同一人物だと彼に悟られる前に、姿を消そう。サラムは察しがいいので、長く一緒にいると勘づかれるかもしれない。

リーファは破れて散らばっていた衣服を纏め、サラムに見つからないように部屋に戻った。

窓とカーテンをきっちり閉め、念のため窓と扉を施錠する。

姿が見えないように窓から離れ、寝台に潜り込んですっぽりと頭まで布をかぶった。

この姿でいるうちは、誰にも会わないようにした方がいい。子供の姿になるまでは部屋に閉じこもっているしかない。

リーファは息を殺し、夜が明けてもそのまま布をかぶったままでいた。

窓の外が明るくなり、朝食の時間が近づいてくる。まだリーファの身体は子供に変化していない。精霊の力が弱まるのは新月を挟んだ前後一日だから、今日と明日は十八歳の姿で過ごすことになる。

夜の間だけなら身を隠していられるが、昼間はそうもいかない。食事を届けに侍女がやってくるし、サラムについて会議に向かわなければいけない。会議が終われば、次の水脈を探しに砂漠に出かける予定になっている。

リーファは一晩考えて、仮病を使って部屋に閉じこもることにした。食事については、病気を移したくないから、という理由を告げて廊下に置いてもらい、人気《ひとけ》がなくなった頃を見計らって部屋に持ち込み食べることにした。

リーファがさっそく朝食を持ってきた侍女に扉越しにそのことを伝えると、彼女は特に疑問を抱かず言われた通り廊下に朝食を置き、去っていった。

リーファが食事を摂っていると、扉が再びノックされ、続いてサラムの声が聞こえてきた。

「体調が優れないそうだな。入ってもいいか？」

リーファは食事の手を止め、咳払いしてから意識して子供っぽい高い声を出す。

「駄目っ。サラムに移しちゃうかもしれないから」

「体調の悪い時に、そんな心配をしなくていい。医者を手配しよう」

「大丈夫だよ。寝てればよくなるから。今日と明日は休ませて」

「休むのはいいが、本当に平気なのか？」

サラムは本気で心配してくれているようだ。

優しいサラムに嘘をつくのは気が引けたが、この姿を見られるわけにはいかない。

リーファは罪悪感を覚えながらも、頑なに診察を拒否した。

　何度かやり取りをした後、サラムは根負けしたようで、もし動けないほど体調が悪くなったら隠さずに言うことを条件に、一人にしてくれることになった。これでひとまず部屋に閉じこもる理由が出来た。

　リーファは昼間も窓にカーテンをし、外から様子が見えないようにして息を潜めて過ごした。

　昼食が終わり、夕食も終わり、ようやく夜がやってきた。

　アガスティア王国に来てから毎日忙しく動き回っていたため、何もせずに部屋で過ごしていると、とても息苦しく、時間の流れも遅く感じられる。

　リーファはとうとう我慢しきれずに、新鮮な空気を吸おうとランプを手に人気のない中庭にこっそり出てみた。

　人目がないからといってずっと裸というわけにもいかず、けれど今の身体に合う服は一着しか持っていなかったので、精霊使いの正装を身につけ、誰にも見られないように注意しながら散歩を楽しむ。

　王宮にいる時間よりも、砂漠で過ごす時間の方が長いくらいだから、こうしてゆっくり中庭を歩いたこともなかった。

　花壇に植えられた花を一つずつ鑑賞して回ると、プレアデス王国にはない植物もたくさんあり、思っていた以上に楽しめた。

　すると突然、近くの窓が勢いよく開き、ビクリと身体が跳ねる。反射的にそちらを向くと、窓際に男性が立っていた。サラムだ。

　もっと警戒しなくてはいけなかったのに、花に夢中でサラムの部屋の近くまで来てしまっていた。

「お前は……」

「あ、あのっ、悪さをしようとしていたわけじゃありませんっ。花が綺麗で、見惚れていただけです」

「咎めているわけではない。昨日、戻ったらいなくなっていたから、心配していたんだ」

　サラムは微笑を浮かべ、窓から外に出てきた。

走って逃げ出すわけにもいかず、リーファは極力顔を見られないように下を向く。

急に肌寒さを感じ、ブルリと身震いして小さくくしゃみをした。

「風が出てきたな。外にいると風邪を引いてしまう。部屋に入って暖まっていくといい」

リーファは勢いよく頭を左右に振り、申し出を丁重に断る。

「とんでもありません。王子様の部屋に軽々しく立ち入るわけにはいきません。僕はもう自分の部屋に戻りますから、気になさらないでください」

おやすみなさい、と言って踵を返す。

そのまま去ろうとしたが、手首を摑まれ引き留められた。

「待て」

――何か、気づかれた？

ギクリとして息を詰める。

「部屋に戻ると言っていたが、お前は王宮で働いているのか？　今まで見たことはなかったと思うが……。何よりこの中庭は、夜間は使用人が近づける場所ではないはずだ」

「えっと……、最近、雑用係として雇っていただいたんです。王宮に不慣れで、迷ってしまって……」

「そうか」

全て嘘ではない。ここで働いていることに代わりはないので、リーファはそう答えた。

サラムも納得してくれたが、なぜか手首の拘束は解かれない。

「では、王子である私が許可しよう。中へ入るといい」

「でも……」

ランプが灯《とも》る明るい室内で顔を見られたら、何か気づかれる可能性がある。

それを避けたくてリーファは誘いを固辞しようとしたが、サラムが寂しさを滲ませた眼差しでリーファを見つめてきた。

「正直に言おう。……月のない夜空を見ていたら人恋しくなった。少しだけ話し相手になってくれないか？」

　そう請われ、第一王子でありながらサラムが王宮内でどのような扱いを受けてきたか知っているリーファは、放っておくことが出来なくて、迷いながらも頷き返した。

　サラムがホッと嘆息し、部屋へと促す。リーファはおずおずとサラムの私室に足を踏み入れた。

　王子であるサラムの自室は、リーファが使っている部屋の三倍ほどの広さがあり、家具や調度品は華美な装飾を施されていない落ち着いた色合いの品でまとめられていた。

　サラムに椅子を勧められ、机を挟んで向かい合わせに腰を下ろす。

　じっと見つめられ、リーファは勘づかれないように軽く顔を伏せた。

　サラムは足を組みながら口を開く。

「……王都で会った時も話したが、私はお前とよく似た容姿の少年を知っている。改めて聞くが、お前も同じ船に乗って来たのか？」

　リーファは背中に冷や汗をかきながら、反射的に頭を左右に振っていた。

　向かいからなおもサラムの視線を感じる。けれど、観察するような眼差しではなく、これまで向けられたことのない類の熱のこもった視線に感じた。

　サラムが次に何を口にするのか想像しただけで、心臓の鼓動が速まる。

「違うのか。彼と知り合いかと思ったのだが……。では、どこから来た？」

「……北にある国です」

　咄嗟に口から出ていた。

　以前、サラムがリーファの髪や肌の色を見てそう問いかけてきたことが、頭の片隅に残っていたからだった。

　サラムは詰めていた息をふっと吐き、苦笑する。

「そう固くならずともいい。尋問しているわけではないんだ。お前との会話の糸口になればと思って、口にした質問だ」

張りつめていた空気が軟化したように感じ、リーファはおずおずと顔を上げる。

サラムは子供のリーファに向ける時のような、柔らかい表情をしていた。

「王都で私の後をつけていた理由を聞いてもいいか？」

その質問に、リーファは背中にジワリと汗を滲ませながら、不自然にならないような答えを口にする。

「えっと……。王宮に雇ってもらうことになったのに、道に迷ってしまって……。あなたが立派な体軀《たいく》をしていたから、王宮の護衛をしている人だと思って、道を聞こうとしたんです。でも、誤解されて、驚いてしまって……」

「そうだったのか。あの時は怖がらせてすまなかった」

サラムはリーファの言葉を疑うことなく信じてくれ、乱暴な振る舞いをしたことを謝ってくれた。

「第一王子という立場上、私を狙う者もいる。そういった輩《やから》かと誤解してしまったんだ」

「王子様なのに？」

「王子だからだ」

リーファは首を傾げてしまう。

国を統治し国民を守る王族は、敬愛すべき存在だ。だからサラムの言っている意味がよく理解出来なかった。

サラムは困惑しているリーファを見て、苦笑する。

「お前の生まれ育った国は、我が国と違い、とても平和なところだったのだろうな」

「アガスティア王国は違うのですか？」

「王都でお前も見ただろう？　今、この国の人々は心が荒《すさ》んでしまっている。子供から大人が水を奪うような事態も頻発しているんだ。それを見ても、誰も助けようとしない。皆、他者を思いやることが出来なくなってしまっている。それはとても悲しいことだ。異国から来たお前も、我が国の現状を見てそう感じただろう？」

　そう言われ、王都で見た光景や、砂漠の水の枯れた集落に置いていかれた幼い兄妹のことが思い浮かんだ。

　確かに、この国はプレアデス王国とは違い、殺伐としている。

　リーファは自国を憂いているサラムに遠慮しつつ、だが彼の言葉を肯定せざるを得なかった。

「……はい。水が足りないことで、皆、心に余裕がないように感じました」

　サラムはため息をつき、背もたれから身を起こすと膝の上で両手を組んだ。

「やはり、そう感じるか……。だが、どうか民を悪く思わないでほしい。悪いのは、国が危機に瀕していると知りながら、何もしてこなかった私だ。国王代理という立場にありながら、王宮内の均衡が崩れることを嫌い、状況の改善を指摘しなかったからだ」

「王宮内の均衡……？」

　サラムが何か悩みを抱えているのなら、それを知りたいと思った。リーファが聞いても何も出来ないかもしれないが、もしかしたら出来ることもあるかもしれない。

　しかし彼は緩く頭を振り、話を終わらせようとした。

「いや、お前には直接関係ないことだ。気にしなくていい」

「僕、あまり記憶力がよくないんです。だからきっと聞いても明日には忘れてしまってます」

　リーファがそう言うと、サラムは微かに目を瞠り、小さく笑った。

「忘れてくれるのなら、都合がいい」

　そう囁いた後、サラムは王宮内のことについて話し出した。

「私は国民皆が容易に水を手に入れられる環境を作

りたいと思い、ある計画を実行に移した。しかし今後、自国だけで水をまかなえるようになり、ミラドラ王国からの輸入を取りやめることになった場合、弟のバシルを次期国王にと推す家臣たちは黙っていないだろう。王宮内が荒れることは間違いない。そうなれば国政を満足に行えなくなり、結果的に民が被害を被ってしまう」

――サラムはそこまで考えてたんだ……。

水不足を解消すればアガスティア王国を救えると思っていた自分とは違う。

ただ目の前の問題を解決するのではなく、それにより生じうる新たな問題点まで予測し、何が一番最善なのかを考えている。

そこまで考えを巡らせるのは、自分のためではなく、国民を想えばこそ。サラムが常に優先しているのは、この国で生活しているアガスティア王国の民のことだ。

ずっと行動を共にし、彼のことをわかったつもりでいたが、全てではなかった。

毎朝開かれる会議の席で、サラムがあまり発言しない理由。それは、言っても反対されるからというだけでなく、重臣たちとの間に摩擦を起こすことで、国の中枢が崩壊してしまうのではという懸念も含まれていた。

消極的に見えた姿勢の裏にそんな想いがあったことを、リーファは初めて知った。

「……あの、なら、バシル様にも協力してもらったらどうですか？　ミラドラ王国との関係もあるでしょうけど、二人が仲のいい兄弟だってわかれば、少なくとも家臣の方々はまとまるのでは……」

「いや、それは難しいだろう」

「どうしてです？」

「ラウラ王妃が、私を嫌っているからだ。私とバシルが親密になることをよしとしない」

――そうだった。

以前、サラムがバシルに与えた菓子も侍女に捨てさせると言っていた。

けれど、なぜラウラがそれほどサラムを厭うのか、リーファにはわからなかった。

ラウラとの間に何があるのか気になったが、聞いていいものか迷う。するとサラムが淡々と語った。

「王妃はバシルに国王の座を継がせたがっている。そのためには、側室が産んだ子でありながら第一王子の私が邪魔なのだろう」

――それだけで？

私欲のために動かないように、と幼い頃から教えられてきたリーファにはピンとこない。

もちろん、国王という地位がとても偉いことはわかるが、兄弟間の仲を悪化させてまで手に入れたいと思うものなのだろうか。

リーファが複雑な心境で押し黙ると、サラムが「誤解しないでほしい」とつけ足した。

「王妃も、バシルが生まれるまでは私に優しく接してくれた。『サラム』という幼名までつけてくれた。最初から、憎まれていたわけではない。バシルには優しい母であり、私を可愛がってくれた時もあったんだ」

そう語るサラムの瞳には、ラウラへの恨みは滲んでいなかった。彼女に可愛がられた日々を振り返り、過去を懐かしんでいる。

――サラムの中では、王妃様もお母さんなんだ……。

『サラム』という名は母がつけてくれたと言っていた。それは生母をさしているのだと思っていたが、本当はラウラ王妃のことだった。

彼はどんなに冷たくされても、疎まれても、母として王妃を慕っている。彼女から貰った名を今も使い続けるのは、『サラム』という名前をつけてくれた時に自分へ向けられていた王妃の気持ちを、手放したくないからだろうか。

リーファの心臓がキュウっと締めつけられる。サラムの気持ちを想うとやりきれない。

沈鬱な表情を浮かべるリーファに気づき、サラムが力なく微笑んだ。

「……だが、私は第一王子だ。王族として生まれたからには、国民を守る義務がある。必要ならば王妃やバシルと対峙しなくてはならない」

優しく、聡《さと》く、誠実な王子。

国民のために、彼は個人的な感情を押し殺し、現状を変える道を選んだ。

「……僕は、この国で生まれ育った者ではないから、アガスティア王国の複雑なことはわかりません」

リーファはサラムの話した内容が、国の今後を左右しかねないとても重要な事柄であるとわかったからこそ、軽々しいことは言えなかった。

その代わりに、サラムの想いを聞き、自然と頭に浮かんできた言葉を口にする。

「でも、お話を聞いて、思ったことがあります。……あなたのような人が王子で、この国の人は幸せです」

サラムが息を飲み、こちらを見つめた。

長い間彼が何も言わないので、リーファは次第に不安になってくる。

しばしの沈黙が流れた後、サラムがようやく口を開いた。

「……そんなことを言われたのは初めてだ」

小さく呟かれた言葉は、独り言のようにも聞こえた。

サラムの顔から暗く沈んだ気配が消え、代わりに穏やかな笑みが浮かんでくる。

「ありがとう」

胸がドキリと高鳴った。

――まただ……。

昨日も砂漠の集落に水がわき出た時に、同じ胸のざわめきを感じた。

何か特別なことがあったわけでもないのに、動悸が収まらない。サラムの笑みを見たら、どうにも落ち着かない気持ちになってきた。

リーファは視線を逸《そ》らし、思わず腰を浮かせる。

「……部屋に戻ります」

息苦しくて、今すぐこの部屋を出ないと窒息してしまいそうだった。

リーファは中庭に面した窓から外へ飛び出そうとする。

するとふいに手を取られ、動きを制された。

「待ってくれ」

突然の接触に驚き、身体が強ばる。

さほど力を込められていないのに、摑まれた手首に意識が集中した。

「また明日、会ってくれるか？」

――会っては駄目。

この姿で、彼の前に出てはいけない。

それは、彼に正体を知られてはいけないから。

しかし今は、精霊使いの掟があるからというだけでなく、感情の部分で、サラムに会ってはいけないという想いが生まれていた。

彼のことが嫌いなわけではない。

一緒にいて何か嫌なことがあったわけでもない。

だが、これ以上彼に近づいてはいけない、と頭の中で警鐘が鳴っている。

子供の姿で過ごしていた時間が長かったからだろうか。本来の姿で会って話すと、自分が自分でなくなってしまうような、そんな奇妙な感覚に囚《とら》われた。

リーファは「会えない」と言おうと口を開く。

けれど実際に口から出たのは、「はい」と会うことを約束するものだった。

なぜそんなことを言ってしまったのかと自分で驚き、すぐに撤回しようと反射的にサラムを見やる。

サラムはいつもの大人びた静かな微笑ではなく、少し少年の名残《なごり》をとどめた屈託のない笑顔をしていた。一目見て喜んでいるとわかる。

「では、明日の晩、中庭で待っている」

「……はい」

断る機会を失い、リーファは頷き返していた。

手首から、サラムの指先が離れていく。

リーファは小走りで自室に戻り、寝台に潜り込んで身体を丸める。

――どうして、約束しちゃったんだろ。

会わない方がいいのは明確なのに……。

ふいにサラムの見せた笑顔が脳裏に蘇《よみがえ》る。

すると突然顔が熱くなり、また心臓が早鐘を打ち始めた。

自分でも原因がわからない。

サラムのことを考えると、胸が切なくなる。

リーファは自分でも制御出来ない胸の高鳴りに困惑し、気持ちを落ち着けるために、枕元で丸くなって眠っているシャディに頰を擦り寄せ、無理矢理目を閉じた。

＊＊＊＊＊

翌朝、リーファは昼近くになってシャディに起こされ目を覚ました。

昨晩はサラムと話し、寝る時間が遅くなったから、ずいぶん寝坊してしまった。

身支度をするために鏡を見ると、十八歳の自分が映っている。これが本来の姿だというのに、子供でないことに違和感を覚えてしまう。

本人なのだから当たり前だが、鏡に映る青年には子供のリーファの面影が残っているのに、二晩続けて会っても、サラムは子供のリーファと目の前の青年が同一人物だと気づいていないようだった。

「短時間で子供が大人の姿に成長するなんて、普通は思わないもんね」

鏡の中の自分に向かって、慰めるように呟く。

サラムに気づかれてはいけない。

そう思っているのに、その反面、あれほど一緒に行動を共にしたのに、姿形が少し違ったくらいでわかってもらえなかったことを寂しく感じてしまう。

洗面を終え髪をとかし、冷め切った朝食を部屋に持ち込んで食べた。空になった食器を廊下に出し終えると、他にやることがなくなってしまう。

この姿ではこの部屋から出られない。丸二日部屋でのんびり過ごしていたが、三日目ともなるとさすがに暇で仕方なかった。

「暇だなぁ」

寝台に倒れ込むと、枕元で毛繕いしていたシャディの身体が軽く跳ねた。大きな耳を頭に沿って伏せ、迷惑そうな顔をされる。

謝罪を口にしつつ、リーファは暇を持て余してゴロゴロと寝台の上を転がってみたが、子供の時はとても大きく感じた寝台が、今は左右に一回ずつしか回転出来ない。

「何かすることないかな。部屋でも出来ること……」

少し思案し、弾《はじ》かれたように寝台を下りて衣服がかけられている棚を開けた。

そこに二日前の晩、サラムに貸してもらった羽織物をこっそりしまっておいたのだが、汚れを落としていなかった。今日はこれを洗濯して、今晩会う時に返そう。

扉口で侍女を呼び、洗濯に必要な湯や桶、石鹸《せっけん》を持ってきてほしいと頼み、風呂場にこもる。

袖をまくり、羽織物の汚れを湯の中で落としていく。生地を痛めないように、優しくもみ洗いし、汚れを落としきると絞って、洋服をかける棒に袖を通して丁寧に皺を伸ばし、風呂場で乾かした。

その日の夜、洗濯した羽織物を持ち、寝ているシャディを起こさぬよう窓から外に出てサラムの元へ向かった。

新月の翌晩で、月明かりさえほとんどない暗い道をランプを片手に行くと、花壇の先に背の高い人の姿を認めた。

相手もリーファに気づいたようで、こちらにゆっくりと向かってくる。

傍まで来るとランプに照らされ、整った顔立ちが浮かび上がった。

「来てくれたんだな」

　柔らかく微笑まれ、心臓が跳ねた。リーファはまたも訪れた胸の動悸に困惑し、服の上から心臓の辺りを押さえる。

　サラムは昨日と同じく自室に誘ってきたが、リーファは「ここで」と断り、携えてきた羽織物を渡す。

「一昨日の夜に借りた羽織物です。ありがとうございました」

　手に取ったサラムは綺麗に洗濯されていることに気づいたようだ。

「これはお前が洗ったのか？」

「はい。洗っては駄目な生地でしたか？」

「いや、ずいぶん綺麗に洗ってあるから驚いたんだ。雑用の仕事とは、洗濯もするのか？」

　サラムには王宮で働く使用人だと言ってあるが、あまり詮索されては困る。

　リーファが答えないでいると、サラムが続きを口にする。

「実は、お前に礼をしなければと思い、夕方王宮の中を探したんだ。なかなか見つからず、使用人たちに聞いても、ついにわからなかった」

　それはそうだろう。リーファはずっと部屋にこもっていたのだから。

　まさか夜に会う約束をしたのに探されるとは思わず、背筋がヒヤリとした。

「……お礼って、僕何かしましたか？」

「昨日、お前に話を聞いてもらったおかげで、迷いが消えた。今日の会議で自分の考えを話したところ、私に賛同してくれる者が現れたんだ。その礼を言いたかった」

「そんな、僕はお礼を言われるようなことはしてません」

「いや、お前のおかげだ。ありがとう」

　リーファは彼の話を聞いていただけで、背中を押すようなことは何も言っていない。サラムの迷いが消えたというのなら、それは彼の力によるものだ。

そう思ったが、サラムの晴れやかな笑みを見ていると、リーファも嬉しくなった。

「よかったですね。協力してくれる人が増えれば、水場建設も早く進みますね」

ところが、リーファがそう告げると、サラムの表情が次第に怪訝なものへと変わっていく。どうしたのだろう、と思ったが、サラムに指摘されて自分の失言に気づいた。

「なぜ私が水場を建設しているのだと知っているんだ？　まだ公に発表していないはずだが」

「……！」

——しまった。

上手い言い訳が咄嗟に浮かばず、リーファは踵を返し、花壇の間の小道を走り出した。

サラムはリーファの動きを予期出来なかったようで、追ってくる気配はなかった。代わりに懇願するような声が暗闇に響く。

「待て！　明日も、ここで会えるか？」

リーファはすがるような声を振り切ることが出来ず、足を止める。

しかし、どんなに請われても明日は会えない。なぜならもう、リーファはこの姿ではなくなるからだ。断る他はないというのに、リーファは振り返らぬまま次の約束を口にした。

「……次の、新月の前夜に」

そう言い残し、リーファは走って自室に戻った。

窓を閉め、カーテンを引き、肩で息をしながらズルズルと床に座り込む。

しばらくすると乱れていた呼吸は落ち着いてきた。でも心臓はまだバクバクいっている。

走ったからだろうか？　それとも、サラムの前でうっかり失言してしまったから？　あるいは、もう身体の変化が始まるのだろうか……。

全て正解で、でも一つ大事な事柄が抜けているような気がした。

それが何か、リーファにはわからない。

「つ……っ」

その時、一気に身体が熱くなり、一際強く心臓が拍動した。

変化が始まったのだ。

リーファは浅い呼吸を繰り返しながら、床に伏せてその時をやり過ごす。

いつものように途中で意識を失ったようで、気がつくと窓の外からは小鳥のさえずりが聞こえ、室内を太陽の光が照らし出していた。

「クゥ」

リーファが目覚めたことに気づいたシャディが、労るように頬を舐めてくれた。

大きな耳の間にある小さな額を撫でる自分の手は、また子供の大きさに戻っていた。

リーファはとりあえず身支度をしようと、ブカブカになった精霊使いの衣装を脱ぎ、アガスティア王国の従者の制服である白い下衣とシャツ、薄い橙色の上着に袖を通した。

ちょうど着替えが終わったところで扉がノックされ、鍵を開け扉を引くとサラムがハッと目を瞠る。

その反応に違和感を覚え「どうかした？」と尋ねると、サラムは数秒押し黙って何やら考えた後、告げてきた。

「いや……。お前とよく似た者に会ったんだ。あまりにも似ているから、一瞬、彼かと思った」

その言葉にドキリとする。

動揺を隠しきれず視線を泳がせていると、サラムの手がポンッと頭に乗せられた。

「だが、そんなわけはないな。歳が違いすぎる」

リーファが小さく息を吐き出すと、サラムの指先が滑り、前髪を一房持ち上げられた。

「体調はどうだ？　いつもより少し顔色が優れないようだが」

「ううん、三日も休んだから、もう平気。会議に行くんでしょ？　僕も一緒に……」

リーファが最後まで言い終わらないうちに、サラムがいきなり距離を詰めてきた。

額と額を軽く触れ合わせ、至近距離で呟かれる。

「熱はないな」

「う、うん」

額で体温を確かめたサラムが、身を離す。

元々仮病なのだから、体調は悪くない。だが、サラムに触れられた部分が熱を帯び始める。

――なんか、身体が変だ。

顔が熱いし、心臓も落ち着かない。まだ身体が変化した影響が残っているのだろうか？

リーファは赤くなった顔を見られぬよう、先に立って歩き出す。

「ああ、そうだ。リーファが寝込んでいる間に、少し事態が変わったんだ」

会議室まで向かう道中、サラムは昨晩十八歳のリーファにも一部報告してくれた、昨日の会議でのことを話してきた。

それによると、サラムは水場建設に反対する家臣たちを連れ、ムツたちの集落に赴いたそうだ。実際に枯れた大地に出来た新たな水場を見せ、再度協力を仰いだという。

残念ながら大多数の家臣たちは考えを変えなかったが、リゲルの父と、彼の古くからの友人がサラムの考えに同意してくれたとのことだった。

「すごいよ、サラム！　また力を貸してくれる人が増えたんだね！」

サラムが国を想って行動した結果、家臣の心を動かしたのだ。きっとこれからも協力者が増えていくだろう。

少しずつ状況が好転していく予兆を感じ、足取り軽く会議室の前にたどり着くと、扉の両脇に立つ兵士がサラムを見て互いに目配せし合った。

そのことを怪訝に思いながらも、開かれた扉をくぐり、サラムの後に続いて中へ進む。しかし数歩進んだところでサラムが立ち止まった。

「……今日の会議の出席者はこれだけか？」

サラムの声がいやに反響している。室内もいつもよりずいぶん静かだ。リーファはサラムの背後から顔を出し様子を確かめる。

「え……」

つい驚きの声がこぼれてしまう。

会議室にはリゲルの他に二人の重臣の姿しかなかったのだ。

サラムの問いかけに真っ先に反応したのはリゲルだった。

「皆様、揃いも揃って病にかかり、ご欠席だそうです。幸い議長はこうして来ています。全員揃ったところで本日の会議を始めましょう」

議長とは、リゲルの父である、髭を蓄えた男だ。そしてその隣に、同年齢くらいの壮齢の男性が腰掛けている。

なぜこのような事態になったのか、容易に想像がついた。

――昨日のことが不満で欠席したんだ。

この場にいる者がサラムの支持者で、欠席している者がバシルの支持者。サラムが懸念した通り、王宮内に対立が生まれてしまった。

サラムはしばし立ち尽くしていたが、リゲルに促され、席に腰を下ろす。議長が開会の言葉を述べようとすると、サラムがそれを片手を挙げて制し、着席している三人の家臣を順番に見つめた。

「三人か……。私についてきてくれる家臣は」

静かな声に、落胆しているのかと思った。リゲルもそう感じたようで、棘《とげ》のある声音で指摘する。

「三人ではご不満ですか？」

サラムは唇の端を持ち上げ、緩く笑った。

「いいや。思ったよりもついてきてくれる者がいたのだなと驚いたんだ」

強がりでもなんでもなく、それが本心からの言葉だと、リーファにはわかった。

サラムは一呼吸置き、話し出した。

「会議を始める前に、告げておくことがある。……

次期国王にバシルが即位した時、私についてきたお前たちは他の重臣たちによって、失脚させられるかもしれない。アガスティア王国の未来のために、全てを失う覚悟はあるか？　そうでない者は、席を立ってもらってかまわない」

　場は一瞬静まり返り、その沈黙をリゲルが破った。

「元より承知の上です。私はあなたの相談役になると決めた時から、この身を捧げております」

　リゲルの言葉に呼応するように、彼の父が発言する。

「私は、現国王の相談役を務めております。現在は病で政治に携われずにいらっしゃいますが、国王もサイード様と同じ、民のことを第一にお考えです。私は病床の国王のその想いを受け、サイード様にお力をお貸しすることに決めました」

　次に、彼の隣に座っている男性が手を挙げる。

「私にもぜひ協力させてください。私には財産を継ぐ親族がおりません。愛するアガスティア王国のために資金が必要だというのなら、喜んで私財を投資いたしましょう」

　サラムの言葉を受けても、三人の家臣は誰も席を立とうとはしなかった。

　ここにいる誰もが、自分の身よりも国の行く末を案じている。アガスティア王国の未来のために、各々が持つ全てを投じようとしてくれていた。

　リーファは唇を嚙みしめる。

——この人たちがいれば、大丈夫だ。

　サラムの想いをきちんと理解し、この場に集まってくれた。

　サラムの声は、この人たちにきちんと届いた。

　サラム自身が、変わったから。

　どんなに反対されようと、国民を救いたいという想いを強く持ち動いた結果、この三人の心を動かしたのだ。

　リーファは目頭が熱くなり、ゴシゴシと手で擦ってから、サラムの袖を引く。

「ねえ、サラム。僕とシャディのことも紹介して」

「いいのか？」

「うん」

　サラムは頷き、リーファを隣に立たせる。

　リーファは服の襟刳りから中をのぞき込み、シャディに出てくるよう合図を送る。スナギツネの姿をしたシャディが頭だけ外に出した。

「もう一人……、いや、正確には二人だな。私たちの仲間を紹介させてくれ。彼はリーファ。そして彼が抱いているスナギツネはシャディだ。彼らは海の向こうにあるプレアデス王国から来た水の精霊と、精霊使いだ」

　三人の家臣が息を飲み、驚きに目を丸くしてリーファとシャディを交互に見つめてきた。

「先日の集落の地下に眠っている水脈を見つけたのも彼らだ。水の精霊には水の在処がわかる。砂漠にはまだ他にも水脈が眠っているそうだ。水の精霊が示す場所を掘れば、必ず水が出る。私たちの計画に欠かせない存在だ」

　再び静寂が訪れ、その静けさを破ったのは今度はリゲルの父だった。

「サイード様、プレアデス王国の精霊使いに質問してもよろしいですかな？」

　サラムが目線でリーファに確認してくる。リーファは緊張しながらも頷いた。

「どうぞ。僕に答えられる範囲でしたら、お答えします」

「では……。プレアデス王国は数年前より国を閉ざしております。こちらから使者を送ることも禁じられ、かつては我が国と深い親交がありましたが、国交はすでに途絶えております。それなのに、あなたはなぜ我が国に来たのですか？」

「プレアデス王国のナーフル国王より直接この役目を賜りました。精霊使いの掟があるため、理由は明かせませんが、アガスティア王国が危機に瀕しているという情報を得て、国王が僕をこの国に派遣することを決めたんです」

　アザリーの予言によりこの国に派遣されてきたとまでは明かせないので、不審に思われるかと危惧したが、リゲルの父はナーフルからの勅命であることの方に驚いていた。

「ナーフル国王が、我が国を救おうとしたということですか？」

「はい。かつてミラドラ王国がプレアデス王国に侵攻するのを防ぐために、アガスティア王国の国王様が港を封鎖してくれたと聞きました。その恩返しだそうです」

「そうですか……。あの時の国王のご決断は、正しかったのですね」

　そっと目を伏せ呟いたリゲルの父は、当時のことを語ってくれた。

「ミラドラ王国から協力するよう言われた時、国王は頑として聞き入れず、港を封鎖し続けました。そのことで一時は我が国も侵略されそうになり、和解のためにラウラ王妃の取りなしでアガスティア王国は多量の金塊を贈り、ミラドラ王国の怒りを静めたのです。しかしその結果、我が国が多くの金山を有していることを知られ、水と引き替えに金を搾取されるようになってしまいました」

　その話を聞き、サラムが怪訝な顔をする。

「そのような話、私は聞いていないが」

「サイード様はまだお小さく、また、王妃が内々で事を収めることを望んだので、ごく一部の者しかこの話は知りません」

「そうだったのか」

　話が一区切りつくと、待っていたかのようにリゲルが挙手した。

「私からご提案したいことがあります。……水の精霊と精霊使いが我が国の窮地を救うために遣わされたと、他の家臣に伝えてはいかがですか？　新たに協力する者も現れるかもしれません」

　他の二人の家臣も同意したが、サラムは「それは出来ない」と即答した。サラムに目線で促され、リーファが事情を説明する。

「精霊の力は特別だから、悪い人の耳に入ると悪用される恐れがあります。だから必要な時以外、口外してはいけない決まりなんです」

「黙っていたのは、彼らの身を守るためだった。だからお前たちもこのことは他言しないでくれ。リーファとシャディは我が国を救う大切な存在なのだから」

リゲルは残念そうにため息をつきながらも、「わかりました」と了承してくれた。もちろん他の二人もだ。

「それにしても、こんなに心強い協力者がいたとは……。リーファ殿、アガスティア王国のために、よろしくお願いいたします」

リゲルの父が頭を下げる。リーファも慌てて腰を折った。

「僕の方こそ、よろしくお願いし……、いたっ」

頭を下げた拍子に、机に額をぶつけてしまった。

サラムが「大丈夫か？」と言った直後、どっと笑いがわき上がる。笑われて恥ずかしかったけれど、これまでの会議では絶対に見られなかった光景に、リーファは彼らとならこの国を変えられると確信を持つ。

――皆が笑顔でいられる国にしよう。

それがこの場にいる者の願い。

そのために出来ることを精一杯努める。

リーファもその一員になれたことを、喜ばしく思った。

その後会議を重ね、具体的な案が練られた。

アガスティア王国の砂漠には、まだ地下水脈が眠っている。そこを一つずつ掘っていくのでは、恐ろしく時間がかかる。そのため、作業員を増やし、同時に何カ所かで作業を進めることになった。

そこで問題となるのが、作業員の確保と、金銭面のことだった。

資金に関しては、新たに計画に参加してくれた二人の私財を投入し、さらに知り合いの商家にも声をかけて出資を募ることになり、人員の確保はリゲルが担当することになった。

そしてリーファとシャディ、サラムの仕事は、水脈を見つけること。リゲルたちが人員や資金の調達を行っている間、リーファたちは連日砂漠に出かけ、砂の大地に眠っている水脈を探し、見つけた場所をサラムが地図に記していく。

そうして地道な作業を何日も繰り返し、十日ほど経った時に、ようやく水場建設が各地で開始された。

作業現場のことはリゲルに監督を頼み、リーファたちは砂漠の水脈の探索を続け、さらに半月ほどが経過した頃、水場が完成したとの第一報が届いた。翌日もまた別の場所に水場が出来、次々に水がわき出たという報告が耳に入るようになった。

協力者が増えたことでこんなにも順調に進むとは、嬉しい誤算だった。

予想以上の成果に、リーファも水脈の探索に力が入る。もっともっと、たくさんの水脈を見つけたい。サラムと共に、ラクダで広大な砂漠を回り続けた。

そんな時、計画の進捗状況を確認するために開かれた会議で、リゲルから新たな提案が出された。

それは、砂漠に川を作る計画だった。

もちろん、砂の大地に水を流してもすぐに吸収され、太陽の陽射しで蒸発してしまう。それを防ぐために、大きな水脈を見つけ出し、水の流れる道を人工的に作ってはどうかという案が出された。

確かに、水場を点在させるより、川を作ればずっと水を手に入れやすくなる。

しかし、過去に王都に水路を作る計画が何度か持ち上がった時は、国民の生活を楽にするためだけに莫大《ばくだい》な費用の捻出は出来ないという声が重臣たちから上がり、実現に至らなかったそうだ。

王都に水路を作ることすら出来ていないのに、砂漠に川を作るために国の予算を割いてほしいと、会議への参加を拒否している重臣たちに提案しても聞き入れてくれるはずがない。サラムが国王代理を務めているとはいえ、独断で膨大な国の予算を動かすことも、さすがに出来そうになかった。

川を作れば砂漠の大地は姿を変える。植物も育てやすくなり、砂漠に人が住める地も増える。

しかし、今現在、川を作れるほどの水脈は見つかっておらず、資金をどう調達するかで話が止まってしまった。

皆が口を噤み考え込んでいると、唐突にサラムが立ち上がり、携えてきた水脈の在処と新たに建設した水場を記した地図を取り出し、机の上に広げた。

「これを見てくれ。ここが王都で、こちらが先日完成した水場だ。この先にもいくつか発見した水脈がある」

皆が立ち上がり、地図をのぞき込む。

サラムはペンを手に持ち、王都から砂漠に点在している水場と地下に眠っている水脈の印を繋げていく。

ようやくサラムの提案しようとしていることがわかり、リーファは息を飲む。

「サラム、これって……」

「そうだ。川を作るほどの大きな水脈は今のところ見つかっていない。今後見つけられるかも不明だ。それなら、水場を繋げばどうだろう。王都にたどり着く頃には、立派な川になる」

「すごいよ、サラム！　これなら川が作れる！」

リーファが興奮気味に声を上げると、リゲルが感心したように呟いた。

「なるほど、この方法は考えつきませんでした。これで水量は確保出来ます。後は資金面ですね……」

「資金は私が工面しよう。私個人が保有している、代々受け継がれてきた王家縁の品々を他国に売却すれば、それなりの金額になるだろう」

「サイード様、お待ちください。それは反対です。アガスティア王国の宝とも言える品を売却するなど……。もし他の家臣の耳に入ったら、王族としての自覚がないと判断され、厳しい目で見られてしまいます」

リゲルの言葉に、他の二人も頷いている。

共に協力すると誓いを立てたあの日から、家臣たちがサラムの意見にこれほど強い反発をしたのは初めてだ。サラムの言う王家縁の品とは、それほどまでに価値のあるもののようだ。

しかしサラムは、家臣たちに反対されても意見を変えなかった。

「私は先祖から受け継いだ縁の品は、こういう時のために遺《のこ》された物だと思っている。有事の際に、国民を守るために使うようにと。私の身や部屋を飾るよりも、売却して得た金貨で川を作り国民の生活を豊かにする方が、ずっと有益だ。先祖も喜ぶだろう」

「サイード様……」

サラムは押し黙った家臣の顔を確認するように見回し、言葉を発した。

「第一王子に生まれて幸運だったと、今初めて思えた。おかげで国のために使える私財を多く保有することが出来、ようやく王子としての役割を果たせる」

満足そうにサラムが嘆息すると、リゲルが立ち上がった。

「まだです。あなたはこの国の王になるお方。まだまだこの先やらなければならないことがあります」

「私が国王になったら、王の証である王冠も売却するぞ。そんな者が国王になるなど、誰も認めない」

「王冠がなんですか。ただの物であると、今あなたがおっしゃったでしょう？　国王の証は、国を、民を想う心です。王冠がなくとも、志があれば十分です」

サラムがフッと微笑む。

自虐的な笑みではなく、達観したような瞳だった。

「そう思ってくれる者ばかりでないことは承知している。元より私は王位に興味がない。国民の生活を守れれば全て捨ててもいいと思っている」

「駄目です。あなたは国王にならなくてはいけません。私が必ず、あなたを国王にします。アガスティア王国のために、国王にします」

気迫のこもった眼差しと声音に、リゲルの想いが込められていた。

サラムは誰よりも何よりも国民のことを考えている。

そんな人が国王になったら、国は豊かになる。人々の笑い声が絶えない国に。

サラムならそれが出来ると、おそらくこの場にいる全員が思っている。

これほど国の行く末を案じている人はいない。

リーファはサラムの生まれ持った国王としての資質を目の当たりにした。

「頼もしいな」

緊張した空気に似つかわしくない、ゆったりとした声音が室内に響く。声の主は、リゲルの父だった。

「私の息子は、いつの間にやら立派な相談役に成長したようだ。……サイード様、あなた様には王族としてこの国を守る義務があります。命絶えるまで、この国のために力を尽くさなければなりません。そのために王位は必要なものでしょう。そうお考えになられたらいかがですか？」

サラムがハッとした顔をする。

リゲルの父はそれ以上この件に触れず、議長らしく話を元に戻した。

「さて、今は川の建設についての会議中です。各々の身の振り方は、それぞれで考えましょう。……リゲル、早急に他国との交渉を進めるように。サイード様が所有する品を、一番高額で買う国を見つけるんだ」

「わかりました」

「よろしい。では、他に何か議案はありますかな？ないようでしたら、本日の会議は閉会とします」

締めの言葉で会議は終了した。

各自与えられた仕事に戻るため、早々に会議室を後にする。

　リーファはこの後、サラムと共に砂漠に出かけることになっている。その支度をするために部屋に戻る途中、先ほどからずっと考えていたことをサラムに切り出した。

「サラム、これ」

　リーファは白銀の鎖をサラムに差し出す。

「これは？」

「これも、川を作るお金に換えて」

　皆、私財を投じてこの計画に参加してくれている。自身の生活を潤すためではなく、国民の生活のために。

　リーファも協力したいと思ったが、換金出来るような物は一つしか持ち合わせていなかった。

　それは、アザリーから渡された懐中時計。

　しかし、この時計には時の精霊の力が込められているため、時計本体は手放せない。

　けれど、時計に通してある白銀の鎖ならいいだろうと思い、少しでも足しになればとサラムに渡すことにした。

　サラムは指で鎖を持ち上げ、それが何かわかったようだ。

「これはいつもお前が首から下げている時計の鎖か？」

「そう。時計は駄目だけど、鎖ならって思って」

「だが、大切な物なのだろう？」

「うん。でも、時計が手元にあればいいから」

　サラムはしばらく鎖を眺めていたが、リーファの手を取り、そこへ鎖を乗せた。

「気持ちだけ受け取ろう」

「僕、このくらいしか売れる物を持ってないんだ。だから使って。川を作るためには、たくさん金貨が必要なんでしょう？」

「子供がそんなことを心配しなくていい」

「子供じゃないっ」

　――僕も役に立ちたいのに。

そんな思いから、つい叫ぶように言ってしまった。

子供扱いされるのが辛い。

もしリーファが子供ではなく、十八歳の姿をしていたら、サラムの対応は違っただろうか。

いや、年齢は関係ない。

彼はリーファがこの時計をとても大切にしていることを知っているから、遠慮したのだ。だから、たとえリーファが青年の姿をしていようとも、同じように返してきたと思う。

受け取らないことが彼の優しさ故だとわかっているが、子供扱いされたことがなぜかたまらなく悔しかった。

「お願いだから、受け取って」

リーファは半ば意地になってサラムに鎖を押しつける。

困った顔をされたが、リーファの想いを汲んでか、今度は突き返されることはなかった。

「ありがとう。だが、鎖がないと時計が下げられないな。……そうだ、代わりにこれを」

サラムはいつも手首に巻いている細い金糸を編み込んで作られた紐を外し、結び目を解いて一本の長い紐にする。

三重に巻かれていたのでわからなかったが、真っ直ぐにすると鎖代わりにするのにちょうどいい長さになった。

サラムに時計を渡すと紐を通してくれ、両端を解けないようにきつく結び、それをリーファの首にかけてくれた。

「高価な物ではないが、時計を下げる分には不自由しないだろう」

「ありがとう、サラム」

サラムの気遣いが嬉しく素直に礼を言う。

その時、廊下の奥から少年の声が響いた。

「サイード兄上！」

サラムの姿を見つけ、手を振りながら駆けてきたのは第二王子のバシルだった。

「お久しぶりです。あの、一月近くも会議に出ずにすみません」

申し訳なさそうに眉を下げる弟に、サラムが優しく声をかける。

「気にしなくていい」

サラムが怒っていないことにホッとした表情をしながら、バシルはおずおずと質問してきた。

「砂漠に水場を作る話はどうなりましたか？　ずっと気になってて……」

「続けている。もう八カ所水場を作った。まだまだ水脈はあるから、今後も増える予定だ」

「すごい、そんなにたくさん！」

バシルは瞳を輝かせる。

その様子から、バシル本人は水場建設にとても興味があるようだった。そんな彼が会議に出席しないのは、他の重臣たちに止められているからかもしれない。

しばらく立ち話をしていると、どこからかバシルを呼ぶ声が聞こえてきた。サッと表情を曇らせ、バシルが残念そうに呟く。

「勉強の時間みたいです。行かないと」

「そうか。勉強も王子としての務めだ。しっかり学べばその分だけ国のためになる」

「はい」

バシルは返事をした後、ポツリと本音をこぼす。

「でも、勉強ばかりでなく、僕も兄上のように実際に王国の中を見て回りたいです。王宮の中にいるだけでは、わからない部分もたくさんあるから」

「その心がけを大切にするんだ。よりよい国を作るために必要なことだからな」

サラムに頭を撫でられ、バシルがはにかむ。そしてふとリーファに視線を止め、首を傾げた。

「その首に下げてる紐、兄上の？」

バシルが指さしたのは、つい今し方サラムが時計につけてくれた紐だった。

リーファがコクリと頷き返すと、バシルは目を瞠る。

「どうして君が？」

「私がリーファに与えたんだ」

サラムが説明してくれたが、バシルは納得いかないようだった。

「大事なお守りなのに……。母上が兄上に贈ったものでしょう？」

「王妃様からの贈り物だったの!?」

リーファが驚いていると、サラムが頭を左右に振った。

「いや、私の生母が贈ってくれた物だと聞いている」

――サラムのお母さんからの贈り物!?

サラムの母親は彼が幼い頃に亡くなっている。だとしたら、これは母親の形見に当たる。そんな大切な物を貰うわけにはいかない。

リーファが慌てて首から外そうとすると、サラムに手首をやんわりと摑まれ制止された。

「いいんだ。使ってくれ」

「でも……」

「私が持っていても、手首に巻いておくだけだ。それよりも、こうして時計を吊《つ》る紐として使った方がずっと実用的だ」

サラムは川の建設のために、先祖伝来の品々を手放すと言った時と同じように告げてきた。

しかし、それとこれとでは思い入れが違うのではないか。

サラムはこの紐を常に手首に巻いていた。死別した母との思い出の品だったから身につけていたのだろう。

サラムにとって、どれほど高価な宝石よりも、山と積まれた金貨よりも、この紐には価値がある。

それくらいリーファにだってわかった。

「駄目だよ、大切な物なんだから」

「リーファも大切な懐中時計の鎖をアガスティア王国のために渡してくれただろう？　私はその気持ちにお返しがしたかったんだ。それに、リーファなら大切にしてくれると思ったから、渡すことにした」

ドキリと胸が高鳴る。

トクトクと心臓は鼓動を速め、頬が紅潮していくのを感じた。

――やっぱり変だ。

また心臓が苦しくなってきた。

自分の身体はどうしてしまったのだろう。

なぜサラムを前にすると、サラムに優しく言葉をかけられると、こんなにも胸が引き絞られるのか。

リーファが言葉を詰まらせていると、バシルを探して侍女が走ってきた。

「探しましたよ、バシル様。さあ、先生がお待ちです。お部屋にお戻りください」

バシルは何か言いたそうな顔をしていたが、先ほどサラムに諭されたからか、反発せず部屋に戻ることにしたようだ。

「サイード兄上、僕はこれで失礼します。またお話を聞かせてください」

「ああ。また砂漠に共に出かけよう。新しく作った水場を案内する」

バシルは笑みを浮かべ、その場から立ち去った。

「リーファ、私たちも行こう」

サラムに促され、共に廊下を歩いていく。

途中、中庭が見える窓に差し掛かった時、ふいにサラムが足を止めた。

窓の外を見て目を細める。

――何を見ているんだろ？

彼の視線を追うと、そこには青年のリーファとサラムが待ち合わせに使った、花壇の間に作られた小道があった。

――もしかして、僕のことを思い出してる……？

いや、正しくは十八歳のリーファだ。

そう思った瞬間、言いようのない悲しみがリーファを襲った。

自分はここにいるのに、サラムはこの場にいない青年のことを考えている。

どちらもリーファ自身に代わりはないが、サラムがすぐ傍にいる自分を見ていないことで胸が引きつるような痛みを覚えた。

「……サラム、何を見てるの？」

「ああ、すまない。……花が綺麗で、見惚れていた」

――本当に？

そう問いただしたい衝動を、唇を噛んで堪える。

「そうだ、忘れていた」

「え？」

サラムが突然呟き、窓を開け、行儀悪くそこから中庭へと出る。

「サラム？　どうしたの？」

「リーファも共に選んでくれ」

「何を？」

「サリを覚えているだろう？　先月、リーファが寝込んだ時に集落に行ってみたら、彼女から花の種を持ってきてほしいと頼まれたんだ。どの花がいいか、選んでくれないか？」

サラムに脇の下に手を入れ抱き上げられ、窓の外に出される。

「ムツとサリに会ったの？」

「ああ。二人とも、元気で暮らしている。集落に水がわき出たと知った両親や住民も、少しずつ戻ってきていた」

「お父さんとお母さん、帰ってきたんだ」

「ああ。サリはもちろんだが、ムツもとても喜んでいた」

――よかった。

水場は作ったけれど、その後、幼い兄妹だけで暮らしていけるのか心配だったのだ。サラムが手配して物資は運んでくれているけれど、二人きりの生活は心もとないと思っていた。家族が揃って暮らせるようになって本当によかった。

リーファとサラムは色とりどりの花が咲き乱れる中庭を散策し、サリに贈る花を選ぶ。あれこれ悩み、黄色い大きな花に決めた。庭師を呼んでその種を用意してもらうようサラムが伝える。

そして水脈探しに行く支度をするために王宮内に戻ろうとした時、サラムがいきなりリーファの顔の横の髪を摘《つま》んできた。

「何？」

「葉がついていた。そこの木から舞い落ちてきたのだろう」

葉を払われる時、彼の指先が微かに頬を掠めた。

その感触が、なぜかいつまで経っても消えない。

リーファがさりげなく頬に手を当てると、サラムがじっとこちらを注視し、距離を詰めてきた。

「以前から思っていたが、珍しい色の耳飾りをしているな」

そう言って断りもなく月長石が埋め込まれた耳たぶに触れられた。

「ひゃっ」

ビクリと身を竦め、耳を押さえてしゃがみ込む。

「そんなに驚かずとも……」

「……これは精霊使いの証なんだ。大切なものだから、触らないで」

びっくりしすぎて涙で潤んだ瞳で見上げると、サラムが息を飲んだ。

目の前の喉がコクリと上下する。

そのまま動きを止めたサラムを不審に思い、リーファは小首を傾げる。

「サラム？」

「あ……、いや、すまない」

サラムは頭を軽く振り、手を差し出してきた。

それに手のひらを重ね、引き起こしてもらう。そのままなぜか手をギュッと握り込まれた。

「お前は本当に、よく似ているな」

誰に、と尋ねずともわかってしまう。

サラムが知る人物で、リーファに似ている者は一人しか心当たりがない。

サラムは十八歳のリーファと子供のリーファを重ね合わせている。

――まずい……！

「い、痛いよ、サラム」

リーファはサラムと距離を置くため、大げさに顔をしかめた。ようやく手を離され、彼の視線から逃れるようにそっと俯く。

――どうか、気づかないで……。

そう思いながらも、心のどこかで気づいてほしいと願ってしまう。

――どうして、僕、そんなことを……。

リーファが相反する気持ちの間で動揺していると、サラムが雲一つない青空を見上げ、ポツリと呟いた。

「今夜は、新月の前夜だな」

「……っ」

その一言がリーファの胸に突き刺さった。

サラムは見えない月を見つめている。彼は今目の前にいるリーファではなく、ここにいない十八歳のリーファに想いを馳《は》せている。

そう思ったら熱いものが喉の奥からこみ上げてきて、リーファは踵を返す。

「サラム、早く支度して、砂漠に行こうよ」

「そうだな。今日は川となる予定の道筋に水脈がないか、見にいってみよう」

「うん……」

返事に力がこもらない。

これでは駄目だとわかっているのに、サラムの顔をまともに見られなかった。

リーファは自室に入るとシャディを床に下ろし、砂漠用の服に着替え始める。そして顔に布を巻こうと姿見の前に立った時、鏡の中に映し出された自分の顔が泣きそうに歪んでいることに気がついた。

「どうして……」

リーファは布を握り締め、目をつぶる。

もう何も見たくなかった。

まるで想い人を見つめるような眼差しをするサラムも、それに嫉妬して泣きそうになっている自分の顔も。

そう、これは嫉妬だ。

リーファは自分自身に嫉妬している。

ずっと共にいる自分よりも、ほんの数回、短い時間を共に過ごした青年に思いを馳せるサラム。

どうしてこの姿の自分を、同じ目で見つめてくれないのだろう。

なぜ自分は、そんなことを考えてしまうのか……。

サラムに名前を呼ばれると、落ち着かない気持ちになる。

笑みを向けられると、顔が熱くなる。

優しくされると、胸が締めつけられる。

――サラムのことを、特別に想ってるからだ……。

シャディやアザリーや他の精霊使いたちに向ける好意と、サラムへ抱くそれは似ているようで違う。

一言で言い表せるような想いではない。

特定の誰かにこんな感情を抱くとは思っていなかった。

精霊使いとして、プレアデス王国を愛し、そこで暮らす人々を等しく慈しむようになろうと思っていた。

それがまさか、他国の王子にこんな想いを抱くなんて……。

これだけでも予想外のことなのに、加えてサラムは男性。同性相手に、特別な感情を持つと思っていなくて、リーファはしばらく自分の中に芽生えた感情に気づかなかったのだ。

同じ性を持つ人を、愛しているなんて。

他国の王子に、心を奪われただなんて。

精霊使いとして、許されるのだろうか。

リーファは水の精霊であるシャディに聞いてみたかった。しかし、そんな勇気はない。

もし掟で「他国の者を愛してはいけない」と決まっていたら……。

掟は絶対に守らなければならないもの。

けれどもし、サラムへの想いを禁じる掟があっても、リーファは簡単にこの気持ちを消し去ることは出来ないと思った。

人を愛することは、簡単に出来ることではない。

その反対に、愛さないようにすることも難しい。

リーファが姿見の前で硬直していると、足下に小さな毛玉が擦り寄ってきた。シャディが潤んだ瞳で見上げてくる。心配してくれているようだ。

リーファは今にもこぼれ落ちそうになる涙を堪えながら、シャディを抱き上げその毛並みに顔を埋める。いつもはこうすれば大抵の杞憂《きゆう》はなくなるのに、リーファの心は少しも晴れない。

——辛い。

人を好きになると、いつも楽しい気持ちになった。

けれど今は違う。

サラムを好きになったら、苦しくなった。

国も違えば、身分も違う。

それぞれの国でやらなければならない使命を抱え、いずれは離ればなれになる運命。

どんなに傍にいたいと願っても、それは許されないこと。

せめて同性でなければ違っただろうか。

女性だったら、彼に気持ちを打ち明けることくらいは出来たかもしれない。だがリーファは男性で、想いを口にすることすら躊躇われる。

サラムは優しいから、リーファが彼のことを愛していると知っても突き放したりはしないだろう。けれど、受け入れてはもらえない。

それに、この姿では……。

こんな子供を、大人のサラムが相手にするわけがない。

彼を好きだと自覚した途端、報われることはないのだという絶望に突き落とされた。

リーファはこれからどうしたらいいのかわからなくなった。

今日もこれから、サラムと砂漠に行かなくてはならない。その時に、自分はこれまでと同じように笑えるだろうか。上手くこの気持ちを隠せるだろうか。

リーファは身体を震わせる。

そんなリーファを慰めるように、シャディがペロリと頬を舐めてくれ、胸の痛みが少しだけ和らいだ。

＊＊＊＊＊

その日の晩。

アガスティア王国に来て三度目の変化を迎えた。

太陽が姿を消し夜の帳《とばり》が下りると、リーファの身体はその時を迎える。

自室で一人、焼けつくような熱に耐え、一瞬気を失って目覚めると十八歳の身体に戻っていた。

リーファは服のしまわれている棚の奥から、唯一この姿でも着られる精霊使いの正装を出して身につけ、窓を開けて中庭へ出た。

部屋を出る前にシャディに一声かけたが、彼女はすでに眠っているのか寝台の上で丸くなって目をつぶっていた。

一月前に自身が口にした失言が気にかかったが、昼間見たサラムの様子から、彼が今夜を心待ちにしていることを知り、リーファは結局彼との約束を破ることが出来なかった。

物音を立てないように注意しながらそっと窓から外に出て、サラムが待つ中庭へ向かう。

夜になりぐっと気温が低下している。砂浜に流れ着いた時に子供のリーファが身につけていた衣服と同じものを着ていると悟られないように、今日はローブを羽織ってこなかったが、薄手の生地は防寒の役割を果たさず、リーファは寒さのため心持ち早足で進んでいった。

花壇に続く小道に差し掛かったところで、ランプの灯りが柔らかく光っているのが目に入った。

——サラム……。

暗がりのため、この距離では顔を判別出来ないが、こんな時間に中庭に佇《たたず》んでいる人物に他に心当たりはない。

リーファは無意識に歩みを止めた。

地面を踏みしめる微かな足音が届いていたのか、ランプの位置が動き、こちらへと向かってくる。

咲き誇る大ぶりの黄色の花で彩られた道の真ん中で、リーファを見つけたサラムが微笑を浮かべ、歩みを止めた。

「待っていた。約束を覚えていてくれたんだな」

「ええ……」

それきり二人の間に沈黙が落ちた。

こうして約束は果たしたのだし、もうこの姿で会わない方がいい。このまま別れを告げてしまおう。

リーファはそう思い口を開きかけた。

けれどリーファが言葉を発するよりもわずかに早く、サラムが何かを差し出してきた。

「これを、見てくれるか」

「……なんです？」

サラムの手の中にあったのは、何かの植物のようだった。

これはなんだろう、と考えていると、サラムが説明してくれた。

「これはソルガムという、この国で主食となる植物だ。これが先ほど砂漠の集落から届けられた」

サラムはそう言うと、リーファにそれを手渡してくる。反射的に受け取り、リーファはしげしげとソルガムを眺めた。

「その集落は、元は水場が枯れ人が住めない土地だった。そこに新たに水場を作った結果、植物が育つ地に生まれ変わったんだ。そこが一番最初に作った水場だ」

「え!?」

このソルガムが穫《と》れたのは、ムツとサリが住む集落ということになる。

昼間、サラムからちらりと様子を聞いてはいたが、あの砂しかない大地に、一つの水場を作ったことで、こうして植物が育てられるまでになったのか。

リーファは瞳を潤ませる。

水場を作った成果が実った。ソルガムを見たことで、それを実感出来た。

胸がいっぱいになり、言葉もなくソルガムを見つめていると、サラムがさらに朗報を伝えてくれた。

「ソルガムには、集落の長《おさ》からの書簡が添えられていた。それには、水場を作り集落を生き返らせてくれた感謝と、他にも水場を作るのなら、ぜひ手伝わせてほしいと書かれていた。明日、会議にかけるが、集落の者に川の建設を手伝ってもらおうと思っている」

川を作るためにはかなり大がかりな作業が必要となる。資金や資材ももちろんだが、作業員の確保という問題も出てくる。それをサラムはこんな形で解決するとは……。

リーファは気持ちが高揚していくのを感じた。

――繋がった。

一つ一つの水場を繋げて大きな川を作るように、サラムは水場を作ることでその先の川を作るための人材を確保した。

どこまで計算していたのかはわからないが、サラムが地道に行ってきた水場建設が、砂漠に住む人々の気持ちを動かしたのだ。

少しずつ、これまでの行いが積み重なり、大きな成果を生もうとしている。

これまでリゲルたちは、他の重臣たちの協力を得るために色々と策を考えていた。

けれど、砂漠に住む民が、サラムに味方してくれた。

思わぬところから協力が得られたのは、サラムの人徳によるものだ。

「……おめでとうございます」

そう告げる声は、震えていた。

サラムは優しく微笑み、そして真っ直ぐこちらに手を伸ばし、頬を軽く撫でてきた。

「……やはり、驚かないんだな」

「え……？」

「川の建設を進めようとしていることは、王宮内でもごく一部の者しか知らない。それなのに、お前は協力者が現れたことに驚きはしても、砂漠に川を作るなどという、大それた計画自体には驚かなかった」

　サラムは静かに言いながら、頬を撫でていた指を滑らせ、リーファの金色の髪を耳にかけるように梳《す》いてきた。

「ずっと、もしやと思っていた。けれど、そんなことが現実にあるわけがないと思い、口にしなかった。しかし、お前の耳に埋め込まれているこの石を見て、確信した。……お前の名を、私は知っている。その名を今、呼んでもかまわないか？」

「……っ！」

　リーファはサラムが示唆していることに気づき、咄嗟に身を引く。月長石を隠すように髪を下ろし、早口で言った。

「な、何をおっしゃっているのか、わかりません。私は王宮の下働きです。私の名など、王子様が知っているはずがありません」

　――どうしよう……。

　子供のリーファとこの姿の自分が同一人物だと知られたら、掟を破ることになってしまう。なぜ姿が変わるのかと聞かれたら、時の精霊の力のことを話さずに説明することは出来ないだろう。

　背中に冷や汗を滲ませながら、落ち着きなく視線をさまよわせていると、サラムが静かに言った。

「何か言ってはならぬ事情があるのなら、深く追及はしない。だが、一つ知っていてもらいたいことがある」

　――知っていてもらいたいこと？

　目線で問い返すと、サラムがフワリと微笑んだ。

「たとえどのような姿をしていようと、お前が私にとって大切な存在であることに変わりはない。これからも私と共に、この国を潤してほしい」

　これからも、共に……。

「サ……っ」

『サラム』と呼びそうになり、咄嗟に口を噤む。

彼のことをそう呼ぶのは、子供のリーファだけ。

王宮の者は彼を『サイード』と呼ばなくてはならない。

――僕が、精霊使いじゃなかったら……。

心のままに彼の言葉に頷き返しただろう。

サラムが自分と同じ気持ちを抱いてくれていると思うほど、自惚《うぬぼ》れてはいない。

けれど、たとえどんな姿をしていても、傍にいることを求められたら、リーファは喜んで了承する。

でも、リーファは一人の人間である前に、水の精霊使い。この国での役目が終わったら、プレアデス王国に戻らなくてはいけなかった。

アガスティア王国の王子であるサラムとは、ずっと一緒にはいられない。

サラムがこの国を守るように、リーファもプレアデス王国を守らなくてはいけない。

「………ごめんなさい」

リーファが長い沈黙の果てに口にした答えは、それだった。

胸が切り裂かれるように痛い。

でも、これは耐えなくてはいけない痛み。

自分は水の精霊使いなのだから、サラムとは共にいられない。

リーファの瞳から涙がこぼれ、サラムに悟られないようにそっと俯く。

サラムは何も言ってくれなかった。ただじっとこちらを見つめているのが気配から伝わってくる。

何か言ってほしくて、でも彼の口から次に出る言葉が怖くもあり、リーファは唇を噛み締める。

その時、中庭に男性の声が響き渡った。

「サイード様、そちらにいらっしゃるんですか!?」

リゲルの声だ。何か急用が出来たのか、こんな夜更けにサラムを訪ねてきたらしい。

サラムは一瞬迷ったようだが、「すまない」と一言詫びてその場を離れた。

リーファはその隙に急いで自室に戻る。窓を閉め、灯りもつけずに暗闇の中で膝を抱えて座り込む。

——サラムに、気づかれた。

はっきりと言葉で指摘されたわけではないが、彼はもう気づいている。

だが、ちょうどよかったのかもしれない。

もうこの国は、リーファの力がなくとも、ゆっくりと人々の手で変わろうとしている。

水の精霊の力に頼らなくても、この国に住む国民の力があれば、アガスティア王国は水で潤い緑溢れる国になるだろう。

彼の周りには、たくさんの人が集まってきている。自分がいなくても、彼が孤独な王子に戻ることはない。

——帰る時が来たんだ。

ツキリと胸に鋭い痛みが走った。

以前はこうなることを望んでいたのに、心から喜べなくなってしまった。

けれど自分には精霊使いとして、他にも役目がある。

愛する祖国に帰り、そこで暮らす人々の生活を守る。それがリーファの願い。そして、水の精霊使いとしてのさだめだ。

その想いに少しも変わりはないのに、この地を去り、サラムと離れる日が間近に迫ってきていることを考えると、胸が狂おしいほど締めつけられた。

リーファが滲んできた涙を乱暴に拭っていると、扉がノックされた。ビクリと身体を跳ねさせ、息を潜める。

こんな夜更けに使用人がやってきたことは一度もない。廊下に立っているのがサラムのような気がして、リーファは身を固くした。

「……もう、寝ているのか？」

耳に届いたのは、やはりサラムの声だった。

リーファが何も答えずにいたので、彼は独り言のように告げてきた。

「もうこれ以上、詮索しない。だからどうか、ここにいてほしい」

それきりサラムは何も言わず、やがて微かな足音が遠ざかっていくのが聞こえた。

リーファは弾かれたように立ち上がり、扉に手を伸ばす。このまま扉を開け、彼の元に駆けて行きたかった。

――でも、駄目……っ。

リーファは扉にすがりつくようにして、ズルズルと座り込む。

精霊使いとして、それは出来ない。してはいけない。

リーファには、どうしても掟を破ることが出来なかった。

「ふ……っ」

溢れ出した涙が止められない。

サラムの願いを、叶えてあげられないこの身が恨めしい。傍にいることすら、出来ないなんて……。

リーファが声もなく涙していると、いつの間に起きたのか、シャディがその身を擦り寄せてきた。リーファはフワフワの小さな身体を腕に抱きしめる。

――離れられなくなる前に、ここを去ろう。

サラムと共に過ごす時間が長くなればなるほど、離れがたくなってしまう。

子供の姿に戻ったら、サラムにプレアデス王国へ帰るための船を用意してもらえないか頼もう。

禁を犯すことになるけれど、リーファが乗船しているとわかれば、港を開いてくれるだろう。

だから、船の準備が整ったらこの国を発《た》とう。

「シャディ、アガスティア王国での役目は終わった。もうすぐ皆のところへ帰れるよ」

そう呟いた直後、また一粒涙がポタリと落ち、シャディの被毛を濡らした。シャディが小さな舌で目尻を舐めてくれる。

「……僕には、シャディがいるもんね」

だから一人きりじゃない。

サラムがいなくても平気だ。平気でなくてはいけない。

自身に言い聞かせるようにシャディに呟く。けれど彼女は何も言ってくれなかった。ただ丸い黒い瞳で、じっとリーファを見つめていた。

＊＊＊＊＊

翌晩はアガスティア王国に来て初めての雨が降った。

夕方から降り出した細かい雨は次第に雨足を強め、外に出るのもはばかられるほどの激しさになっていく。

リーファはその日も体調不良を理由に自室にこもり、降りしきる雨を見つめて過ごした。

真夜中になっても雨は止まず、しかし一時期よりは雨足も弱まってきている。

リーファが窓辺から離れようとすると、寝台で丸くなっていたシャディが突然頭をもたげ、大きな耳を窓に向けて動かした。そうかと思ったら素早い動きで寝台を下り、リーファの足に前脚をかけ立ち上がる。

「キャンキャンッ」

何かを訴えている声。

どうしたのか尋ねると、シャディは窓の外に顔を向け、そしてまたリーファを見上げて、という動作を繰り返す。

シャディの言いたいことがわからず首を傾げたが、ふとサラムのことが頭に浮かび、まさか、と思いつつもシャディに尋ねてみた。

「サラムが外にいるの？」

「キャンッ」

リーファの質問を肯定するように一声鳴き、シャディが服の裾をくわえグイグイ引っ張ってきた。

「外に出ろって言ってるの？」

上目遣いで見上げてくる瞳が「そうよ」と言って

いる。

「外は雨だよ？　サラムが待ってるわけないよ」

今日、会う約束はしていない。

詮索はしないと言っていたし、この雨の中、サラムが待っているとは思えなかった。

しかし、リーファが重ねて言ってもシャディは服の裾を離そうとせず、終《しま》いには額で後ろから押してくる。

「わかったよ、見てくる。でも、いなかったらすぐに戻ってくるからね」

根負けしてそう言うと、シャディはその場に前脚を揃えてお座りし、可愛らしく一声鳴いた。

リーファは「いってきます」と告げて窓を開け、雨が降りしきる中庭へと足を踏み出す。

空から落ちてくる雨粒が服に染みていく。少し歩いただけで髪も服もずぶ濡れになり、水を吸って重くなった服が纏わりついて歩きにくい。

地面もぬかるみ、泥で何度も足元をすくわれそうになりながら、昨夜待ち合わせた花壇に向かうと、雨の降りしきる中、中庭の遊歩道に一人佇む男性の横顔が目に入った。

「サラム、なんで……」

どうして、ここにいるのだ。

――いてほしくなかった。

雨の中、自分を待ち続ける姿を見たら、決心が揺らぎそうになってしまう。

リーファは泣きそうに歪んだ顔のまま、一歩後ずさる。

するとサラムがゆっくりと振り向いた。

ランプの炎が映りこんだ瞳が、ユラユラと揺れる。

新月の雨の降る晩、この距離では互いの顔を確かめることは難しい。

けれどリーファは、確かにサラムと視線が交わったのを感じた。

彼の名を呼ぼうと口を開きかけた瞬間、目の前に手が伸びてきてそれを防がれた。

そのまま後方へ引っ張られ、木々の生い茂る暗がりに引きずり込まれる。

息を吸い込むと、甘い花の香りが体内に入ってきた。

――何!? 急に、意識が……。

香りを吸い込むごとに、自分の意思とは関係なく身体から力が抜けていく。

――これ、何かの薬……?

これ以上吸い込んでは駄目だ、と思った直後、リーファは深い眠りに落ちていた。


「ん……」

寝返りを打つと、頭がガツッと壁にぶつかった。

寝台の近くに壁などなかったはずなのに、と思いながら目を開ける。

――まだ夜？

何度か瞬きしてみても辺りは真っ暗闇で、リーファは起き上がろうと身を起こし、またも額を天井に打ちつけてしまった。

「いった……」

額をさすろうとして、今度は肘が壁にぶつかる。天井も左右の壁も近い。

手探りで周りを確かめると、とても狭い空間にいることがわかった。

四方を板で囲まれた、明かりも差さない場所。いったいここはどこなのだろう。

困惑しながら、壁を叩いて大声を出した。

「誰か……、誰かいますか!?」

けれど外からはなんの返答もなく、それでも他に出来ることがないので、手や足を使ってガンガン壁を叩く。

すると少しして荒々しい足音が聞こえ、向こう側からガツンと壁を叩かれた。そのはずみで地面ごと移動する。

――動いた……。ここは部屋の中じゃない？

突然の振動に硬直していると、天井から鍵を外すような金属音が聞こえ、そこがゆっくりと開いた。

暗闇に慣れた瞳に、昼間の光が眩しい。

リーファが目をつぶると、天井を開けた人物が苛立ったように怒鳴りつけてきた。

「うるせぇ！　静かにしろ！」

リーファは震え上がる。

「ん……？　お前、こんなに小さかったか？」

野太い男の声が怪訝なものに変わり、服の襟首を摑まれ狭い場所から引きずり出された。

外に出て初めて、先ほど自分が入っていたのは木箱だったのだと知った。

「服も大きさが合ってないし、どういうことだ？」

怒鳴りつけてきた男性がリーファの前にしゃがみ込み、観察するようにジロジロ眺めてきた。

——そうか、今は子供の姿なのか……。

少しずつ記憶が戻ってきた。

雨の夜、中庭で誰かに何かを嗅がされ、そのまま意識を失ってしまった。その後に木箱に入れられたのだろう。

子供の姿になっているということは、丸一日以上、眠っていたことになる。やはり、眠り薬の類を使われたようだ。

この男性がリーファを襲った犯人だろうか。いったいどうしてこんなことをしたのだろう。

リーファは恐怖心を押し込め、男性の顔を確認する。焼けた肌と黒髪から、アガスティア王国の人間のようだが、無精髭をはやしたこの中年の男性に見覚えはなかった。

「誰……？」

身体の大きさが変わっていることを不審に思いながらも、男性はリーファのことを子供だと思っている。子供なら警戒心を抱かず、色々と話してくれるかもしれない。

リーファが怯えながら質問すると、男性は面倒くさそうに顔を歪めた。

「もうお前を連れていくしかない。どうせ向こうは相手の顔を知らないしな」

　男性はブツブツと独り言を言いながら、リーファの腕を加減せずに強く摑んできた。

　リーファはわけがわからないまま、しかし不穏な空気を悟り、力の限り抵抗する。

「いやだっ。行かないっ」

「来るんだ。言うことを聞けっ」

　中年の男性が強引に連れていこうとあちこち引っ張ってくる。子供の力では大した抵抗にはならず、肩に担ぎ上げられてしまった。

「暴れても騒いでも無駄だ。ここは船の中だからな。これから雇い主のところへ連れていく。大人しくしていろ」

——船……？　雇い主……？

　自分の身に何が起きているのか未《いま》だに把握出来ていなかったが、この男性には力で敵わない。大人しく従うふりをして、隙を見て逃げ出そう。

　リーファは抵抗を止め、こっそり周囲の様子を探る。

　ここは船の中だと言われたが、それは本当らしい。耳を澄ますと静かな波の音が聞こえた。

　人が一人通れるくらいの幅の狭い通路を担いで連れていかれ、扉の前にたどり着いた。

　中へ入ると、そう広くない船室の一番奥に据えられた椅子に、薄い青色のドレスを着た女性が腰掛けている。綺麗だけれど、その眼差しは冷たく、真っ赤な紅を引いた唇の鮮やかさが印象的だった。

——この人、サラムの……。

　たった一度会っただけだけれど、アガスティア王国でドレスを身につけている女性は、彼女しか見たことがない。

　彼女はミラドラ王国から嫁《か》してきたアガスティア王国の王妃。サラムの異母弟の母親、ラウラだった。

——彼女がどうしてここに？

　予想外の人物を前に、リーファは困惑を深める。

　ラウラは床に降ろされ前へ押し出されたリーファ

の全身を上から下へと眺めた後、汚らしい物を見るような苦い表情を見せた。

「この子供が本当にあれの想い人なのですか？」

「そうです。中庭で密会しようとしているところをさらってきました」

　男性が進み出てそう報告すると、ますますラウラの顔が歪む。

「こんな子供に手を出すとは……。それにこの子供は男児でしょう。やはりあれには次期国王どころか、第一王子としての器もないようですね」

　手にしていた扇を広げ、ラウラが吐き捨てるように呟く。

　リーファはあまりの言い様に呆気に取られたが、ラウラの言う『あれ』というのがサラムのことだと気づき、顔色を変えた。

「あなたはサラム……サイード様とバシル様の、お母さんですよね？　あなたが僕を連れてくるように言ったんですか？」

　ラウラはリーファの言葉に眉間に深い皺を刻み、抑揚のない声音で淡々と告げてきた。

「私はあれの母親などではありません。私の息子はバシルだけ。あれとは一滴も血が繋がっていません。先に生まれたばかりに第一王子となり今は国王代理の役についていますが、真の王子はバシルです。あれは邪魔な存在でしかないのです」

「二人は同じ父親を持つ兄弟でしょう？　母親が違うからって、邪魔だなんて……」

「邪魔なことに変わりはないでしょう。あれは今や身の程知らずにも、国王の座を欲しているのですから」

「違います。サイード様本人は、国王の座に興味はないんです。ただアガスティア王国の未来を思っているだけで……」

　ラウラが先を遮るように、閉じた扇で肘掛けを叩く。その音に驚き口を閉ざすと、目をつり上げて睨みつけられた。

「あれの想い人だけあって、うるさいこと……。静かにしていれば、用がすんだ後も命だけは助けてやりましょう」

「用？　用って、なんですか？」

「そなたはあれを呼び寄せるための餌《えさ》です」

「餌……？」

ラウラは初めて表情を変え、うっすらと笑みを浮かべた。

微笑んでいるのに心が凍りつきそうな冷たい瞳。彼女の美貌も相まって、恐怖すら覚えた。

「あれがいなければ、バシルが次の国王。だからあれには消えてもらうことにしました」

物騒な言葉に、リーファは息を飲む。

――消えてもらうって、それはつまり……。

彼女の暗に示唆するところを悟り、背筋が寒くなる。ラウラは青ざめ言葉を失ったリーファを見ても、眉一つ動かさない。

「愚鈍な男だと思っていたから、これまで生かしておいてやったというのに、最近は余計な知恵をつけたようで、恩ある祖国に反旗を翻そうとしています。この国には祖国の国庫を潤すための土壌になってもらわねばならぬというのに、余計なことを」

ラウラの言う祖国とはアガスティア王国ではなく、彼女の生まれたミラドラ王国のことのようだ。

この国の気候にそぐわない何重にもレースを重ねたドレスを着ているのも、アガスティア王国の正妃であることよりも、ミラドラ王国の王族として生きるという意思表示なのかもしれない。

「……このまま水を買わせ続けるつもりなんですか？　この国には、水が買えなくて苦しんでいる人がいます。それでも水場を作るなとおっしゃるんですか？」

「国を維持するためには犠牲も仕方ないこと。水を買い続ければ、国は存続出来るのです」

だが、それも限界にきている。

だからこそ、サラムは水場を作ることに決めたのだ。それをラウラは疎ましく思っているようだが、この国の現状を知り、砂漠の民がサラムに協力を申し出てくれたことを知れば、状況が変わるかもしれない。

ラウラはミラドラ王国との強力な繋がりを持っており、それ故に重臣たちから支持されている。

しかし、実際にこの国を作っているのは国民だ。国民がサラムの考えを支持していることを知れば、さすがに王妃も無視出来ないだろう。

サラムも、王宮内に亀裂が入ることを心配していたから、王妃が歩み寄る姿勢を見せてくれたら、互いが納得する政策を見出せるかもしれない。

それにはまず話し合う必要がある。

「お願いです。一度、サイード様とよく話し合ってください。きちんと話せば、今よりもいい状況に変えられると思います」

リーファはラウラに訴える。

しかし彼女は眉を顰め、低く呟いた。

「今更あれと何を話せと？　あれが話し合いに応じるとは思えません」

ラウラはサラムと話し合うことを拒んだ。

それでもどうにかしてラウラを説得しようと考えていると、彼女はリーファを連れてきた男に命じた。

「じきに約束の時刻になります。この子供を甲板に連れていき、柱にくくりつけておきなさい。あれが船に乗り込んできたら、予定通り船を繋いでいる綱を切るように」

「王妃様っ」

「安心なさい。この船にはたくさんの水と食料を積んであります。食料が尽きる前に、どこかの島に流れ着くでしょう。そうしたらもう、この国へ戻ってきてはなりません。あれにはその方が幸せでしょう」

――サラムに消えてもらうって、そういうことだったんだ……。

てっきり命を奪うのではと勘ぐってしまったが、

それは間違いで、国外追放という意味だったらしい。

命を狙われているわけではなく安心したが、危機的状況にあることは変わりない。

もしサラムがリーファを助けるために船に乗ったら、この船ごと流されてしまう。

ラウラはサラムと顔を合わせることなく、下船するつもりのようだった。

なんとか逃げ出そうと手足をばたつかせてみたが、リーファは抵抗虚《むな》しく、男に引きずられるようにして船の甲板に連れ出される。

帆を張る太い柱に縄で縛りつけられ、身動きが取れなくなってしまった。

周囲を見渡すと、陸からずいぶん離れているようで青い海しか見えない。

波は静かだが、頬に当たる潮風は強く、船の帆を張ったらたちまち風向きに合わせて進み出すだろう。

どこの国にたどり着くのか、それまでにどのくらい時間がかかるのか、全くわからない。流れ着いた陸地から、アガスティア王国に戻れるかも不明だ。

「なんとかして、サラムにこのことを伝えないと……」

あの晩、これからも共にいてほしいというサラムからの申し出を、リーファは断っている。

でも、サラムは来てくれると思った。

初めて会った時、砂浜で倒れていた子供を当たり前のように助けてくれた彼だから、リーファの身を案じてこの船に向かっているはずだ。

サラムは優しい人だから、たとえ相手が誰であっても、見捨てることはしないだろう。

けれど、今は駄目だ。

サラムをここに来させてはいけない。

「く……っ」

リーファはなんとか拘束が解けないかと身動きしてみるが、よほどしっかり縛られているようで、全く縄は緩まない。焦る気持ちのまま必死に身を捩るが、結局事態は何も変わらなかった。

「暑い……」

真っ青な空には太陽がギラギラと輝き、その光にジリジリと肌を焼かれる。額から噴き出た汗が幾重にもなって伝い落ち、絶え間なく水滴の跡を甲板に作っていく。

サラムは今、どの辺りにいるのだろう。

もうこの船の近くまで来ているだろうか。

ここは海の上だから、おそらくサラムも船でここまで来るはずだ。

――早く縄を解かないと……。

けれどやはり縄は一向に解けず、体力ばかりが奪われていく。

リーファはぐったりと俯き、彼女の名を口にする。

「シャディ、助けて……」

生まれた時から共に行動してきたシャディが傍にいないことも、リーファを精神的に追い込んでいた。

――このまま船で流されたら、シャディと会えなくなるかもしれない。

シャディが傍にいなければ、リーファはただの人間だ。水も探せない。サラムの役に立つことが出来ず、それどころかこんな子供の身体では足手まといになってしまうだろう。現に今もこうしてサラムをおびき寄せる人質になっている。

自分が情けなく、リーファは唇を噛みしめた。

その時。

「キャンッ」

どこかで動物の鳴き声が聞こえた。

リーファは勢いよく顔を上げ、力を振り絞って声を張り上げる。

「シャディ！」

すると、背後にある船室へと下りる扉が開く音が聞こえ、軽い足音がこちらに向かってきた。

「キャン、キャンッ」

「シャディ、来てくれたんだ……」

「クゥ……」

大きな二つの耳。それを頭に沿って伏せ、シャディがリーファの頬をペロペロと舐めてくれた。湿った舌の感触が、これが幻覚ではないのだと教えてくれる。

　シャディの姿を目にしホッと息を吐いた時、頭上に大きな影が落ちた。

「無事だったか」

　声を聞いただけで、身体に震えが走る。

　サラムが今、どんな表情をしているのか見るのが怖かった。

　気まずくてリーファが俯いていると、サラムは身体を縛っていた縄をナイフで切り、「怪我はないか？」と声をかけてきた。

　リーファは下を向いたまま頷く。

「どうした？　なぜ黙っている？　どこか痛いのなら言うんだ」

　サラムは本心から心配してくれている。いたたまれなくなり、謝罪の言葉を紡いだ。

「ごめんなさい……」

「なぜ謝る？」

「僕、サラムに隠し事をしてた。もうわかってるんでしょ？　僕は……」

　話している途中で、サラムに抱きしめられた。

「そんなことは、どうでもいい。お前が無事なら、他はどうでも……。こうして生きていてくれただけで十分だ」

「サラム……」

　彼の腕の中で顔を上げると、陽射しを遮るために巻いた布の隙間から、慈しむような漆黒の瞳がのぞいていた。

　瞳の中に小さく映り込んでいるのは、青年ではなく、子供の姿をしたリーファ。

　彼は今、きちんと自分を見つめてくれている。

「……っ」

　リーファはサラムの服を引っ張り、身を屈ませた。邪魔な布をずらし、現れた唇に自身の柔らかな唇を重ね合わせる。

「リーファ……」

「サラム、大好き」

　永遠に胸に秘めておこうと決めていた想いが、唇からこぼれ落ちる。

「好きになっちゃって、ごめん。サラムは王子様で、僕はこんな身体なのに……」

　そこまで言い掛けると、今度はサラムが自身の唇でリーファの口を塞いできた。

「謝るな。私も同じ気持ちだ。あの夜言っただろう。どんな姿だろうと、お前への気持ちは変わらない」

「サラム……」

　リーファは思い切りサラムに抱きつく。

　サラムはしっかりと抱き留めてくれ、リーファの中にこれまで感じたことのない幸福感が生まれた。

　今だけは、互いの立場を忘れ、抱き合うことを許してほしい。

　リーファは彼の胸に頬を擦り寄せ、そっと身を離す。

　ずっとこうしていたかったが、王妃の計画を伝えなくてはいけない。

「サラム、王妃様には会った？」

「いや。王妃がこの船に乗っているのか？」

「うん。王妃様は、サラムを国外追放するって言ってた。サラムが来たら、この船を出発させるって」

「……私がそれほど邪魔なのか」

　そう呟く声音には、怒りや憎しみではなく、深い悲しみがこもっていた。

「サラム、王妃様と話してみて。サラムがこの国を想っていることを知れば、王妃様もきっと考えを変えてくれるよ」

「追放しようと思うほど厭われているのに、話す機会など与えられないだろう。これまでもそうだったように、私の顔も見たくないはずだ」

「ううん、気持ちを込めて話せば、絶対にわかり合える。これまでもそうだったでしょ？　だから王妃様とも……」

リーファが再度サラムに話し合いを促したその時、少年の声が甲板に響いた。

「兄上！」

「バシル、どうしてここに……」

バシルはこちらへ歩み寄りながら、サラムの問いかけに答える。

「母上と兄上の様子がおかしかったから、こっそり後をつけてきたんです。この船に乗り込む時に、別の船でここから離れようとしている母上に会いました。僕を追ってもうじきこの甲板に戻ってくると思います」

バシルがそこまで言った後、船室の方から慌ただしい足音が聞こえてきて、ラウラが姿を現した。

「バシル、ここで何をしているのです？」

ここにいるはずのない息子の姿を目にし、急いで追ってきたのだろう。ラウラは息を乱しながら、風に髪を乱されるのもかまわず、バシルに駆け寄ろうとする。

「バシル、今すぐこの船から降りなさい」

ラウラはバシルの前に行くと、叱りつけるように厳しい声を出す。

けれどバシルは左右に頭を振り、代わりにサラムをラウラの前へ押し出した。

「母上、兄上に本当のことを話してください。兄上に伝えることがあるんじゃないですか？」

「何を言っているのです？　話すことなど、何もありません。さあ、早く船を降りなさい」

「嫌です。どうして心を偽るのですか？　母上は兄上のことも、僕と同じように大切に想っているのに。これがその証拠でしょう？」

バシルは胸元から金糸を編んで作られた紐を取り出す。

「これは、ミラドラ王国に伝わる幸運のおまじないです。子供のために母親が祈りを込めて編むもの。これを編めるのは、ミラドラ王国から来た母上だけ。母上が兄上に贈ったのでしょう？　それなのに、なぜ母上は兄上を嫌いなふりをなさるのですか？」

　ラウラが息を飲み、サラムが信じられないような表情で彼女を見やる。

　――この紐、王妃様が編んでくれたの？

　リーファは無意識に首にかけている金色の紐に指で触れる。

　この紐を懐中時計の鎖代わりにと渡された時、サラムは生母から貰ったと聞いていると言っていた。けれどそれを耳にしたバシルは、何か言いたそうな顔をしていたのを思い出した。

　――あれは、このことをサラムに伝えたかったのか……。

　ラウラはバシルの言葉に目線をさまよわせたが、否定はしない。その様子から、この金糸の紐の本当の贈り主が彼女であると察せられた。

「母上、兄上と向き合ってください」

　バシルとサラムに注視され、ラウラは誰とも目を合わせぬまま呟く。

「……あなたには関係のないことです」

「関係あります。僕の母と兄のことなのですから。母上、どうして兄上を遠ざけるのですか？　兄上のことが嫌いなのですか？」

「………」

　ラウラは口を閉ざす。

　バシルは常にない強さでラウラを問いつめた。

「母上、答えてください」

「………言えるわけがないでしょう」

　ようやくラウラの口から、苦渋に満ちた声音がこぼれた。

　バシルはさらにラウラに詰め寄る。

「言えないのは、いつかこうなるとわかっていたからじゃないですか？　僕に王位を継がせるために、兄上を排除しなければならなくなるから。だから、情を移さないように遠ざけたんじゃないですか？」

「馬鹿《ばか》なことを……」

　ラウラは言葉を詰まらせ、顔をわずかに俯けた。

「……あれに、爪の先ほどの情もありません。私が愛しているのは、血を分けたバシルだけ。あれのことなど、なんとも思っていません」

肩を小刻みに揺らし、そう語る声も震えている。

――嘘だ。

この場にいる者は皆気づいただろう。

サラムを「あれ」と呼び、情など欠片《かけら》もないと語るラウラの瞳からは、涙が流れていた。

口に出来ない血の繋がらない息子への彼女の愛情が、涙という形でこぼれていく。

「母上、僕は国王になんてなりたくないんです。次期国王は、サイード兄上です。兄上ならこの国を砂漠から救ってくれます」

「それでは駄目なのです。水を買わねば、ミラドラ王国に滅ぼされてしまう。それだけは……」

「それはどういうことですか？」

それまで二人の話を黙って聞いていたサラムが割って入る。

ラウラはハッとした顔で慌てて口を噤んだが、サラムはなおも質問をぶつけた。

「水を買わなければ、ミラドラ王国が攻め込んでくるのですか？　なぜです？」

ラウラはしばらく押し黙った後、観念したように口を開いた。

「……私が以前、ミラドラ王国と契約を交わしたからです。金塊を差し出す代わりに、この国に攻め込まぬようにと……」

「我が国は金で水を買っていただけではないのですか？」

「国王がミラドラ王国に港の開放を要請され、それを退けた時に、私はこの国では豊富に金塊が採れると話したのです。攻め込んで金山を奪うより、水の売買という形にすれば、採掘の手間なく容易に金が手に入ると、私がミラドラ王国に提案しました」

「なぜそのようなことを……」

その問いかけに、ラウラは再び口を引き結ぶ。

その時、リーファはラウラの真の目的に気づいた。

サラムの服の袖を引き、それを伝える。

「もしかして、王妃様はアガスティア王国を守ってくれたんじゃないの？」

「守る？」

「うん。金を渡せばミラドラ王国は攻め込んでこないって約束したんでしょ？　それって、アガスティア王国を守ることに繋がるよ」

サラムが目を見開き、ラウラに視線を移す。

「そうなんですか、王妃。あなたはこの国を守ろうとなさってたんですか？」

「…………それが王妃の務めです」

――やっぱり、そうだったんだ。

ラウラはきっと彼女なりの方法で、アガスティア王国を存続させようとした。それはサラムも同じ。

しかし、決定的に違ったのは、ラウラは『国』という形を維持することを望み、サラムは『国民の生活』を守ろうと考えた。

アガスティア王国を守りたいという根底にある想いは同じだが、目指すところが違っていたのだ。

けれど、同じ想いがあるのなら、アガスティア王国のために手を取り合えるのではないだろうか。

「王妃様は今まで一人でミラドラ王国からこの国を守ってきてくれたんだね。でも、これからは皆で協力して、アガスティア王国を守っていこうよ」

サラムが目を伏せ、静かに呟いた。

「リーファの言う通りだ」

サラムはラウラに歩み寄る。

「あなたの想いに気づかず、すみませんでした。これまでアガスティア王国を侵略の手から守ってくださり、ありがとうございます」

ラウラは顔を上げず、黙ってサラムの言葉に耳を傾けている。

「私は王位に興味がありませんでした。あなたがバシルに継がせたいのなら、それでいいと思っていたのです。ですが、それでは現状を変えられません」

そして、俯くラウラに向かってサラムは決意の滲む声音で宣言した。

「私にもこの国を守らせてください。そのために必要なら、私は国王になります」

それは、初めて彼が口にした王位への固執。

サラムの瞳にもう迷いはなかった。

アガスティア王国を守るために国王になるという、揺るぎない想いが表れている。

ラウラはサラムの言葉を聞き、やがて小さな声で言った。

「……勝手にすればいいでしょう。私はもうこの国の王妃ではなくなります。いずれアガスティア王国とは関係のない人間になるのですから」

「どういう意味ですか？」

「私は第一王子をこの国から追い出そうと画策した罪人。このことが国王や家臣たちの耳に入ったら、離縁されてミラドラ王国に帰されるでしょう」

彼女は今、自分の犯した罪を認めて裁きを受け入れようとしている。

しかし、立ち去ろうとしたラウラの前に、サラムが立ちふさがった。

「そんなことはさせません。あなたにはこの国に残っていただきます。ミラドラ王国との橋渡しのために。私より、ミラドラ王国の王族と繋がりのある王妃とバシルの方が、国交に適任です。対等な取引が出来るよう、口添えしていただきたい」

「私を罪に問わないというのですか？」

ラウラはサラムの真意を探ろうとしていた。

サラムはその眼差しを受け止め、微笑み返す。

「国王となる私を助けてください。お願いします、……母上」

サラムが彼女を母と呼ぶ勇気が持てたのは、ラウラの中に、自分を想う気持ちが少なからずまだ存在していたのだと感じ取れたからだろう。

その短い言葉に、サラムの気持ちが込められていた。

それはラウラにも通じ、目的のためにサラムへの情を封じていた彼女の心を溶かしたようだ。

ラウラは自身のつけた幼名で、もう一人の息子を呼ぶ。

「サ…ラム……」

それきり言葉を詰まらせたラウラの肩に、バシルが手を添えた。

「母上、兄上と共に帰りましょう」

ラウラが浅く頷き、サラムがホッと息を吐く。

——よかった。

これでラウラとサラムの長年の確執も消える。王宮内の派閥もなくなり、サラムに対する家臣たちの態度も変わるだろう。アガスティア王国のために力を合わせられるようになる。

ようやくこの国が抱える問題が解決した。

そして、これで本当に自分の役目は終わりだ。

リーファはサラムを見つめる。

——もうすぐ、お別れだ。

ようやく想いが通じ合ったというのに、リーファはプレアデス王国に帰らなくてはならない。

寂しくないと言ったら嘘になる。

辛いし、苦しい。

彼と一緒にいられるのは、帰るための船の準備が終わるまでの数日だけだろう。

アガスティア王国を離れたら、きっともう二度と会えない。

それでも、リーファはプレアデス王国に戻らなくてはならない。

それが精霊使いとして生まれた宿命。

サラムにも、アガスティア王国の王子として、この国でするべきことがある。

互いにとても大切なものを抱えている。それらを捨てて、私情だけで動くわけにはいかない。

それなら、残された数日間を大切に過ごそうと思った。遠く離れた地で別々に暮らすことになっても、忘れないように。たくさんの思い出をサラムと作ろう。

リーファがサラムの姿を目に焼きつけるように見つめていると、彼がこちらを振り返り、手を差し出してきた。

「リーファも。共に帰ろう」

「うん！」

返事をし、彼の方へ向かって走り出す。その後ろをシャディも追いかけてくる。

そしてリーファがサラムの手を取ろうとしたその瞬間、突然大きな音が響き、船全体が傾いた。

「うわっ」

「リーファっ」

こちらに向かってサラムが手を伸ばす。

懸命にその手を掴もうとしたが、船はどんどん傾いていき、リーファの身体は後方へ滑り落ちていく。斜めになった甲板を転がりながら滑り、縁の手すりに背中を打ちつけて止まった。

「痛っ。……何!?」

状況を把握するため、周囲を見回す。

サラムたちは近くに柱があったので、それに掴まり滑り落ちることは免れたようだ。

「シャディ、どこ!?」

「キャンッ」

船室へと続く扉の中で、シャディが鳴いていた。咄嗟に飛び込んだようだ。無事を確かめ、安堵する。

すると上方からサラムの声が聞こえてきた。

「リーファ、今からそちらへ行く。そこを動くな」

「大丈夫だから、サラムはそのままそこにいてっ。それより、何が起こったの!?」

船は傾いたまま、一向に水平に戻らない。

リーファの質問に、ラウラは何か心当たりがあったようで、サラムに話しかけるのが見えた。サラムの表情が強ばっていく。

「……船を停泊させるための綱が切られたのではないかと……。波に乗って少しずつ動き出した船が、王妃たちの乗る予定だった船と、衝突した恐れがあるそうだ」

　そういえば、サラムがこの船に乗り込んだら綱を切るようにラウラが命じていた。波が穏やかだから少しずつ船が動いていたことに気づかなかった。

「二つの船が壊れちゃったってこと？　なら、どうやって海を越えるの？」

　周りを見ても、陸地は見えない。港からずいぶん遠い海上のようだった。ここから陸地まで泳ぐのは厳しい。

　するとバシルが横から口を挟んできた。

「大丈夫です。僕が乗ってきた船が少し離れたところで待機してます。小さな船ですけど、全員乗れるでしょう。きっと今の衝突も見ていたはずだから、すぐに救助に来ると思います」

　船体は斜めに傾いているが、すぐに沈没するような気配はない。このまま待っていれば救出される。

　リーファは胸をなで下ろす。

　ところが、再び嫌な音が聞こえてきた。

　メリメリと、船体が少しずつ引き裂かれるような音。それと共に大きく船が揺れ、リーファの身体が放り出された。

「リーファ！」

　サラムの声が耳に届く。

　リーファの目に、船体が二つに割れていく様が映った。

　——船が沈む……！

　海面に身体が叩きつけられる直前、リーファは幻影を思い浮かべた。

　——どうか、間に合って……！

「シャディ！　皆を……」

　先の言葉は発することが出来なかった。

　背中から海に落ち、すぐに海面に上がろうと泳いだが、落ちてきた船の破片に服が引っかかって浮上出来ない。

　なんとか外そうと試みている間に、リーファの身体は破片の重みでどんどん海底へと沈んでいってしまう。

息が続かなくて苦しい。

このままでは死んでしまう。

精霊の力を使えば回避することは出来るが、リーファはそれをしなかった。

――皆を、アガスティア王国へ……！

割れた船を海水で丸く包み、波に乗ってアガスティア王国へたどり着く。

リーファはその幻影を、意識が途切れるまで描き続けた。

＊＊＊＊＊

「ん……」

無数の鳥が鳴く声に目を覚ました。

――ずいぶん長い間、眠っていたような気がする。

リーファはゆっくり身を起こす。

照りつける太陽が眩しく、なかなか瞼《まぶた》を開けない。

目が慣れてきたところで周囲を見回すと、そこは海辺の砂浜だった。

「助かった……？　ここは？」

砂浜の先は、そびえ立つ崖のように段差が出来ているため、ここからでは遠くまで見渡せない。

とりあえずどこか登るところを探して上に行ってみよう。そう決めて立ち上がった時、リーファはいつもよりずいぶん目線が高いことに気づいた。

ぴったり身体に合った精霊使いの衣装の袖口からは、スラリとした手足がのぞいている。

「元に戻ってる……？　新月は終わったばかりなのに……」

胸元から懐中時計を取り出し蓋を開ける。

針は止まり、動いていなかった。

「壊れてる……。もしかして、時計が壊れたから、時の精霊の力が消失した？」

身体が元に戻った理由ははっきりとわからないが、とにかく今どこの国にいるのかを確かめよう。

——皆は無事に戻れたかな。

サラムたちがどうなったのか、とても心配だった。

——サラムに会いたい……。

会って、無事を確かめたい。

リーファは急ぎ足で砂浜を横切り、丘の上へと続く坂道を見つけ登り始める。

誰かが砂浜へ降りるために作ったのか、道は踏み固められているため、砂に足を取られることなく登れた。

「わぁ……」

丘に登ったリーファの口から感嘆がこぼれる。

見渡す限り緑で埋め尽くされた、美しい大地。

温暖な気候のため植物がよく育つのか、大ぶりの花が草木の緑の間で差し色のように鮮やかに咲いている。

草花だけでなく樹木も茂っているが、まだ若い木のようで、森というには背が低く、丘の上からなら遠くまで見渡せた。

耳を澄ますと、波の音にもかき消されないほどの鳥のさえずりが聞こえてくる。

リーファは草原の向こうに目を凝らす。

「ここは、どこなんだろ？」

プレアデス王国ともアガスティア王国とも景色が違う。もしやミラドラ王国だろうか。ミラドラ王国はとても広大な領土を所有していると聞いた。アガスティア王国との国境付近の浜辺ならいいが、遠く離れた海岸に流れ着いてしまっていたとしたら、戻るまでにどれほど時間がかかるのか……。

とにもかくにも、今いる場所を特定しなければ。

リーファは緑の草原の中に、一筋に伸びた道を発見した。そこをたどっていけば人が暮らす街に着くかもしれない。

リーファは小さな森へと足を踏み入れる。

木々が太陽の陽射しを遮り、髪を揺らす風も涼を感じさせるものだった。これなら長時間歩きやすい。

何かこの国を特定する手がかりがないか辺りを見

回しながら、先ほど丘の上で見つけた道があった方向へと歩いていく。

しばらく進むと道が現れた。草原の中に延びる人工的に作られたと思しきこの道は、定期的に手入れされているようで、砂利で舗装され雑草が生えないように整備されているようだった。

その道をひたすら歩き続けているうちに、頭上にあった太陽がずいぶんと傾いていた。空は橙色に変わり、夕暮れを知らせている。

夜になる前に街に着くだろうか。灯りも野宿の用意もない。ここで夜を明かすのは避けたかった。

ずっと歩き続けているため身体は疲れていたが、さらに足取りを早め先を急ぐ。

海岸からずいぶん離れたので、波の音はもう聞こえない。自分の足音と、風に吹かれ揺れる木々の葉ずれの音、鳥や何かの動物の鳴き声だけが耳に届いていた。

代わり映えのしない音を聞きながら歩いていると、自分の足音に混じって人の声が聞こえた気がした。

息を殺し耳を澄ますと、男の人の声が耳に入った。

――誰かいる！

ようやく人を見つけた。

夜を迎える前に人に出会えた幸運を喜び、リーファは声がした方向へと進路を変え、道から外れて腰の高さまである草をかき分けて進んでいく。

「……帰ろう……。……片づけ……」

途切れ途切れの会話から、男性が帰り支度を始めたことがわかり、リーファは歩を速めた。

「待って……っ。待ってくださ……、わっ」

焦るあまり足元をよく見ていなくて、盛り上がった木の根につまずき転んでしまう。

ブツッと嫌な音がして首元を手で探ると、時計を下げる紐がなくなっていた。転んだ拍子に枝に引っかかり、千切れてしまったようだ。時計も落としてしまった。

紐も懐中時計も、どちらも大切なものだ。

「どこ？　どこに落ちたの？」

リーファは手足や服が汚れるのもかまわず、這いつくばって手探りで時計と紐を探す。

その間に、声の主は立ち去ってしまうかもしれない。先ほどの声はもう聞こえなくなっていた。

「早く見つけないと……っ」

少しずつ場所を移動し、大きな草の茂みの手前まで来た時、ガサガサと向こう側で音がした。風に揺られた音ではなく、何かが近づいてくる音。ここに住んでいる動物だろうか。

そう思った直後、茂みが大きく揺れ、二つに割れた。そこから茶色の毛玉が飛び出してきて、リーファは尻餅をつく。

「わっ！　何!?」

「キュゥ、クゥ……」

ベロベロ顔中舐め回され、リーファは咄嗟に毛玉を引き剝がす。

「え？　スナギツネ……？」

薄い茶色の毛並みの所々に白い毛が混じっていることから、高齢の個体であることが窺えた。

スナギツネがいるということは、ここはアガスティア王国だろうか。けれど、リーファが知っているアガスティア王国は砂漠の国。こんなに緑豊かな土地は知らない。

それよりも、スナギツネから懐かしい気配がして、リーファはまさか、と思い彼女の名を呼んでみた。

「……シャディ？」

「キャンッ」

子犬のように尻尾を振り回し、スナギツネが飛びついてくる。

この反応はシャディに違いない。

リーファはシャディに再び巡り会えた奇跡に涙ぐんだ。

「シャディ、君なの？　よかった、また会えた……！　ここはアガスティア王国だったんだ……！」

「クゥ」

被毛に覆われた温かな身体を両腕で抱きしめるが、リーファの知っている感触とは異なっていた。

毛並みはパサパサと乾き、その下にある身体も細くなっている気がする。

「シャディ、痩せた？」

「クゥ、クゥ」

リーファが小首を傾げると、シャディが何かを一生懸命訴えてきたが、スナギツネの言葉は理解出来ない。

こちらを見上げる瞳はもやがかかったように白く濁り、やはりシャディが宿るスナギツネとは別の個体に見える。

「違うスナギツネの身体に入ったの？」

リーファが船から落ちた後、何か事情があり、最初のスナギツネの身体から出て別のスナギツネの身体に入ったのか？

しかし、シャディは「違うわ」と言うように頭を左右に振る。

船から落ちてから今まで、それほど時間は経っていないと思う。せいぜい一日か二日だろう。その短い時間で、こうも身体が変わるとは思えない。

リーファが困惑していると、シャディが飛び出してきた方向から、茂みをかき分け誰かがやってきた。

シャディが振り返り、その人物に居場所を知らせるように「キャンッ」と鳴き、それに男性の声が応えた。

「シャディ、そこにいるのか？」

耳に馴染《なじ》む、低い声音。

その声を聞いただけで、身体が震え出した。今すぐ立ち上がり駆けていきたい衝動にかられたが、手足が震えて力が入らない。彼の名前を呼びたくとも、喉が掠れて言葉が出なかった。

「シャディ、ここか？　何か見つけ……」

目の前の大きな葉が揺れ姿を現したのは、会いたくてたまらなかった人。

彼はシャディを抱いて座り込むリーファを見て、

言葉を失った。

　新月の夜のような色を湛《たた》えた瞳を驚愕に見開き、硬直したように動きを止める。

　陽が落ちてきたからか、肌を守る布を巻いていないため顔立ちが露わになった彼は、リーファの愛した人によく似た容貌をしていた。

　しかし、リーファはシャディの時と同様に違和感を覚え、すぐにその名を呼べなかった。

　日に焼けた肌に、高い鼻梁。その下にある白い歯をのぞかせる口元。それらはサラムの容姿と酷似しているが、リーファが知っている彼よりもいくぶん年長に見える。

　それでも、愛した人を見間違うわけがない。

　目の前にいる人物は、確かにサラムだ。

「………サラム？」

　リーファがひっそり名前を呼ぶと、彼は今にも泣き出しそうなほど顔を歪ませ、大股で歩み寄り膝をついた。両腕を広げ、躊躇うことなくリーファの身体を広い胸に抱きすくめる。

　——太陽の匂いだ……。

　子供の姿をしている時、この匂いによく包まれた。頭よりも先に身体が反応し、リーファは彼の胸元に頬を擦り寄せる。

　かき抱くように抱きしめられ、心臓が苦しくなってくる。

　彼の無事を確かめ、瞳から涙がこぼれ落ちた。

「リーファ、ようやく会えた……！」

　サラムはリーファを抱きしめたまま、なかなかその身を離そうとしなかった。耳元で聞こえる息づかいが、まるで涙を堪えるかのように細く震えている。

　彼への愛《いと》おしさで胸がいっぱいになり、宥めるように背中を撫でさする。

　すると二人の身体に挟まれる形になったシャディが苦しそうに「キュゥ」と鳴いた。リーファが軽くサラムの胸を押し返すが、彼は少しも離れたくないというようにさらに腕に力を込め、すがりつくように抱きしめてきた。

「サラム、少し離れて」

「断る。もう、離れたくない」

「それは僕も同じだけど、このままだとシャディが潰れちゃう」

　サラムが渋々腕の力を緩めた。空いた隙間からシャディが飛び出し、気持ちを落ち着けるように乱れた毛並みを舐めて整え始める。

　その様子を横目に、サラムが再びリーファの身体を抱き寄せてきた。

　リーファはようやくサラムの様子がおかしいことに気づいた。

　再会出来たことを喜んでいるというよりも、何かを恐れているように感じる。

「サラム、落ち着いて」

「無理だ。十年待って、ようやく会えたんだ。この手を離したら、また消えてしまうかもしれない」

「……十年？」

「そうだ、十年だ」

　覚えのない年月がサラムの口から飛び出し、リーファは困惑する。

「十年前のあの日、船からお前が落ちた後、何度も考えた。あの時お前の手を掴んでいたなら、離れることはなかったのではないかと……。十年間、ずっと自分を責めていた」

　何を言っているのだろう。

　海に落ちてから、幾日も経っていないはずだ。

　海に沈んでいきながら意識は失ってしまったが、十年もの間、海を漂っていられるわけがない。リーファの中で、彼と離ればなれになったのはほんの数時間か数日間の出来事だ。

　リーファが戸惑っている間も、サラムは会えなかった間の出来事を話していく。

「毎日お前を探した。船に乗って海面に目を凝らし、海岸沿いを歩いてお前が倒れていないかと探し歩いた。日が経つにつれ、周囲の者たちは諦めるように言ってきた。だが、諦められるはずなどない。絶対にいつか再会出来ると信じて、お前が戻った時に生まれ変わったこの国を見せようと、十年かけて砂漠を緑にしたんだ」

「う…そ……」

ここは、あの砂漠なのか？

本当に十年経っていて、サラムが砂漠を緑にしたのか？

するとサラムが身を離し、リーファの髪を手で軽く払う。

「あちらこちらに砂がついている。海岸から歩いてきたのだろう？　それなら、お前もその目で見たはずだ。生まれ変わった緑の砂漠を」

「ここは、アガスティア王国の砂漠なの？　本当に？」

リーファの記憶にある砂漠とはまるで違う光景に、サラムに言われてもまだ信じられず問い返していた。

彼は立ち上がり、リーファの手をすくい取る。

「王都まで、ずっと緑が続いている。一面の緑をお前に見せよう」

手を引かれ、茂みをかき分けて歩く。その途中、シャディが懐中時計と紐を見つけてくれた。

草の背が低い一帯に出ると、樹木に繋いであったラクダの前に連れていかれる。そのまま自然に脇の下に手を差し入れられ、身体を持ち上げられそうになった。

「サ、サラム、自分で乗れるから」

今は子供の身体ではない。補助がなくとも自分で背に乗れる。

「そうか、もう子供ではないか」

サラムはそう言って手を離してくれたが、苦笑の滲む顔は少し寂しそうにも見えた。

シャディを呼び寄せ服の胸元に彼女を入れると、リーファはラクダの背にまたがる。サラムもその後ろに腰掛けた。背後から包み込むように腕を回され、手綱を握る。

これまで何度もこうして共にラクダに乗ったというのに、身体が大きくなったからだろうか。彼の吐く息が耳にかかり、身体も密着していることに落ち着かない気持ちになる。

「この先に小高い丘がある。少々遠回りになるが、そこに寄っていこう」

砂利が敷かれた道から逸れ、草原をラクダで移動する。

しばらくすると目の前に坂道が現れ、そこを上ると緑に変わった砂漠が一望出来た。遠くには王都らしき街並も見える。緑で彩られた道は、そこまで続いていた。

そしてもう一本、陽光に反射して宝石のように輝く道が、王都へと続いている。

それが何か、すぐにわかった。

――川だ。

サラムが計画していた川。

それを完成させたのか。

川の道には、いくつか分岐点があった。計画通り、各所の水場から水を流しているのだろう。小川が束になり、大きな川となって王都へ続いている。孤立していた砂漠の集落が、川という道で繋がっていた。

「綺麗……」

サラムの言った通り、この国は生まれ変わっていた。

砂しか見えない薄茶色の大地は、草木の緑と花々の明るい色で塗り替えられている。植物は夕暮れの橙色の光の下、風に揺られそよいでいた。耳を澄ませば、小川を流れる水の音まで聞こえてくる。

自然と涙が滲み、リーファは目元を擦る。

――本当に、砂漠が緑になってる。

ここまでにするのに、どれほどの時間と労力がかかっただろう。

「……十年、経ったんだ」

「ああ。十年かけて、この国を変えた。もう砂漠の国ではない」

リーファにとったらわずかな時間が、なぜこの国では十年にも及んだのかわからない。もしかしたら、これも時の精霊の力によるものなのだろうか。

だが、一つだけ、確かにわかったことがある。

――もう水の精霊使いは必要ない。

今この国では、誰も水に困っていないだろう。それなら、自分のするべきことはこの国にはない。

――プレアデス王国に、帰らないと……。

リーファは寂しさを押し込め、顔を上げて目の前の光景を瞳に焼きつける。

美しい、緑の大地。

生まれ変わったアガスティア王国の大地を。

サラムと別れるのは辛いけれど、この国が緑に包まれたことを、心から喜んだ。

別れを惜しむように大地を見つめていると、サラムが突然ラクダを降りた。リーファに手を差し出し、降りるよう促してくる。

リーファがラクダを降りてもサラムは手を離さず、緑の大地に視線を送りながら改まった口調で言った。

「お前に謝らなければならないことがある。聞いてくれるか？」

リーファが訝しく思いながらも頷くと、サラムがゆっくり口を開いた。

「お前が海に消えてから、何か探す手がかりがないかと思い、禁を破りプレアデス王国に書簡を送った。すると、リーファは確かにプレアデス王国にいるが、まだ精霊使いとして仕事はしていないと言われた。ナーフル国王も、我が国に精霊使いを送った覚えはないと言ってきた。どういうことかわからずに混乱したが、お前が無事ならそれでいいと思うことにした。……だが、その後にアザリーという者から極秘で書簡が届いたんだ」

「アザリー様から!?　書簡には、なんて書かれていたの？」

時の精霊使いであるアザリー。彼女なら、リーファが十年後に来てしまったことの原因を知っている気がする。

　リーファは逸《はや》る気持ちを抑えきれず、先を促す。

「書簡には、こう書かれていた。『十年後に、アガスティア王国が緑の王国になっていれば、リーファと再び会えるでしょう。そうなるよう時を操作すると約束します』と。その言葉を支えにして、この国を緑にするために今日まで奔走してきた。そして、お前が海に落ち姿を消してから、ちょうど十年が経った五日前に、港にプレアデス王国の船が到着した。だが、そこに水の精霊使いは乗っていなかった。乗組員の話では途中で嵐に遭い、精霊の力によって船の転覆は免れたが、精霊使いの姿が忽然《こつぜん》と消えていたと言っていた」

「それって、どういうこと……？」

　話を聞いてもわからず、リーファはますます混乱する。

「リーファがアガスティア王国に来るために船に乗ったのはいつのことだ？　十年前ではないだろう？」

「えっと……、二ヶ月くらい前かな」

　リーファの答えを聞き、サラムは納得したように「やはりな」と呟いた。

　リーファの方はまだ何も理解しておらず、催促するようにサラムを見上げる。

「水の精霊使いがプレアデス王国を発ったのは七日前のことだ。……最初に私と会った時、お前は『船から落ちた』と言っていたな？　その時に今から十年前に時を遡《さかのぼ》ったのだとしたら？　そして十年前の私と出会い、この国の水脈を探した。けれどまた海に落ち、今度は十年後……つまり、元々の時間軸に帰ってきたのではないか？」

「え……、ちょっと待って。混乱して、よくわからない」

　――時を遡った？　元の時間軸に戻った？

　そんなことが実際に自分の身に起きたというのか？

　予想だにしていなかった話をリーファが頭の中で

整理していると、サラムがこう言ってきた。

「プレアデス王国の五大精霊の話は噂で耳にしたことがある。書簡の主のアザリーは、もしや時の精霊使いなのではないか？　アガスティア王国の窮状を知った彼女は時を操作し、十年前にお前を送った。その影響でお前自身も八歳の身体になったが、記憶はそのまま残り、水の精霊使いとしての役割を果たすことが出来た。そして我が国を救う礎を築いた後、元の時間軸にリーファを戻したのだとしたら、書簡にあった『時を操作する』という文にも納得出来る」

「アザリー様が、僕を十年前に……」

——時の精霊はそんなことも出来るの？

リーファは壊れてしまった懐中時計を見下ろす。

初めて子供の姿に変化した時、満月の光を浴びて時計が光ったのを覚えている。

てっきり力が発動し、リーファが子供の姿になっただけだと思っていたが、そうでなく、十年前に遡ったことで自然と肉体も十年前に戻ったということなのか？

そして今、目的が達成されたことでリーファは元の姿に戻り、時間も元に戻ったと……？

にわかには信じがたいことだったが、時の精霊の力は未知数だ。時代を行き来する力を持っていたとしても不思議ではない。

「でも、なんのために？　十年前に僕を送った目的は？」

「リーファもこの国が緑に変わる前を見ただろう？　リーファが来なければ、現在、この国はもっと荒れていたと思う。我が国の繁栄の鍵はお前が握っていた。おそらく、今お前がこの国に遣わされたとしても、国という形を維持することは出来ず、消滅寸前だったはずだ。全ての分かれ道は十年前。しかし、十年前のリーファはまだ子供だ。水の精霊使いとしての役目を負うには幼すぎた。だからこのような方法を取ったのでは？」

アガスティア王国を救うためには、十年前でなくてはならなかった。そこで時の精霊の力を使い、リーファを十年前に送ることにしたのでは、とサラムは言う。

——アザリー様って、どこまで未来を予見してるんだろ……。

「それなら説明がつくと思わないか？」

サラムに問われ、リーファはアザリーの偉大さに圧倒されつつも頷く。

「うん……。じゃあ、僕がこの国に初めて来てから、本当に十年経ったってことなんだね。僕がいない十年で、砂漠だったアガスティア王国は緑の国になった。……なら、もう僕は必要ないね」

「そんなことはない。お前が消えてから十年で、確かにこの国は変わった。……しかし、私の心は十年前から何も変わっていない」

サラムの手が真っ直ぐに伸び、頬にそうっと触れる。リーファがそこにいることを確かめるように、幻ではないと再確認するように、輪郭をたどられた。

「十年前、お前はこの国を救ってくれた。今度は私を救ってほしい」

「サラムを救う？」

「お前がいない十年、国王としては充実した日々だった。だが、私自身には辛く苦しい十年だった。それは傍に、私を『サイード』ではなく『サラム』と呼ぶお前の姿がなかったからだ。私にはお前が必要なんだ。水の精霊使いではなく、リーファ自身が」

「僕が……？」

言葉を失ったリーファに、サラムは諭すように告げる。

「第一王子だった頃、私にはなんの力もないと思っていた。だが、精霊使いのお前が現れ、私にもアガスティア王国のために出来ることがあると教えてくれた。私を変えてくれた幼いリーファに、いつしか惹《ひ》かれていったんだ。だが、子供にそんな感情を持つのはおかしいと思い、自分の気持ちに蓋をした。その頃、子供のお前とよく似た青年が現れたんだ。

彼から子供のお前と同じものを感じて、私はまた惹かれていった」

　初めて聞かされたサラムの想いに、リーファの心が打ち震える。

　彼は目を逸らさず、はっきりとそれを口にしてくれた。

「子供でも大人でも関係ない。十年前と変わらず、リーファ、お前を愛している」

　喜びがじんわりと胸に広がっていく。

　精霊使いだからではなく、姿が子供でも青年でも、リーファだから愛していると言ってくれたサラム。

　それはリーファも同じだった。

　彼が王子でなくとも、国王でなくとも、愛している。砂浜で倒れていた見知らぬ子供に、優しくしてくれた彼を……。

「僕も、サラムが好き……」

　彼への想いで胸がいっぱいになり、その気持ちが唇から言葉となって溢れる。

　それを受け止めるように、サラムに口づけられた。

――駄目だ……。

　リーファの頬を涙が伝う。

――戻れなくなる。

　プレアデス王国に。

　水の精霊使いに。

　拒まなくてはと思うのに、どうしてもサラムを突き放すことが出来ない。

「どうして泣いている？」

　わずかな間、触れ合っていた温もりが離れ、心配そうな声が頭上から落ちてきた。

「僕は精霊使いなのに……。プレアデス王国に戻って、精霊使いの仕事をしなくちゃいけないのに、あなたの傍にいたいと思ってしまっている」

　リーファが戻らないと、プレアデス王国は水の精霊使いが不在なままだ。前任の水の精霊使いが命を落とした後、リーファが任命されるまでには十八年の空白があった。しかしそれは、リーファが水の精霊使いとして成長する間だけのことだった。

　でも、この場合は違う。シャディの加護を身に受けたままの状態で、この国にとどまれない。

　プレアデス王国は、かつてのアガスティア王国のように水に困窮しているわけではないが、このまま長期に渡り水の精霊使いが不在では、支障を来すかもしれない。

　それをわかっていながら、この恋に溺れたいと思ってしまう。そんなことをすれば、皆にも迷惑をかけてしまうと、わかっていても……。

　サラムは指先でリーファの頬を拭う。

「私が謝りたかったのは、そのことだ。私はアガスティア王国の国王。国王が国を離れるわけにはいかない。共にいる道を選んだならば、お前にはこの国に住んでもらわなければならなくなる。容易に祖国に帰れなくなることを、詫びたかった」

「あなたが謝る必要はありません。僕が決めなくてはいけないことですから。でも、一度国に戻って、どうしたらいいのか話し合う必要があります。僕が存命中は、水の精霊が次の宿主に移れないから。水の精霊を保持したままの状態で、プレアデス王国を離れることになるので……」

「その必要はないだろう。プレアデス王国も承知しているはずだ。実は、アザリーからの書簡には、まだ続きがあったんだ」

　一拍置いて、サラムはその一文を口にする。

「『リーファの役目が全て終わった時には、水の精霊をプレアデス王国に帰してほしい』……そう書かれていた。この手紙の主は、私と同じようにお前を一人の人間として見ているように感じた。だから『リーファを帰してほしい』ではなく、『水の精霊を』と書いたのでは？」

「……あっ」

　その時、アザリーから言われた言葉を思い出した。

『幸せになりなさい』

　そう言って送り出してくれたアザリーには、こうなる未来が見えていたのだろうか？

「水の精霊がプレアデス王国にとって、どれほど重要な存在かわかっている。リーファの役目が終わった時は、必ず帰すと約束した書簡を、後でプレアデス王国に送ろう」

「あの、僕の役目って？　それはいつ終わるの？」

「私かお前が、天寿を全うするまで。私が先にこの世を去った時は、シャディと共に帰るといい。もしお前が先に逝《い》った時は、シャディだけ帰そう。身体はこの地に……物言わぬ身となっても、私の傍に」

　それは、どちらかが命尽きるまで共にいることを示唆している。

　そんなに長い時間、傍にいてもいいのだろうか。

「私を支えてくれ。お前がいなければ、私には国王など務まらない。リーファ、私と共にこの国で生きてほしい」

　サラムは十年待っていてくれた。

　彼と過ごした日々を全て足しても到底足りないほどの年月、リーファを想い待ち続けてくれた。

　戻るという、確約などなかったのに……。

　もう一度会いたいと、共に生きていきたいと願い、リーファが戻るのを待っていた。

「サラム……っ」

　リーファは返事の代わりに思い切りサラムを抱きしめる。

　サラムがしっかり抱き留めてくれたことに、涙が止まらない。

「ありがとう、リーファ。私とこの国を救ってくれて」

　耳元で落ちるサラムの言葉にも、何も返せない。

　子供のように泣きながら、サラムにしがみつく。

　――もう、離れたくない。

　十年も自分を待ち続けてくれた彼を、一人にしたくない。

　リーファ自身も、サラムと共にいたいと強く思った。

愛する人の傍に……。

「サラム、大好き」

リーファがそっと囁くと、それに応えるようにサラムに力強く抱き返された。

＊＊＊＊＊

「よく温まったか？」

「うん」

髪を拭きながら浴室を出ると、先に入浴をすませたサラムが書類から顔を上げる。

「疲れただろう。今晩はもう休むといい」

先に寝るよう促し、サラムは書類に再び視線を落としてしまう。

「あの、サラム……」

「なんだ？」

「まだ仕事するの？」

「ああ、すまない。灯りが眩しいか。私は隣の部屋で仕事をする。この部屋は好きに使ってくれ」

サラムはそう言うと、書類を手早くまとめ始める。

再会を果たした二人は、ラクダに乗って王宮へ帰ってきた。

以前リーファが使用していた部屋は残されていたが、今晩はサラムの私室で休むように言われた。シャディは廊下を挟んだ向かいに作られた彼女専用の個室ですでに休んでいる。

正直、部屋に誘われた時に、意識した。今夜、彼と肌を合わせるのではと……。

サラムと互いの想いを確かめ合い、キスした。愛し合う者同士がこの先何をするか、リーファもおぼろげながら知っている。

これまで誰かに強い欲望を抱いたことはないけれど、性的な欲求がないわけではない。

だからリーファはそういった意味で受け取り、先ほども浴室で念入りに身体を清めた。

そして緊張しながら浴室を出て、サラムの前に羽織物一枚という格好で立った時に、彼が仕事をしていたことに呆気に取られた。しかもサラムは別室に行き仕事を続けるつもりらしく、一人で寝るように言ってきたのだ。

平素と変わらぬサラムの態度に、自分だけこの先を期待していたようで、恥ずかしくなる。

その場で立ち尽くし、じんわりと頬を染め俯いていると、サラムが近づいてきた。

「どうした？」

そう言いながら前髪を梳いてくる。

たったそれだけのことに、過剰に反応してしまい、ビクリと身体が跳ねた。

すると指先がスッと離れ、頭上からため息が落ちてきた。

「……そう怖がらなくても、何もしない。私は出ていくから、ゆっくり休め」

そう言われ、彼が誤解していることに気づく。

リーファはこのまま行かせてはいけないと、こちらに向けられた背中に抱きつく。

「ま、待って！」

「リーファ？」

「ちが……っ。怖がってるわけじゃない」

「無理をしなくていい。……男同士なのだから、怖がって当然だ。お前が戻ってくるのを十年待った。お前が触れるのを許してくれるまで、私はいくらでも待つ」

「僕は待てないっ」

焦りと勢いでそう告げてしまい、自分の放った言葉に赤面する。

訂正しようかと思ったが、ここで本心を言わないとサラムはずっと何もしてこない気がして、リーファは恥ずかしさを押し込めて言葉を続ける。

「今夜は、一緒にいて……」

「リーファ……」

サラムが振り返り、熱のこもった眼差しで見つめてくる。

　胸の奥から衝動がこみ上げてきて、リーファは伸び上がってキスをした。

　触れ合った瞬間、そこから新たな熱が生まれ、それを昇華させるために口づけを深くしていく。

　キスをしたのはサラムが初めて。

　こんな深いキスをしたのも、今が初めてだ。

　しかし、こうすることを元々知っていたかのように、舌を彼の口腔《こうこう》内に差し込み、淫らに蠢《うごめ》かせる。

「はぁ……、あっ」

　息継ぎのために唇を離そうとすると、サラムに頭をかき抱かれ、彼の方からさらなる激しいキスへと導かれた。

　舌を絡め、吸われ、飲み込めなかった唾液が口角から滴る。ビリビリと痺《しび》れるような快感に思考を奪われ、もっともっととサラムにねだるように身を擦り寄せた。

　はしたないとか、みっともないとか、そういったことを考える余裕はすでになく、ただ目の前の快楽だけを追う。

　羽織物を肩から落とされ、サラムの大きな手のひらが脇腹を撫で、次第に上へと位置を変えていく。

　やがて彼の指が胸へと到達し、ささやかな突起を指の腹で押された。

　これまで自分で意識して触れたことのない箇所を繰り返しこねるようにさすられ、ジンジンとした熱がそこから生まれていく。

「んんっ……」

　むずがゆいような刺激。リーファはたまらず身を捩り、その刺激から逃れようとする。

　するとサラムが身を屈め、リーファの胸元に顔を埋めると、そこにある胸の突起に唇を寄せてきた。

「ひっ」

　指とは違う、柔らかな感触。伸ばした舌先で転がすように舐められたかと思ったら、そこを含まれ、軽く吸い上げられる。

　未知の感覚に身体がのけぞり、しかしそれはすぐに快感となり、リーファの下半身を熱くした。

「やっ、サラム、それ、やだ……っ」

吸われるたびに下半身に熱が集まっていく。羞恥心がこみ上げ、それと同時に目尻に涙が浮かぶ。

自分だけこんな状態になっていることが恥ずかしい。男なのに、胸を吸われて感じるだなんて……。

リーファがなんとかこの甘い責め苦から逃れようとサラムの髪を軽く引っ張ると、お返しとばかりに勃《た》ち上がった中心を手のひらで包まれた。

「ああっ」

身体が無意識に跳ね上がる。

そこがどんな状態か、サラムにしっかりと知られてしまった。

さらなる羞恥に見舞われ、リーファの瞳からついに涙がこぼれ落ちた。

けれどサラムの手は止まらず、胸を吸いながら中心をもまれ、リーファはすすり泣きを漏らす。

誰かにこんなふうに触れられたことのない身体は、あっと言う間に追いつめられ、中心は今にも破裂しそうなほど膨らんでいた。

「サラ……ム……っ、やめてっ」

ブルブルと痙攣《けいれん》するように全身を小刻みに震わせ、必死に訴える。

引き離さなくては、と思うのに、今支えを失ったら立っていられない。しっかりとした質感の黒髪に指を絡め、押さえつけるように頭を抱え込む。

「あ……、だめ……っ！」

下腹部に停滞していた熱い奔流が、中心から一気に噴出する。

止めようと思っても自分で制御出来ない。

目がくらむほどの快感にリーファは身を固くし、全てを吐き出した。

「はっ、はぁ……、あっ」

膝がガクリと折れ、そのまま前に倒れ込みそうになる。

そこをサラムに抱き留められ、リーファは放出の余韻の残る気だるい身体を彼にもたれさせた。

「歩けるか？」

リーファが呼吸を乱しながら頭を左右に緩く振ると、サラムに横抱きに抱え上げられる。

リーファが抵抗しないでいると、サラムは部屋を横切り、寝台の前で足を止めた。身を屈めリーファの身体を横たえる。

続いて寝台に乗り上げたサラムの指が、腰の辺りをスゥッと撫でた。

くすぐったさからではなく、快感から腰を戦慄《わなな》かせると上向きにされ、一糸纏わぬ身体を正面からまじまじと見下ろされる。

彼の目から中心を隠すように両膝を立てたが、強い力で足を左右に開かされ、その間にサラムが身体を割り込ませてきた。

「やっ……」

足を閉じようとしてもサラムの腰に阻まれてしまい、それならと身体を捻《ひね》ろうとすれば腿《もも》を摑まれ動きを封じられた。

サラムの視線が食い入るように中心に注がれている。それを意識してしまい、恥ずかしくてたまらない。

「見ないで……っ」

中心を手で覆い隠そうとしたが、それよりも早くサラムがそこに顔を伏せ、温かい口内へと中心が飲み込まれていく。

「ひっ……、やっ」

力を失った中心を口腔内で転がすように舌で弄《もてあそ》ばれ、リーファのそこは再び形を変え始める。

「あ……っ、んっ」

何をされているのか、この目で見ても信じられなかった。そんなところを口に含まれるだなんて、想像もしていなかったのだ。

だが、指とは違い、柔らかく湿った舌で幹をたどられ唇でしごくように頭を前後に動かされると、そこから溶けていくような心地よさが生まれてくる。

「やっ、サラム、やめて……っ」

サラムによって与えられる快感に、抵抗する声も弱々しくなってきた。

初めて知った悦《よろこ》びに、リーファの未熟な身体は熱を帯びあらがう力が萎えていく。

恥ずかしくて、でも気持ちよくて、腰が揺れてしまう。

「んっ、はぁ、あ……っ」

サラムが中心を含んだまま手を下へと潜り込ませ、双球を柔らかくもみしだいた。急所を掴まれ、反射的に腰が跳ねたが、すぐにそこをもまれる心地よさに身体から力が抜けていく。

このままずっとこうしてもらいたいような、けれど下腹部の熱を早く解き放ってしまいたいような、快楽の波の狭間《はざま》で揺れ動く。

中心に与えられる快楽に夢中になっていると、サラムの指が双球から離れ、奥へと移動した。

「あっ！」

閉ざされた蕾《つぼみ》に、指先が潜り込む。

リーファが腰を浮かせるとすぐに引き抜かれ、中心を軽く吸われて、そちらに意識が集中した隙に再びそこに指を差し込まれた。

「やぁっ、あっ」

どうしてそんなところを触られるのかわからず、リーファは困惑する。

リーファの放ったものとサラムの唾液で濡れていたため痛みはなかったが、指一本でも違和感がひどく、腰を捩って抵抗した。

するとゆっくりと引き抜かれる感覚がして、ホッと息をついた直後、抜ける寸前でまたも奥まで埋め込まれた。

「やぁっ、なん、で……？」

思わず口をついて出た問いに答えはなく、サラムの指は蕾の中で行ったり来たりを繰り返す。

「サラムっ、や……、あっ!?」

指が内側のある部分を掠めた時、突如強烈な快感を覚え、腰が浮き上がった。くわえられた中心から、唾液や先走りとは違う、ドロリとした体液が漏れるのを感じた。

「な、なに!?　サラム、なんか、へん……っ」

リーファの反応を上目遣いで確かめたサラムが、またもその部分を指で擦る。

「ひぁっ！」

そこから頭まで貫かれるような快感に、息が止まりそうなほどの衝撃を受ける。

サラムの指は動きを変え、その部分ばかりを狙って擦り始めた。

「やだっ、やっ、あぁっ」

頭がおかしくなりそうだった。

そこに触れられると、頭が真っ白になる。

自分とは思えない甲高い嬌声《きょうせい》が勝手に口からこぼれ、ねだるように腰を振ってしまう。

――やだ……っ。

こんなはしたない姿を見られたくない。

サラムに嫌われたくない。

だが、中心を擦られた時とは違う、身体の奥から突き上げるような快感に、リーファの頭と身体は支配されていく。

「サラムっ、あぁ、それ、だめ……っ」

譫言《うわごと》のように言いながら、しかし両手は寝具を握り締めるだけで実際にサラムの身体を押し返そうとはしない。

人の手によってもたらされる快感の心地よさに、身体は歓喜していた。

「んっ、あっ、あんっ」

鼻にかかる甘ったるい声。

聞いていたくないのに、口を閉じることも、耳を塞ぐことも出来ない。ただサラムの前に身体を投げ出し、与えられる愉悦を受け入れた。

「あ……」

しばらくして、ゆっくりと指がそこから引き抜かれた。

止めてほしいと言ったのは自分なのに、本当に止められると物欲しそうな目で彼を見てしまった。

サラムは一度身を起こすと、下衣を煩わしそうにずらした。そこから現れた彼自身は、リーファと同じく形を変え上を向いてそそり立っている。

――サラムも同じ……。

彼も興奮してくれているのだと思ったら、下腹部が重苦しくうずいた。

折り重なるように上体を倒し、サラムがキスしてきた。

服越しに伝わってくる、彼の体温。逞《たくま》しい腕で包み込むように抱かれ、リーファは胸の鼓動を速くする。

「ふっ、は……っ」

角度を変え、幾度も重なる唇。口内に侵入した舌に自身のそれを絡め、激しい口づけに熱中する。

キスを繰り返しながら、サラムの手のひらで腰を撫でられた。そのまま大きく足を開かされ、腰を両手で掴まれる。

身を離したサラムがリーファの腰の下に折り曲げた膝を差し込み、たぎった切っ先を蕾にあてがう。

そこでようやく、サラムがこれから何をしようとしているのかわかった。

「や……、待って、サラム……」

正直、怖かった。

彼の中心は、リーファのそれよりも二回りは大きい。指で慣らされたとはいえ、質量が比べものにならないほどあるそれを身体の中に納められるとは思えなかった。

リーファが咄嗟に身体を上方へ逃がそうとすると、サラムに引き戻され、蕾に熱い塊が押しつけられる。

「待っ……っ」

「すまない、もう待てない」

「そんな……、あっ、あぁっ……！」

彼らしくないせっぱ詰まった掠れ声で告げると、有無を言わさぬ強引さで腰を前に進めてきた。

閉じた蕾を開かれる感覚に、リーファは目を見開く。身体は強ばり、あちこちに力が入っていた。

　ほんのわずか切っ先を潜り込ませたところで、サラムが苦しそうに眉を寄せる。

「力を抜いてくれ」

「出来な……っ」

　首を振り無理だと訴えると、顔にかかった髪を優しく梳かれた。

「頼む。一つになりたいんだ」

　その一言で愛おしさが胸いっぱいに広がる。

　リーファは詰めていた息を吐き出し、両手を彼へと伸ばした。

「キス、して……」

　そう告げるとすぐに与えられる口づけ。

　こんなに幸せでいいのかと思ってしまうほど、口づけは優しく、甘かった。

「ふっ、んっ、はぁ……」

　ついばむようなキスを落とされ、自然と身体から余計な力が抜けていく。

　すると先端だけ潜り込んでいたサラムの中心が、少しずつ身の内へと進んでくるのがわかった。

　狭い場所を押し広げられるわずかな痛みと圧迫感。

　反射的に顔を歪ませると、宥めるように額にキスされ、頬を撫でられる。

　サラムもこの状態では辛いだろう。それでも、リーファの身体を気遣う優しさに、彼を想う気持ちが募っていく。

　時間をかけて中心が奥へ進み、しばらくして動きが止まった。

　サラムが長い嘆息を漏らし、広い胸に抱き込まれる。しなやかな筋肉がついた背中を両手で抱き返し、穏やかな口づけをする。

　下腹部からも拍動を感じ、ようやく彼と一つになれた喜びに胸を震わせた。

「……ゆっくり動くぞ」

「ん……」

緊張が解けた頃を見計らい、サラムがそう言ってきた。リーファが頷くと、腰を抱え直され、緩やかな注挿が始まる。

少し腰を引き、それをまた押し込む。

浅いところで抜き差しされ、そのもどかしい動きにリーファは腰を捩らせた。

サラムはあえてそうしているのか、深く中心を埋め込むことはせず、浅いところばかりを行き来する。

敏感な部分を擦られた時の強烈な快感を知ってしまった身体は、あの刺激を求め後ろにある中心を締めつけていた。

「く……っ。どうした？　痛むか？」

「ちが……」

サラムが腰の動きを止め、顔をのぞき込んでくる。

もっと奥まできてほしいのだとは言えず、リーファは目元を赤く染め、唇を嚙みしめた。

「言ってもらわないとわからない」

リーファが言わない限りこのままでいるつもりらしく、彼は動きを止めじっと返答を待っている。

サラムの優しさが今は辛い。

でも、確かに言わないと伝わらない。

「もっと……」

リーファは恥ずかしさを押し込め、小声で呟く。

「もっと、奥まできて……」

言葉尻はほとんど消えかけていたが、サラムにはきちんと伝わったようだ。

驚いたように軽く目を瞠り、そして片手で自身の髪をかき上げた。

見下ろす瞳がすがめられ、掠れた低い声が耳朶《じだ》に響く。

「いいんだな？」

そう問う彼の顔は、なぜか別人のように見えた。

激しさを内に秘めた野生の獣のようでいて、その荒々しさを理性で必死に押し込めている、そんな表情。欲情した男の顔をしていた。

ゾクリ、と背筋が戦慄く。

もしかして自分はとんでもないことを言ってしまったのではないか。

そう感じながらも、欲望を露わにした彼を前に、リーファは無意識に小さく頷き返していた。

その直後、腰を掴まれ奥まで剛直を埋め込まれる。

衝撃で目の前に火花が散った。

「ぁ……っ」

息が出来ない。

開かれていない奥を無理矢理こじ開けられ、熱い塊を打ち込まれ、リーファは細い悲鳴を上げていた。

息を吐くことも出来ず硬直した身体を押さえつけ、サラムが中を穿《うが》ち始める。

太い中心の張り出した部分で引っかくように敏感なところを抉《えぐ》られ、そのたびに細切れの嬌声が室内に反響した。

「あっ、あっ、あぁっ」

激しく腰を打ちつけられ、痩せぎすの身体が揺さぶられる。

こんな激しさを内に秘めていたのかと驚愕するほど、サラムの行為は荒々しく、ただ快楽を追い求めて腰を穿ち続ける。

敏感な箇所だけでなく、奥を思い切り突かれても感じる。サラムがすること全てに興奮し、喜びを感じた。

感じる部分を狙って穿たれたかと思ったら、今度はじらすように緩やかに腰を揺すられる。

緩急をつけた責め苦は、リーファにあの嵐の海を彷彿とさせた。

落ちて、波にさらわれ、そして沈む。

それと同じく、サラムに翻弄され、快楽の深淵《しんえん》に沈んでいく。

溺れてしまいそうで、目の前の男に手を伸ばす。

「サラム、サラム……っ」

指を絡ませ、寝台に縫いつけるように体重をかけられ、噛みつくようなキスをされた。

砂漠をさまよう旅人が小さなオアシスの水をむさ

ぼるような必死さをのぞかせながら、口内を蹂躙《じゅうりん》される。

その格好のまま腰を奥まで打ち込まれ、リーファの熟れた中心から白濁が飛び散った。

全て出し切る前にさらに腰を穿たれ、そのたびに中心から濃い蜜がこぼれる。

強すぎる快感に、身体の痙攣が止まらない。

「あっ、やぁっ、……っ」

――さらわれる。

心も身体も、全て彼に奪われていく。

その感覚に、微かな恐怖を覚えた。

けれどそれと引き替えに、相反する大きな幸福感をも、リーファにもたらす。

愛した人に、求められ、肌を合わせることの悦び。

身体も心もサラムで満たされる幸福に、リーファは酔いしれた。

サラムの腰の動きが速くなり、意識が遠くなっていく。

涙で霞《かす》んだ視界には、愛した人の姿だけが映っている。

「サラム……、好き……」

譫言を紡ぐと、サラムが微笑む。

また涙が一筋目尻からこぼれた。

「好き、好き……」

彼の首に手を回し、子供のようにすがりつく。

離れたくない。

傍にいたい。

ずっと、ずっと……。

そう伝えたいけれど胸がいっぱいで言葉が発せず、代わりに頬を擦り寄せた。

「私も愛してる。この世の誰よりも……」

髪に口づけられる気配の後、最奥に到達した彼の中心が弾ける。

彼の剛直でも届かない場所まで熱い奔流を叩きつけられ、リーファは小さく嬌声を上げながら中心からドロリと蜜を滴らせた。

身体を抱き起こされ、腕の中に抱きすくめられる。

甘く胸がうずき、リーファがキスをねだると当たり前のように口づけを落とされ、強く抱きしめられた。

十年という、会えなかった歳月を埋めるように。

これからもずっと共にいるのだと、身体に刻み込まれるように、強くかき抱かれた。

彼が胸に抱えていた十年の喪失感を想い、涙が溢れる。

「サラム……」

リーファはキスの合間に彼の名を呼び、願いを口にする。

「離さないで……」

「……ああ。そのつもりだ」

合わせた肌から、心臓の音が聞こえてくる。

きっとサラムにもリーファの胸の音が届いているだろう。

リーファは太陽の匂いがする褐色の肌に頬を擦り寄せる。

不思議と、故郷よりも懐かしい匂いに感じた。

＊＊＊＊

大きな姿見の前で腕を広げ、リーファは鏡に映った自分の姿を確認する。

「ねぇ、変じゃない？　シャディ」

「キャンッ」

身につけているのは、プレアデス王国の精霊使いの衣装を元に新たに作られた、リーファの正装だ。

軽い素材の長袖の上下衣の色は混じりけのない白色。そこに差し色のように金色の帯を巻き、身体の横で縛って余りの布地は長く垂らしている。

最初この衣装を見せられた時は、アガスティア王国の気候にそぐわないのでは、と思ったが、素材が違うらしく、こうして身につけると長袖でも風が抜け、意外にも暑さをあまり感じずにすんだ。

「シャディ、本当に？　本当にどこもおかしくないかな？」

　つい気がかりで同じ質問をするリーファの足を、シャディが尻尾でペシリと叩いてきた。

「しっかりしなさい」と言われているようで、リーファは気持ちを落ち着けるために深呼吸を繰り返す。

　その時、扉がノックされ、見知った人物が顔をのぞかせた。

「どうです？　不具合はないですか？」

「ええ。とても着心地がいいです」

「それはよかった」

　隣に立ち、姿見をのぞき込んで満足そうに微笑んでいるのは、サラムの友人であり相談役のリゲルだ。

　十年経っても神経質そうな線の細い顔立ちはそのままだが、こうして穏やかな表情をすることが多くなっていた。

「あの子供が、十年でこんなに大きくなるとは……。孫を見る祖父の気分です」

「孫って、リゲルさん、そんな歳じゃないでしょう」

「気持ちはもうすっかり老け込みました。この十年、国を立て直すのに、大変な苦労を強いられましたからね。なにせサイード様は人使いが荒いので」

　リーファがこの国に来た当初、リゲルも共に水場作りに奔走してくれた。

　八年前に前国王が逝去した後も、第一王子のサラムと第二王子のバシルのどちらを国王にするかで騒然となった王宮内を静まらせ、サラムを国王の座に滞りなく就任させるために、陰で重臣たちの説得に当たっていたという。

　彼がいなければ今のアガスティア王国はなかったと言っても過言ではないほど、リゲルはこの国の未来のために身を粉にして働いてくれたそうだ。

　その代償として三十歳にして黒髪にずいぶん白いものが混じるようになっているが、それも忠臣の証だとリゲルは誇らしく思っているようだった。

「リゲル、お前には本当に感謝している」

開けたままの扉から、サラムが入ってきた。

サラムは長身の逞しい身体に、金糸で刺繍を施された漆黒の長衣を身につけていた。アガスティア王国の国王の正装を着たサラムを初めて見て、感嘆の声を漏らしそうになる。

十年経った今、サラムはもう第一王子ではない。アガスティア王国を統べる国王となった。

王子だった時よりも責任のある立場となり、そのためか国王然とした威厳が滲み出ている。

「リーファ、よく似合っている」

「ありがとう」

サラムに見惚れていたリーファは我に返り、背筋を伸ばす。

こちらへ向かってサラムが歩き出すと静かにリゲルは後ろへ下がり、場所を空けてくれた。その仕草から、口では悪態をついていても彼がサラムをただ一人の主君であると認めているのが伝わってくる。

「緊張しているのか？　表情が固い」

「ちょっとだけ。だって、今日はたくさんの人が集まるんでしょう？」

「大したことはない。広間に集まった重臣たちに紹介するだけだ」

「それでも、やっぱり緊張するよ」

十年後のアガスティア王国に戻り、半月が過ぎた。

リーファはこの国にとどまることを決めた。

しかし、水の精霊使いとして祖国のために力を使いたい気持ちも残っている。

リーファは書簡でプレアデス王国のナーフルに正直な気持ちを伝え、そして彼から新たに勅命を受けた。

それは、十八年間にも及び国を閉ざしていたプレアデス王国が、アガスティア王国を始め、諸国との交流を復活させるための外交官という仕事だった。

精霊使いがこのような国交を担う役についたことは、これまで前例がない。

けれど、アガスティア王国に赴き、実際にその国を救い、かつ両国の結びつきをより強固なものへと導いたという実績を大きく評価され、このような大役を仰せつかった。

最初、この話をされた時は、分不相応だと辞退するべきか悩んだ。

しかしサラムにも相談したところ、この采配はリーファが長く他国にとどまるためのナーフルの温情ではないかと教えられ、恐縮しながらも役目を引き受けることにした。

もちろん、名ばかりの外交官でいるつもりはない。

アガスティア王国とだけでなく、プレアデス王国が他の国との交易を再開するために、精一杯務めようと考えている。

プレアデス王国にも定期的に帰国し、水の精霊使いとしての役割もこなしていく。近々、シャディを連れて一度帰ることになっている。

サラムは海を渡ることを心配していたが、リーファの気持ちを汲み取り、手はずを整えてくれた。

そして今日、アガスティア王国でも、リーファは水の精霊使いとして正式に役職を賜ることになっている。

重臣たちの前で自身の持つ力のことを告げ、今後この国の水場の管理をする職に就く。

砂漠は一面緑になったとはいえ、地下の水脈を掘り当てて作った水場の水量は不安定だ。どこかの水脈が枯れてしまった場合も、すぐにまた新たな水場が作れるよう、各地を周り水脈を探す。

ただサラムを慰めるだけの存在ではなく、自分にも出来る仕事をしたかった。

リーファはアガスティア王国の水守りとして、共にこの国を守っていくことに決めた。

「皆、僕みたいな歳若い者が精霊使いだって言って、ちゃんと信じてくれるかな？」

「十年前、子供の姿をしていたお前が砂漠に水を出したことを知っている者は多い。十年経ち、再びこの地にやってきたのだと説明すれば、感謝こそすれ反対する者はいないだろう」

　サラムの言葉に不安が小さくなる。

　そこでサラムは話を区切り、胸元から金糸で編まれた細い紐を取り出した。

「母からお前に渡してほしいと預かった。ミラドラ王国との交渉で国を出ているため式に出席出来ないからと、今朝使者が持ってきた。手ずから編んだものだそうだ」

　サラムが差し出した細工編みされた紐を手に取る。これはミラドラ王国に伝わる幸運のおまじない。サラムの手首にも金色の紐が巻かれている。それは彼が国王になった時に、ラウラから贈られたものだそうだ。

　リーファは口元をほころばせ、紐を光に透かす。キラキラと輝く金糸は、今はもうほとんどないアガスティア王国の砂漠を思わせるようだった。

　長年サラムと確執のあったラウラは、第二王子だったバシルと共に、現在ミラドラ王国との国交の窓口を担っている。

　水の輸入を取り止めることになった八年前、ミラドラ王国とは一触即発の空気にまでなったそうだが、ラウラの口利きで今は互いに有益な交易を結べているという。

　そのおかげで、サラムが国王となってからも大きな問題は起こらず、バシルやラウラとも協力して国を動かしている。

　彼らのような協力者がいても、国の改革を行うのは簡単なことではなかったと思う。

　十年かけて、この国を変えた。

　国民が暮らしやすい国に。

　そしてこれからも、サラムは国民のために国王としてこの国を治めていく。

「さあ、そろそろ時間だ。皆が待っている」

　リーファの背にサラムが自然と手を回す。

　部屋を出る時に、リゲルがわざとらしい咳払いをして国王の振る舞いを注意した。

苦笑しながら手を下ろし、先に立って歩き出したサラムの背を見つめる。

子供の姿をしていた時は、もっと大きく見えた背中。逞しさに変わりはないが、十八歳の姿に戻った今はあの頃よりも近くに感じる。

守られるだけでなく、いつか守れるくらい強くなれるだろうか。

彼を支えられるような人間になりたい。

国王となった彼の隣に立つにふさわしい人間に。

振り返り、呼ばれる名前。

「リーファ、どうした？」

もう数えきれないほど呼ばれたというのに、サラムの口から自分の名前が出ると胸が高鳴る。

それはきっとこれからも変わらない。

わずかな時間を共に過ごしただけの自分を、十年間変わらずに想い続けてくれたサラムと同じように。

この想いは時を越えて、二人の胸に存在し続ける。

リーファは小走りでサラムの元へ駆けていく。

子供の姿をしていた時と同じように。

けれど今は隣を歩けることに大きな喜びを感じながら、リーファはリゲルに見つからないよう、こっそり彼の手に指先を触れ合わせた。

あとがき

こんにちは。お久しぶりです。またははじめまして。

皆様のおかげで三冊目の本を出していただけることになりました！　ありがとうございます！　感無量です！

今回のお話は、王宮内で冷遇されている王子と、荒れた国を救うために遣わされた水の精霊使いがちょっと変わった形で出会い、共によりよい方向へ国を導くお話です。

まだ本文を読まれていない方は以下を読み飛ばしていただきたいのですが、実はこのお話を考えた時、リーファは六十歳手前の壮年の男性という設定でした。プロットを考えていた時に「痛風に悩む受がなんだかんだあって十代に若返り、『膝が痛くなくなった！　若い身体ってこんなに軽く動けるんだ！』と感動し、攻と出会ってもう一度青春を謳歌するって設定、おもしろいんじゃない!?」と思い立ち、勢いのまま提出したところ、さすがに年齢が高すぎるとのご指摘を受け、受の年齢を変更してプロットを詰めていった結果、リーファが子供になるという設定に落ち着きました。ご年配の方が好きなので、書いている途中でふと「枯れた受を書きたかったのに、なんで子供を書いてるんだろう」と雑念がよぎったりしましたが、最終的に当初のプロットよりもいいお話に仕上げることが出来て、

あとがき

あの時暴走を止めていただけてよかったなと、担当様には感謝しております。

さらに、砂漠に水を出すという作業工程に力を入れすぎたため、大幅にページ数オーバーしたり、締め切りもオーバーしたりしてしまって、それでも見捨てずにお付き合いくださった担当様、ご迷惑をおかけして申し訳ありませんでした。

でもやっぱり、壮年の男性が若返って……、というお話も書きたいな、という欲求が捨てきれないので、もしかしたらブログで番外編を書くかもしれません。時々覗きに来ていただけると嬉しいです。（あかつきのほし　http://akatsukinohoshi2.blog.fc2.com/）

イラストは、一作目でもお世話になった小禄《ころく》先生に描いていただきました！　美しいの一言に尽きる素敵なイラストをありがとうございます！　私の貧困な想像力&文章力をカバーして細部まで豪華に描いてくださり、感激しました！

そしてこの本を出版するにあたり、お力をお貸しくださった方々、ありがとうございました。お陰様で無事に日の目を見ることが出来ました。

最後に、本書をお手に取ってくださった全ての皆様に心からの感謝を。少しでもお心に残るものがありましたなら幸いです。本当にありがとうございました。

またどこかでお会いできる日が来ましたら嬉しいです。

月森《つきもり》　あき

天上の獅子神と契約の花嫁《てんじょうのししがみとけいやくのはなよめ》

月森あき
イラスト：小禄

本体価格 870 円+税

天上の楽園・リリスへようこそ、我が花嫁——明るく天真爛漫なマクベルダ王国の皇子・アーシャは、国王である父や兄を支え、国民の暮らしを豊かにするために日々勉学に励んでいた。しかし、成人の儀を一ヶ月後に控えたある日、父が急な病に倒れてしまう。マクベルダ王国では、天上に住む獅子神に花嫁を差し出すことで、神の加護を得る習わしがあった。アーシャは父と国を救うため、獅子神・ウィシュロスの元へ四代目の花嫁として嫁ぐことを決める。穏やかで優雅なウィシュロスに心から惹かれていくアーシャだが、自分以外にも彼に愛された過去の花嫁の存在が気になりはじめ——？

リンクスロマンス大好評発売中

獣人騎士と幸福の稀人《じゅうじんきしとこうふくのまれびと》

月森あき
イラスト：絵歩

本体価格870円+税

獣医の有村遙斗は愛犬のレオと共にイガルタ王国という異世界に飛ばされた。そこは狼の獣人が棲む世界で、原因不明の疫病が蔓延し国家存続の危機に直面しているらしい。国を救う神としてレオが召喚されたらしいが、人間の遙斗は「異形の者」として獣人たちに忌み嫌われてしまう。そんな遙斗に唯一優しくしてくれたのが、騎士団長の銀狼・ブレットだった。寡黙だが真摯で誠実なブレットに「この身に代えてもハルトを守る」と誓われ遙斗は次第に心を許していく。しかしブレットが温情を向けてくれるのは遙斗が神であるレオの一番近くにいるからで、ただの任務にすぎないと思うと切なくなり…。

君が夢見し楽園《きみがゆめみしらくえん》　我が王と賢者が囁く《わがおうとけんじゃがささやく》

飯田実樹
イラスト：蓮川 愛

本体価格 1040 円+税

若くしてその才覚が認められた美しい聖職者リーブは、旅の途中「精霊の回廊」と呼ばれる時空の歪みに巻き込まれ、遠い南の島国シークにトリップしてしまう。そこで星詠みに「シークを統べる王・バードの運命の伴侶『白き宝珠』である」と予言されたことで、バードに情熱的に求婚されることに。紆余曲折を乗り越え運命に導かれた二人は時空を越えた伴侶として身も心も結ばれた。夫婦として平穏な日々を送る二人は、ある日、海賊に奴隷として捕らわれていた少年・マイヨと出会い、介抱する。その出会いは二人を新たな道へと導くことになり――？

リンクスロマンス大好評発売中

昨日の僕にあなたは恋する《きのうのぼくにあなたはこいする》

きたざわ尋子
イラスト：北沢きょう

本体価格870円+税

ある朝、目覚めると一年時間がたっていた――。大学二年生の東谷理玖は、一年間の記憶をなくしてしまった。そんな理玖が目にしたのは覚えのな同居人で、相手は六歳上の従兄弟の東谷瑛司だった。その事実に理玖は驚愕する。なぜなら、常に不機嫌そうで淡々としている瑛司は理玖にとってもっとも苦手な人物だったからだ。さらに「半年前、俺たちは恋人同士になった」と受け入れがたい事実を告げられる。瑛司と過ごした時間も好きだという想いも残っていない理玖は戸惑うばかりだが、恋人だったというわりに瑛司はどこか冷たく、記憶を取り戻した理玖には興味がないと言っているようで…？

この本を読んでの
ご意見・ご感想を
お寄せ下さい。

〒151-0051
東京都渋谷区千駄ヶ谷4-9-7
(株)幻冬舎コミックス　リンクス編集部
「月《つき》森《もり》あき先生」係／「小《こ》禄《ろく》先生」係

LYNX ROMANCE
リンクス ロマンス

砂漠の王は精霊使いに悠久の愛を誓う

2020年1月31日　第1刷発行

著者……………月《つき》森《もり》あき
発行人…………石原正康
発行元…………株式会社　幻冬舎コミックス
〒151-0051　東京都渋谷区千駄ヶ谷4-9-7
TEL 03-5411-6431（編集）
発売元…………株式会社　幻冬舎
〒151-0051　東京都渋谷区千駄ヶ谷4-9-7
TEL 03-5411-6222（営業）
振替00120-8-767643
印刷・製本所…株式会社　光邦
検印廃止

ISBN978-4-344-84597-8 C0293
Printed in Japan

幻冬舎コミックスホームページ　http://www.gentosha-comics.net